Asbes

Ander werk van A. F. Th. van der Heijden

Een gondel in de Herengracht (verhalencyclus, 1978)
Anton Wachterprijs 1979
De draaideur (roman, 1979)
De slag om de Blauwbrug. De tandeloze tijd Proloog (roman, 1983)
Vallende ouders. De tandeloze tijd 1 (roman, 1983)
De gevarendriehoek. De tandeloze tijd 2 (roman, 1985)
F. Bordewijkprijs 1986 en Multatuliprijs 1986
De sandwich. Een requiem (roman, 1986)
Het leven uit een dag (roman, 1988)
Advocaat van de hanen. De tandeloze tijd 4 (roman, 1990)
Weerborstels. De tandeloze tijd Een intermezzo (novelle, 1992)
Boekenweekgeschenk 1992
Het Hof van Barmhartigheid. De tandeloze tijd 3 Eerste boek
(roman, 1996) De Gouden Uil 1997
Onder het plaveisel het moeras. De tandeloze tijd 3 Tweede boek
(roman, 1996) De Gouden Uil 1997 en Generale Bank
Literatuurprijs 1997

In voorbereiding

Moeilijke Voeten (roman)
Sabberita. De tandeloze tijd 5 (roman)
Averij. De tandeloze tijd 6 (roman)

A. F. Th. van der Heijden

Asbestemming

Een requiem

Amsterdam

Em. Querido's Uitgeverij BV

1999

Eerste, tweede, derde en vierde druk, 1994; vijfde, zesde, zevende, achtste en negende druk, 1995; tiende en elfde druk, als Singel Pocket, 1997; twaalfde druk, 1999.

ISBN 90 214 6694 5 / NUGI 300

ASBESTEMMING

omschrijving	kode
LATER TE BEPALEN (het krematorium neemt t.z.t. kontakt met U op)	**00**
BIJZETTING	
BIJ KREMATORIUM	
urnengalerij	**C0**
algemene nis (tijdelijk)	**A0**
ELDERS, t.w.	**OV**
VERSTROOIING	
BIJ KREMATORIUM	
in aanwezigheid van familie	**T2**
buiten tegenwoordigheid van familie	
met kennisgeving vooraf	**T3**
met kennisgeving achteraf	
zonder kennisgeving	
NOORDZEE	
per schip	
in aa-	
bı-	

De oudheidkundige John Aubrey vertelt het verhaal van de zestiende-eeuwse dichter en avonturier sir Walter Raleigh, die op het hoogtepunt van zijn roem met zijn twintigjarige zoon aanzat aan een officieel diner. Halverwege het feestmaal begon de zoon, die tot dan toe had gezwegen, plotseling een kleurrijk verhaal te vertellen over een bezoek aan een hoer, die niet met hem wilde slapen omdat ze 'nog geen uur geleden' met zijn vader had geslapen. Bij deze onthulling viel er een stilte in het gezelschap. 'Sir Walt, zo vreemd verrast en van zijn stuk gebracht aan zo'n vooraanstaande dis, geeft zijn zoon een verschrikkelijke klap in het gezicht. Zijn zoon, hoe grof hij ook was, wilde zijn vader niet slaan, maar gaf de heer die aan de andere kant van hem zat, een klap en zei: "Sla hem de tafel rond, dan komt hij aanstonds bij mijn vader aan."'

Richard Holmes, in zijn nawoord bij *Vader en zoon* van Edmund Gosse.

IT WAS A NEST OF BLUE BLAZERS...

Inhoud

Proloog Twintig honderdjarigen

Bij elke eeuwwisseling sterft er wel een honderdjarige terwijl elders een kind ter wereld komt, voorbestemd om honderd jaar te *worden*, en te sterven aan het eind van de eeuw tijdens de geboorte van weer een volgende honderdjarige, en zo verder. Zet twintig van die uitverkorenen wijdbeens en hand in hand achter elkaar, van hier tot het jaar nul, en je hebt onze jaartelling op 'n rijtje – een knokig aquaduct dwars door de Europese tijd. Zie ze daar staan: in hun bijbelse jurk, hun middeleeuws wambuis, met een achttiende-eeuwse pruik op, en – 'een ons kont en een pond broek' – de Levi's van de twintigste eeuw aan (die laatste is tenslotte pas drieënnegentig). Twintig hoogbejaarden: je ziet ze bij elkaar zitten in de praatruimte van het ouden-van-dagentehuis, thee lurkend door een plastic slangetje, een niet te grote bridgeclub. Ja, ze zijn oud, stokoud, bijna twee millennia bij elkaar, maar is deze vredige samenscholing in staat ons een indruk, een beeld, een idee te geven van de hoeveelheid tijd die ons van Christus' geboorte scheidt?

Het is een dubbelzinnig gezelschap, dat ik in het leven heb geroepen om mezelf in tweeërlei opzicht gerust te stellen. Te weten dat er maar twintig lange mensenlevens nodig waren om al die tijdvakken, beschavingen en dynastieën te omspannen, maakt het voor de geest gemakkelijker afstanden in de tijd af te leggen. Alles is ineens veel dichterbij. Wat is een mensenleven tenslotte? Omgekeerd probeer ik mezelf voor te houden dat mensenlevens wel erg lang duren, aangezien er, ter overbrugging van al die eeuwen en oorlogen en periodes, maar twintig, een beetje lang uitgevallen, van nodig zijn.

Zo kies ik met mijn even onnozele als wanhopige spelletje – ik kan ook zeggen: ritueel – beurtelings voor de geschiedenis en voor mijn eigen hachje.

Onlangs overleed, verdronken in zijn eigen vocht, dat zich binnen in hem had opgehoopt, mijn vader op zevenenzestigjarige leeftijd. Zevenenzestig – is dat oud, is dat jong, 'te' jong? Onhandige landmeter van de Tijd: ik knijp een oog dicht en tuur langs mijn meetlint van honderdjarigen, dat stramme aquaduct, dat in de mist van het verleden verdwijnt. Het lukt me niet het antwoord af te lezen.

Vlees op vlees, bot op bot

Woensdag 26 mei 1993

Tromgeroffel, een gong- of paukenslag: zo wordt theater wel ingeluid. Dramatische of tragische gebeurtenissen in de werkelijkheid laten zich meestal niet aankondigen. Ze voltrekken zich domweg, zonder voorafgaand vonnis, zonder inleidend ceremonieel. Dient zich bij hoge uitzondering eens een onmiskenbaar voorteken aan, dan haast de wetenschap zich gewag te maken van *synchronisme*. Synchronisme of geen synchronisme, ik kan niet verhullen dat de navolgende geschiedenis uit mijn leven met zo iets als een paukenslag begon, zij het een erg aardse. Een dreun van vlees op vlees, van bot op bot.

'It was a nest of blue blazers...' schreef Glen Baxter onder zijn tekening van twee jongens die het duister van een zojuist geopende graftempel in staren, waar je eerder sarcofagen zou vermoeden. Het was zijn commentaar op de weigering van zijn Nederlandse uitgever hem in de namiddag bij café Hoppe te treffen.

'Oh, no, Glen, between 5 and 7 p.m. it's a nest of blue blazers in there.'

Ongetwijfeld zijn het de blauwe blazers die ervoor zorgen dat de Heisteeg, die komend van het Singel op het Spui uitmondt, een strenge waterscheiding vormt tussen de café-terrassen van Hoppe en De Z. Bij De Z. vind je een ander soort advocaten, het meer geëngageerde type, en verder journalisten, schrijvers, filmers, academici, gemeentepolitici, kortom, het soort mensen dat het met elkaar getroffen heeft – elke vertegenwoordigde beroepsgroep met een hoog gehalte aan communistische spijtoptanten, stamgasten sinds de Maagdenhuisbezetting van '69. Soms verdwaalt er een blauwe blazer uit de graftempel van Hoppe tussen de rieten stoelen van De Z., waarna het kan gebeuren dat er een glas van een ander biermerk op een tafeltje achterblijft, ongemerkt wordt omgespoeld en weer volgetapt, en dan is het huis pas echt te klein: een halve centimeter minder pils. Het is een goed gebruik dat in zo'n geval de klant het vijandelijke glas gratis mag leegdrinken, voordat het wordt geroyeerd. Café De Z., dat is een manier van leven.

Het was van meet af aan een goddelijke en verraderlijke dag, die zesentwintigste mei, vol zon, bloemen en voetangels. De eerste stap die ik 's middags in Zuid buiten de deur zette, was er al een te veel, want hij voerde me van mijn werk weg, en leidde onvermijdelijk naar de binnenstad en de mist. Op de Nieuwezijds liep ik de fotograaf tegen het lijf, die me in de etalage van Athenaeum zijn nieuwe boek aanwees. Ik feliciteerde hem, en als vanzelfsprekend staken we samen het Spui over naar café De Z. Bij een recensie van het boek, die ochtend in *de Volkskrant*, had zijn foto van een dodenritueel in Tibet afgedrukt gestaan: het lijk werd hoog in de bergen aan roofvogels gevoerd. Op mijn verzoek vertelde hij er wat meer over, en besloot: 'Dat was nou 's een recensie naar m'n hart.'

Op het terras van Hoppe zat onze gemeenschappelijke vriend de filmer. Wat hij ons toeriep, was niets anders dan een excuus omdat hij zich aan de verkeerde kant van de steeg bevond. 'Gaan jullie maar vast naar binnen. Ik kom zo.'

Binnen troffen we toevallig de recensent. Oprecht ontroerd, met het vocht in zijn smalle ogen, gaf de fotograaf hem op elke wang een luide zoen, omdat zijn werk zo goed begrepen was, en het kon allemaal, want het was pas mei en al zomer, en ieders gemoed schoot snel vol. De verlegenheid van de kunstcriticus werd weggevaagd door commotie op de stoep. Twee habitués uit de hasjtent in de Heisteeg zaten elkaar achterna, en staken daarbij in volle vaart het terras van De Z. over. De voorste had weliswaar een ploertendoder bij zich, maar de achtervolger trok een mes, dat hij, vastgeraakt tussen het meubilair, snel weer bij zich stak.

'Ja, ik zag 't wel,' riep een oude man aan een tafeltje. 'Een mes. Je hebt het onder je kleren. Zeg, makker, je moet hier niet met messen komen staan zwaaien.'

Terwijl de achtervolgde op veilige afstand in de Spuistraat met de ploertendoder kleine petsjes gaf in de palm van zijn vrije hand, en afwachtte, stond de messentrekker een hele poos dreigend te schelden tegen de oude man, die geen krimp gaf, en rustig van zijn biertje dronk. 'Ik ben niet bang voor laffe gozers als jij.' Ober Ab bemoeide zich ermee, en de jongen verdween weer in de Heisteeg, even later gevolgd door zijn tegenstander. Zo'n namiddag was het dus ook.

'Wat je hier niet allemaal ziet,' zei J.-P., die op het terras had gezeten en zich nu bij ons voegde. 'Het is ongehoord. Die oude man... je hebt 'm gezien. Hij zit nu aan het bier, maar hij had eerst een gin-tonic, of een borrel met Spa of zo iets, besteld. Stond voor 'm, lekker beslagen in 't zonnetje, stukje citroen erin... Ik zie dat-ie er vergenoegd naar zit te kijken, voordat-ie toehapt. Echt zo'n genietende oude man, die het nog even uitstelt. Komt er, 't is ongehoord, zo'n hasjknager uit datzelfde straatje langs, pakt dat glas van die ouwe, drinkt het in één teug leeg, zet het weer neer, en zegt doodrustig: "Zo, daar had ik nou 's zin in." Draait zich om, loopt zo de Spuistraat in, doodgemoedereerd.'

Ja, zo'n namiddag was het ook, maar voorlopig leek het om incidenten te gaan. We dronken, inmiddels met de filmer erbij, de grote, koude glazen bier met het bijna kauwbare schuim, waar De Z. het patent op heeft. Het kleine café liep nu, halfzes, snel vol. Er vormden zich steeds meer groepjes, die soms als tandraderen in elkaar grepen, met ellebogen en schouders elkaar aan het draaien brengend, en je moest niet vreemd opkijken wanneer je, na zo'n draaibeweging, opeens tot een ander gezelschap behoorde. Het overkwam mij zo tussen mijn zesde en zevende herenpils: plotseling stond ik tussen enkele jonge schrijvers en dichters, allen publicerend bij dezelfde uitgever, die 's middags een borrel voor ze had georganiseerd, en dat was te merken, want er werd geagiteerd ingepraat op een criticus, wie het verweten werd als jurylid de verkeerde een literaire prijs te hebben toegekend. De man verdedigde zijn keuze met verve, maar het mocht niet baten: onvrede vormde het bindende element van het uitgeversfonds. Ik had eens met hetzelfde gezelschap bij De Z. aan een tafeltje gezeten, dat onder zoveel heftig beleden onbehagen aan het huppelen en dansen was geraakt, en ons, met onder rusteloze konten telkens weer aangeschoven stoelen, naar een tegenovergelegen hoek van het café had gebracht. Boven de hoofden wentelde onafgebroken, soms op maar een paar vingertoppen, het volle dienblad van Ab, zonder ook maar een vlokje schuimverlies. Als het zomerlicht van buiten door de glazen viel, leek het plateau op een rondzwierende kroonluchter, op drift geraakt als in een verfilming van *De drie musketiers*, wanneer d'Artagnan weer eens snel aan de andere kant van de zaal wilde zijn. De glazen bier werden rechtstreeks van het blad genomen, niet eerst gedroogd met de voet op een viltje, en dat zorgde voor een constante neerslag vanaf kin- en navelhoogte. De vloer van kleine tegeltjes werd nat als die rond een zwembad.

De criticus moest naar een vergadering, en het gezelschap, dat weliswaar bloed geproefd had, maar zich nu van z'n prooi beroofd zag, viel uiteen. Een van de dichters, die ik kort tevoren nog per brief gecomplimenteerd had met zijn prozadebuut, beet zich nu in mij vast. Hij was aangeschoten en opgewonden. Hij maakte veel werk van die keer dat hij en anderen mij slapend aan een tafeltje bij café S. hadden aangetroffen.

'Ik hield van je, zoals je toen was. Maar het was niet goed voor je.' Hij zei het iets te vaak. 'Je deed me denken aan die tragische vriend van mij. Ik herkende die avond ontzettend veel van hem in jou.'

Dat sloeg op een met hem bevriende dichter, die op een avond zijn vermoeide, verkleumde voeten op de langzaam warm wordende kachel had gelegd, en terwijl hij daar zo zat zomaar gestorven was, nog lang geen veertig jaar oud. Twee weken had hij in die houding gezeten, met zijn benen op de almaar doorloeiende kachel, voordat hij gevonden werd. Ik begon me onbehaaglijk te voelen. Wat bedoelde hij? Dat dit mijn voorland was, als ik zo doorging? Je legde je voeten op de mantel van het vagevuur, en dat was het dan. Een vluchtweg, in godsnaam. Ik keek door de open deur het Spui over. Zonlicht lag overvloedig tegen de voorgevel van het Maagdenhuis.

'Als we je wakker probeerden te maken, wist je helemaal niet waar je was. Je stamelde maar wat. We hebben je in een taxi gezet. Mij maakte het niet uit, maar het leek me niet goed voor je. Voor jezelf, bedoel ik.'

Een week of wat eerder had de dichter hetzelfde voorval opgerakeld, toen hij dronken begon te worden. Raadselachtig had hij aan de nagenoeg eendere woorden toegevoegd: 'Je zou je 's wat meer moeten uitspreken. De dingen niet voor je houden.'

Bij het afscheid had hij me woest omhelsd – 'Heb je me begrepen? Spreek je 's wat meer uit. Wees explicieter' – en me daarbij, letterlijk, uit mijn evenwicht gebracht, net als zichzelf. Onze voeten verloren hun houvast op de glibberige vloer, en daar gingen we, aan elkaar vastgeklonken. Ik dreunde met mijn schouder tegen een radiator van de centrale verwarming, en gleed onderuit, met de dichter over me heen. Pogingen overeind te komen hadden geen zin, zolang hij passief op me bleef liggen. Hij leek versuft.

'Zou je niet 's van me af gaan?'

Hij stond met een onnozel gezicht op, liep de zaak uit, maar kwam weer terug. Hij stak zijn vinger op.

'...maar het was wel een *dichter* die op je lag.'

Hij verdween in de avond, en nu was hij weer terug, de dichter. Hij herhaalde zijn bede. 'Nee, echt, je zou eens wat explicieter moeten worden. De dingen bij hun naam noemen. Dat is wat ik je wilde inprenten, toen we samen tegen de vlakte gingen.'

Zoals altijd wanneer de mensen een directer engagement van me verwachtten, begon er iets in me te gloeien, een klein stukje metaal uit het harnas van Don Quichot. Misschien hadden ze gelijk. Misschien wilde ik wel niet anders dan mijn pen als een zwaard beschouwen.

'Hoe stel je je dat voor?'

'Nou, gewoon. Je kunt me wel in een persoonlijk briefje

complimenten maken, maar... Kijk, het is heel aardig van je, en je *bent* ook aardig, maar ik word er niet zo heel veel wijzer van. Durf er tegenover de wereld voor uit te komen waar je staat!'

Het was niet waar. Het was wel degelijk waar. Het engagement dat hij me toewenste, was niet een literaire strijd tegen het kwaad in de wereld, nee, het kwam neer op collegiaal reclame maken voor zijn werk en dat van andere misdeelden. Op het hoogtepunt van deze dag, die me zo verkwikt had, voelde ik opeens een afgrondelijke vermoeidheid. Ik zag dat de dichter, die me afwachtend was blijven aanzien, ook in een spleet van die afgrond keek. Virtuoos zwierde Abs discus voorbij, waar enkele druppels vanaf spatten. Buiten zaten aan een tafeltje de filmer en de fotograaf met elkaar te praten. Naast ze was een rieten stoel vrij. Ik voelde een grote behoefte me daarin neer te laten, al was het alleen maar om het riet onder me te horen kraken. Rinkelend van de lege glazen keerde het dienblad op drie vingertoppen terug naar de tap. Naast me stond een vertegenwoordiger van de dichtersbent die lange tijd als adagium had: *ik sta in de krant, dus ik besta.*

'En als ik je volgende boek uitgesproken slecht vind, moet ik dat dan ook langs de officiële kanalen wereldkundig maken? Of moet ik de dingen dan juist niet bij hun naam noemen? Zeg jij het maar. Jij weet precies hoe geëngageerd ik moet zijn.'

Hij schrok. 'Je hebt gelijk,' zei hij, want het is verder een intelligente en aardige jongen, alleen een beetje in de war door de lauwe ontvangst van zijn debuut. 'Je hebt gelijk,' zei hij nog eens, wat bleker. 'Sorry.'

Zijn plotselinge deemoed kwam me misschien slecht uit,

want het verstikkende gevoel dat mijn onvrijwillige kandidatuur voor het mandarijnschap mij had bezorgd, verdween er niet door, en ik had mijn zinnen op de rieten stoel gezet.

'Er zitten daar mensen die ik nog moet spreken,' zei ik vaag, en liep naar buiten.

De filmer en de fotograaf zaten niet alleen aan het tafeltje. Pas toen ik de drempel over stapte, zag ik het grote gezelschap, waarvan ik niemand kende. Jonge mensen, allemaal achter in de twintig. Ik ging in de vrije stoel zitten met het gevoel van nog een heleboel meer gezeur verlost te zijn. Onmiddellijk stond tegenover me een man op, die voor de hele groep, inclusief de filmer en fotograaf, de bestelling opnam – niet door te vragen, maar door met een priemende vinger de vermoede consumptie per persoon ieder als een bevel in het gezicht te blaffen. Ik had mijn bijna lege glas op de overvolle tafel gezet, en kreeg, bijna als een beschuldiging, een nieuw aangeboden. Mijn twee kennissen weigerden, en stonden op.

'Hapje eten bij Vier Nul Vier.'

Door hun vertrek was mijn aanwezigheid in het gezelschap min of meer ongeldig geworden, en ik verwenste mezelf dat ik niet net als zij voor het pilsje bedankt had. De man keerde terug met een vol dienblad, zette met een bons een glas bier voor me neer, nam voor zichzelf een dubbele jenever met ijs, en liet verdere distributie aan zijn tafelgenoten over. Hij liet zich in de stoel tegenover me vallen, en hervatte met grote heftigheid het gesprek, dat misschien helemaal geen gesprek was, eerder een woest tegen elkaar in schreeuwen en gebaren. Het viel me op hoe snel de gulle trakteerder zijn jenever achterover klokte, tot aan het tegen zijn tanden rinkelen van de ijsblokjes toe. Voor hem gold in verhevigde mate wat voor de hele groep gold, op een stil meisje na: iedereen was aangetast door een buitensporige beweeglijkheid, een vals soort vitaliteit, die met jeugd niets van doen had. Ik voelde me met de minuut onbehaaglijker. Omdat niemand op me scheen te letten, stond ik zonder iets te zeggen op, en ging met mijn glas bij een vrouw even verderop zitten, een kunstenares die ik vaag kende. Zij had een mij onbekende vriendin bij zich. Vrijwel onmiddellijk schoof de man die mij het biertje had aangeboden zijn stoel achteruit, en zonderde zich daarmee af van zijn gezelschap. Hij hield zijn hoofd scheef, zo de indruk makend ons gesprek te willen afluisteren. Een hele poos bleef hij zo zitten, af en toe iets in de richting van de vriendin van de kunstenares sissend, telkens iets luider, totdat het verstaanbaar was.

'Monster...!'

De groep waarvan hij zich verwijderd had, loeide door. Ik bekeek de vrouw tot wie het scheldwoord, dat zij overigens negeerde, gericht was, eens wat beter: zo monsterlijk was ze niet. Ook zonder dat we op de opgewonden sissende en spuwende man letten, werd het gesprek steeds moeizamer en pijnlijker. Ik schoot nergens wortel vanavond. Het zonlicht had zich ver van het terras teruggetrokken, maar lag wel nog – onaangedaan – tegen de gevel van het Maagdenhuis. Inmiddels richtte de man zich over zijn schouder ook tot mij. Korte, bijtende opmerkingen, die ik niet kon verstaan. Had hij de pest in dat ik met het door hem aangeboden glas ergens anders was gaan zitten? Ik negeerde hem, en met de twee vrouwen hield ik alleen nog de schijn van een gesprek op.

Ik begon me al zorgen te maken. Op een dag hing de stad vol affiches met de tekst 'Otten is Onrecht'; ik dacht nog aan een in opspraak geraakt gemeenteraadslid, maar bedoeld was mijn collega Willem Jan Otten, wiens agressor niet alleen bij hem de ruiten ingooide, maar die ook nog eens, op eigen kosten, de straten vol plakte met zijn verontwaardiging jegens een auteur door wie hij zich te herkenbaar beschreven achtte. (Het ging, als ik het wel heb, om een toneelstuk gebaseerd op een verhaal van Borges. Fictie over fictie, zou je zeggen, maar daar heeft de gek geen boodschap aan.) Later moest Harry Mulisch een straatverbod laten opleggen aan een lange sladood die hem te na was gekomen. H.J.A. Hofland en Willem Frederik Hermans vonden elkaar, dat trof, in een gemeenschappelijke agressor, die onvermoeibaar met bijlen en potten verf in de weer was, want de heren hadden 'uit zijn Groot Opstellenboek overgeschreven'.

't Is slechts een greep – maar waar bleef *ik*? Een hoop krakeel over de opvolging van de Grote Drie, een literaire stoelendans zonder weerga, alles goed en wel – maar waar bleef *mijn* agressor?

Opeens was er een helwit of felrood licht, een verblindende steekvlam, waarin alles – het hele Spui met z'n terrassen, z'n Lieverdje, z'n Maagdenhuis – verdween, opbrandde. Dwars daardoorheen klonk een schreeuw, en de schreeuw was mijn naam. Ik had de gewaarwording van een grote, massieve vogel die met kracht tegen me opgevlogen was, en onmiddellijk weer op z'n tak neerstreek. 't Volgend moment kon ik weer zien, maar niets bleek meer hetzelfde. Net of alle kleur uit de dingen verdwenen was. Veel mensen, en dat kon geen zinsbegoocheling zijn, waren opgesprongen, en deinsden achteruit. Om mij een vuistslag toe te dienen, moest de man zich bliksemsnel uit zijn stoel verheven hebben, om zich er even snel weer in neer te laten vallen. Hij lag nu onderuitgezakt in de houding der ontspannenen, maar zijn handen roffelden op de leuningen, klauwden zich om het gebogen riet. Nooit voorheen had ik mijn naam zo luid, en met zo'n haat, door de wereld horen krijsen, en dat uit de mond van een mij volslagen onbekende.

'...vuile pornograaf!' werd eraan toegevoegd, en zo drong tot me door dat hij het wel degelijk op de schrijver voorzien had.

Er moet grote deining op het terras zijn geweest, maar het tafereel had tegelijkertijd iets roerloos, misschien doordat de aanvaller onmiddellijk weer was gaan zitten, naast zijn vriendin, die onbewogen richting Maagdenhuis staarde. De klap had mijn roes verhevigd, maar op een ijskoude manier. Toen ik me op de tierende man wilde storten, bleek ik me opeens aan de andere kant van het terras te bevinden. Twee stamgasten van De Z. hadden me bij mijn armen vast, en duwden me in de richting van de deur, terwijl de ander bleef doorschelden – 'Vuile pornograaf!', ook over mijn uiterlijk, mijn omvang, alsof die zaken met elkaar verband hielden. Wat me eerder aan zijn optreden, en dat van het hele gezelschap, was opgevallen, gold ook voor de woede van deze man: er was iets kunstmatigs aan. Een paroxisme dat zichzelf in stand hield, en waaruit niet te ontsnappen viel. Hij moest, alvorens te gaan drinken, rohypnol hebben geslikt of iets dergelijks. Maar waarom fixeerde zijn woede zich op mij? Ik voelde hoe mijn linker jukbeen erectiel werd, en begon te zwellen. Ik probeerde me los te rukken.

'Jos, ik kan toch niet zomaar...'

'Vooruit, naar binnen. 't Heeft geen zin.'

Mijn kroegmaten trokken me de drempel over. De vrouw die voor 'monster' was uitgemaakt, stond voor het opengeschoven raam lege glazen naar de dolleman te gooien. Ze troffen geen van alle doel. Vanuit het café zag het terras er opnieuw heel anders uit: totaal verlaten, op mijn agressor na, die nog steeds onderuitgezakt in zijn stoel hing, niet langer scheldend, maar met een stompzinnige grijns op de rondvliegende projectielen reagerend. Er werd aan hem gesjord door leden van het gezelschap, dat in z'n geheel was opgestaan, en wel eens weg wilde. Inmiddels door mijn beschermers losgelaten, deed ik ook nog een poging een glas te werpen, maar er bleek te weinig ruimte voor, want iemand was bezig het grote raam naar beneden te schuiven. Uiteindelijk werd de man door Ab weggestuurd.

Wat bleef, was de vernedering. Mijn moeder moest altijd erg lachen om het mopje: 'Is er een dokter in de zaal? – Goeie film, hè, dokter?' Er was een arts in het café. Hij onderzocht mijn oog.

'Nee, het oog zelf is niet beschadigd... alleen een scheurtje in het lid. Maar wat ik hier voel... het lijkt wel een breuk in het bot. Daar moet je morgen eens naar laten kijken. En ja, je krijgt natuurlijk de onvermijdelijke bloeduitstorting. Dat wordt *zo'n* paars ei.'

Ab gaf me een dichtgeknoopte theedoek vol ijsblokjes, om het zwellen van mijn jukbeen te stelpen.

Aan Cosima R.
Amsterdam

Amsterdam, 1 juni 1993

Cosima,

vorige week woensdagavond werd mij op het terras van café De Z. aan het Spui, door een mij op dat moment onbekend individu, volkomen onverwacht en uit een volstrekt onberekenbare hoek, een vuistslag vol in het gezicht toegediend. Omstanders bevestigden later dat de vent plotseling, onaangekondigd, uit zijn stoel opveerde en zich schreeuwend op me wierp. Uit de scheldpartij (liever, het beestachtige getier van een waanzinnige) die volgde, in combinatie met wat hij er later tegenover een gemeenschappelijke kennis over losliet, kan ik met terugwerkende kracht concluderen dat hij de klap min of meer *namens jou* uitdeelde.

Prijs je gelukkig, Cosima: zo leg je nog eens eer in met echte vrienden, die het voor je opnemen. Geen half werk overigens: behalve het gebruikelijke blauwe oog, een scheurtje in het ooglid en een niet te verwaarlozen scheur in het bot bij de oogkas – en dat terwijl mijn schedel nog langer mee moet dan ikzelf. De rechercheur bij wie ik aangifte deed, floot bijna bewonderend tussen zijn tanden: 'Eén klap maar, zei u?' De reactie van mijn advocaat was navenant – het *fluiten*, bedoel ik, niet de bewondering, want toen was al duidelijk dat de vuist gevoed werd door een agressieve cocktail van cocaïne en jenever.

Ik weet inmiddels aan wie die vuist der wrake toebehoort: aan M., filmer, door zijn eigen kennissen omschreven als een destructieve cocaïnegebruiker met psychotische trekjes. Leuk gezelschap. ('Pornograaf' was een van de scheldwoorden die ik uit zijn gebral opving. Curieus voor iemand die een documentaire maakte over zijn oom, de schilder Melle, fallusportretteur bij uitstek. Ach ja, arme jongen, denk ik dan: *pornograaf* is natuurlijk het woord dat je als kind zo vaak moest aanhoren wanneer het over oompje ging.)

'Dat hij toen op Schiermonnikoog mijn vriendin probeerde te versieren, is al erg genoeg, maar dat hij haar in zijn boek dan ook nog een trap na geeft...' – ziedaar zo ongeveer de zwakzinnige portee van wat hij als het motief voor zijn aanval nu rondbazuint.

Ten overvloede herinner ik je eraan dat wij, jij en ik, eind april '88 in het restaurant van hotel Van der W. op Schiermonnikoog aan de praat raakten nadat ik jou een glas witte wijn had aangeboden. We hebben het gesprek later, met koffie en cognac, voortgezet in twee naburige cafés, het laatste waarvan De Toxbar is geheten, waar twee lesbische verpleegsters, die ik al kende, mij met enig ontzag vroegen of jij als fotomodel in de *Viva* had gestaan. Na deze plezierige, geanimeerde avond, die noch van jouw kant noch van de mijne iets opdringerigs had, heb ik voor de deur van jouw Van der W.-appartement volgens de mode van de tijd, d.w.z. met drie kuise zoenen, afscheid van je genomen, en ben ik verder gelopen naar een woonhuis waar nog een feestje gaande was.

De volgende dag trof ik je gepakt en gezakt in de gelagkamer van het hotel. We werden met de auto van de zaak naar de boot gebracht die jou naar het vasteland moest brengen, en die mijn hoogzwangere vrouw Minchen op het eiland zou afleveren. De onhandige situatie deed zich voor dat ik met jou het pad voor de inschepelingen opliep, terwijl zij langs een gescheiden pad van boord kwam: een constellatie die ik later als uitermate geschikt voor een komedie herkende.

Ik heb nogmaals per accolade afscheid van je genomen, en ben teruggelopen om Minchen op te vangen.

Dat is alles wat er aangaande onze – feitelijke – ontmoeting op Schiermonnikoog te zeggen valt.

Twee en een halfjaar later verschijnt mijn roman *Advocaat van de hanen*. Daarin vlucht een advocaat, in '86, om zijn jaarlijkse drankperiode te ontlopen, naar Schiermonnikoog. Hij maakt daar een – in het verlengde van het verhaal logische – katharsis door. De toevallige ontmoeting met een fotomodelletje geeft hem een (tamelijk aanvechtbare) bespiegeling over schoonheid in, uitlopend op een erotisch visioen (dat er niet om liegt, toegegeven). Alles fantasie, verbeelding, verdichtsel, fabel, fictie, hoe je 't ook noemen wilt. Alles behalve de werkelijkheid. Ja, ik kan me voorstellen dat je in mijn verhaal de gescheiden paden van en naar de boot herkend hebt, maar wat dan nog?

Enfin, ik ga hier niet de hele uitleg herhalen die ik je al eens in café l'Entrée gaf (en waardoor je toen overigens niet erg overtuigd leek: 'Wil je nooit meer van die gore dingen over mij schrijven'). Maar wat is nou het probleem? Je herkent in mijn boek hooguit drie kernwoorden (Schiermonnikoog, fotomodel, boot) en *dus* betrek je de rest ook op jezelf. Ik behoud me het recht voor mijn ervaringen, zonder anderen te belasteren of moedwillig te kwetsen, net zo lang te bewerken en om te smeden tot ze in een roman kunnen dienen.

Je verwijt is tegenstrijdig: je verwijt me dat ik te waarheidsgetrouw ben geweest, en tegelijkertijd verwijt je me dat ik de ónwaarheid spreek ('gore dingen'). Je klaagt over herkenbaarheid en, in één adem door, over ónherkenbaarheid. Oorzaak van deze paradox: een tante-betje-achtige benadering van fictie. Dat is dan jouw probleem.

Het valt me op dat juist de lui die zich, nooit zonder pretenties, in de periferie van de kunst ophouden, zoals dat hele onderbetaalde voetvolk van de filmindustrie, altijd en overal de werkelijkheid door de fictie heen willen lezen. Lijders aan dyslexie, iets anders kan ik er niet in zien. *Nooit* het sprookje, *nooit* het symbool, *nooit* het visioen, *nooit* de allegorie willen lezen, godverdomme, nee, altijd alles toetsen op het *Story*- en *Privé*gehalte!

Ik weet niet wat inmiddels jouw relatie tot die M. is, maar ik kan me, na wat er gebeurd is, niet aan de indruk onttrekken dat jullie elkaar destijds, en misschien ook nog recentelijk, behoorlijk hebben zitten opfokken wat die passage uit *Advocaat van de hanen* betreft. En dat op een wel erg ongezonde manier, die alles met de gesignaleerde woordblindheid te maken heeft.

Kijk, ik schrijf dit allemaal niet voor niks, ook om je te waarschuwen. Dat snel overkokende meneertje M., wiens handjes zo los zitten, gebruikt, als je 't mij vraagt, mijn Schiermonnikoogfantasie en jouw reactie daarop wel érg lichtvaardig om zijn cocaïnegestuurde uitval naar mij te rechtvaardigen. Nu pas, na de vuistslag en na M.'s uitleg, is er voor een aantal mensen sprake van 'een overeenkomst met de werkelijkheid', en jawel hoor: naar de passage die voor de lezer eerst gewoon onderdeel van het verhaal was, wordt nu – nadat M. via een kennis het fragment tot op de bladzij precies op het De Z.-publiek had losgelaten – gretig teruggebladerd. Het hek van de fictie is nu van de dam. Dit is geen veronderstelling van mij, maar een weergave van wat ik te horen krijg.

Nogmaals, ik weet niet of jij een aandeel in de huidige hetze hebt; zo ja, ga er dan vooral mee door: je maakt jezelf tot risee van de stad. Zo niet, bel dan die gek (die niet alleen gek maar ook nog uitermate laf is) eens op en sommeer hem op te houden met die onzin.

Mocht je willen reageren, wat niet hoeft, dan staat het

adres van mijn uitgever tot je beschikking. Mijn eigen, nieuwe adres zal ik je maar niet geven: de volgende keer stuur je misschien wel een huurmoordenaar op me af.

Groet,

A. F. Th. van der Heijden

PS – (4 juni '93) Alsof de vernedering van een blauwgebeukt gezicht niet al erg genoeg is, op zichzelf, sta ik deze week met die kop aan het sterfbed van mijn vader. Als zal blijken dat het laatste wat mijn vader, na veertig jaar samenzijn hier op aarde, van me te zien krijgt een blauw oog is, als van de eerste de beste liederlijke kroegvechter, zal mijn haat, vrees ik, ongekend creatief worden.

Twee generaties spiegel

Maandag 31 mei 1993

Op de avond van Tweede Pinksterdag, we zaten aan tafel, belde mijn moeder met het bericht dat mijn vader die middag in het ziekenhuis was opgenomen. De mededeling was alleen in zoverre verrassend dat de laatste van een hectische reeks opnamen, tussen '87 en '92, alweer meer dan een jaar oud was. Mijn moeders stem, toch al kwijnend en traag geworden door de ziekte van Parkinson, klonk nog zachter en terughoudender dan anders: zij leek de situatie rottiger voor ons te vinden, al was het alleen maar omdat zij de maaltijd verstoorde, dan voor de patiënt, of voor haarzelf. Als haar falende stem nog een klank had, was het er een van verontschuldiging.

'Het is waarschijnlijk longoedeem. Hij is in iets van twee weken tijd twaalf kilo aangekomen. Het vocht... Zijn benen... alles opgezwollen...'

Ik voelde een grote woede bij me opkomen. *Hoe durft hij? Hoe haalt hij 't in zijn hoofd om in het ziekenhuis te gaan liggen, en zo mijn leven te ontregelen?*

'En wel gerookt, zeker, al die tijd? Kijk, als hij wil dat ik aandacht aan hem besteed, laat hem dan ook eens een stap doen. Ophouden met roken, bij voorbeeld. Hij is zo blij met Totò. Maar terwille van Totò zijn leven nog wat rekken door het roken eraan te geven, ho maar.'

Mijn moeder *zuchtte* voornamelijk nog.

'Hij heeft het wel geprobeerd.'

'Ja, het kwam erop neer dat hij na elk ontslag uit het ziekenhuis opvallend vaak iets in het handschoenenkastje van zijn auto te zoeken had. En een boel te doen in de schuur was er ook. Achterstallig onderhoud zeker.'

Misschien lag in de felheid van mijn woedeaanval wel de zekerheid besloten dat het nu gedaan was met hem.

'Mama, ik zat zo goed in mijn werk. Nu raakt alles weer ontregeld. Ik had het helemaal niet erg gevonden, als *hij* dan ook maar eens over de brug was gekomen.'

'Ja, jongen, ik weet 't. Wat moet ik ervan zeggen?'

Opeens begon er iets te gloeien in mijn gezicht. Een brandend gevoel links. De paarse uitstulping – ik was hem net even vergeten. O, nee, uitgesloten: ik kon niet naar het ziekenhuis met een blauw oog.

'Mama, ik kan nu echt niet langs komen. Ze hebben me op m'n bek geslagen, godweet waarom. Mijn oog heeft alle kleuren van de regenboog.'

'Jongen, wat gebeurt er toch allemaal?'

Donderdag 3 juni 1993

'Als je hem nog in leven wilt zien,' had mijn jongere broer de avond tevoren aan de telefoon gezegd, 'moet je nu toch echt komen.'

Hij was in Eindhoven, bij mijn moeder. Zijn stem had niet verwijtend geklonken: wij wisten van elkaar hoe moeilijk we het met die vader van ons hadden, al leidde dat bij hem tot beduidend minder plichtsverzuim dan bij mij.

'Het is die vochtophoping... die wil maar niet weggaan. Ze hebben hem nu een of andere hartversterkende spuit gegeven, een paardemiddel, zodat zijn hart de kans krijgt dat vocht weg te pompen. Zijn laatste kans, hebben de artsen gezegd.'

Ik stelde me zijn hart voor als een eenzaam gemaal op een dijk, met over basalt kronkelende slangen, bezig een hele polder leeg te malen. Wind. Meeuwen. Stapelwolken.

'Ik kom morgen.' Ik voelde de bloeduitstorting branden op mijn gezicht. 'Zeg tegen mama dat ik aan het eind van de ochtend bij haar ben.'

Doordat ik besloten had mijn dieetdag gewoon door te laten gaan, en als ontbijt alleen twee antihongercapsules en een glas water genuttigd had, bleef ik de hele treinreis lang de doodswalging van die slapeloze nacht op mijn tong proeven. Nooit eerder was de dood me zo na gekomen.

Op het station van Eindhoven nam ik een taxi naar de

Achtse Barier, een nog geen vijftien jaar oude nieuwbouwwijk, in een gestileerd schots-en-scheve stijl ontworpen naar het stratenplan van een Frans plattelandsdorp, compleet met boerderijdaken van ongelijke hoogte. De straten droegen er Franse namen, en in de twaalf jaar dat mijn ouders er woonden, had nog geen taxichauffeur me rechtstreeks naar het juiste adres in de La Rochellelaan weten te brengen.

Ik trof mijn moeder alleen thuis. Mijn broer en mijn zus, die allebei in het ouderlijk huis gelogeerd hadden, waren boodschappen doen. Het was of ze alsnog antwoord wilde geven op mijn woedeaanval aan de telefoon met Pinksteren.

'Ik ben zo kwaad op hem geweest. Ik heb zoveel haat gevoeld... En toen ik hem daar zo zag liggen, was dat zomaar weg. En dat was *wel* zo fijn. Ik voelde me er veel vrediger bij.' Ze huilde achter haar hand, zonder een geluid te maken.

'Daar lag blijkbaar niet dezelfde man die tot bepaalde dingen in staat was,' zei ik, en had meteen spijt van mijn opmerking, niet omdat hij niet waar was, maar omdat hij aan mijn moeders vredigheid leek te willen tornen.

Mijn broer en zus kwamen terug met de boodschappen voor de middagboterham. Marianne vroeg wat ik op mijn broodje wilde.

'Nee, niet voor mij. Ik heb een vastendag.'

Frans deed verslag van het ziekenhuisbezoek de vorige avond.

'Ze hebben hem een catheter gegeven. Hij liet het me zien. Ik schrok me dood. Een compleet bloedbad. Hadden ze er weer naast zitten steken, natuurlijk. Ik heb de arts te spreken gevraagd. Staat zo'n man je te woord in de gang, vlak bij de open deur, zonder zijn stem te temperen. "Laatste redmiddel, die spuit," zei hij. "Daarmee zijn onze mogelijkheden uitgeput." Ik wed dat papa alles gehoord heeft. Enfin, je moet je maar op het ergste voorbereiden.'

Na de lunch reed hij ons in mijn vaders rode Fiat naar het Sint-Catharinaziekenhuis. 'Ik ga niet mee naar boven,' zei hij al in de auto. 'Ik heb hem gisteravond gezegd dat ik na het bezoekuur terug naar Amsterdam zou gaan, dus ik laat het nu maar even zo. Met jullie drieën heeft hij het al zwaar genoeg. Ik wacht beneden wel.'

Ik kon zien dat hij zich niet goed voelde. Hij was zelf lange tijd ziek geweest, en de aanblik van zieken was nog altijd in staat de oude verschijnselen in hem te doen opwolken.

Met mijn moeder tussen ons in liepen Marianne en ik naar de hal met de liften. De lift naar de dertiende verdieping was me in de loop van zes jaar aardig vertrouwd geworden. 'De negen,' zou de liftbediende bij het naderen van de negende verdieping quasi-opgewekt zeggen. 'Graag gedaan, en goedemiddag.' En dan: 'De elf... Graag gedaan, en...'

Tussen de negende en de elfde moest ik denken aan de tragedie die zich, toen mijn vader een vorige keer in het ziekenhuis lag, ergens op deze hoogte tijdens een bezoekuur had afgespeeld. Een patiënt, een jonge man nog, genezend van iets onschuldigs, was ervan overtuigd dat niet alleen hijzelf iets dodelijks onder de leden had, maar dat ook zijn vrouw en dochtertje ongeneeslijk ziek waren. Hij vroeg, en kreeg, toestemming om zich voor de duur van het bezoekuur met zijn kleine gezin in een ongebruikt zijkamertje af te zonderen, 'voor een intiem gesprek', want 'op zaal waren er altijd mensen bij'. Gekleed in pyjama en ochtendjas schoot hij eerst zijn vrouw dood, verwondde daarna het kind levensgevaarlijk, en sloeg ten slotte, zoals het *Eindhovens Dagblad* schreef, 'de hand aan zichzelf'. De omstandigheid dat het dochtertje in een ziekenhuis was neergeschoten, had haar gered.

'De dertien. Graag gedaan, en goedemiddag.'

Zo konden mensen dus ook sterven in het hospitaal. *Je moet je maar op het ergste voorbereiden.* Met mijn moeder, die zich alleen nog voetje voor voetje kon verplaatsen, vorderden we uiterst langzaam door de lange gang. Nu ik me de gruwelijkheid van mijn vaders toestand zo scherp en gedetailleerd had ingeprent, wilde ik ook, om de schrik te snel af te zijn, vooruit hollen naar dat beeld.

'Laat mij eerst maar even kijken,' zei ik, de arm van mijn moeder loslatend. 'Ik kom jullie zo wel halen.'

Open deuren, stemmen van bezoekers. Ik liep met grote stappen naar kamer 8. Vlak bij de deur hield ik een moment mijn pas in, en luisterde. Stilte. Een stap tot voor de ingang, zodat ik naar binnen kon kijken. Ik zag bezoekers zwijgend en bedrukt rond een bed staan. Nog twee stappen: ik was de drempel over. Ik hield mijn hoofd naar rechts gedraaid. Het bed meteen om de hoek van de deur was leeg, het andere, met het bezoek dat nu mijn kant op keek, had ik al gezien. Rond het bed links bij het raam stond een scherm. Met een ruk wendde ik mijn hoofd helemaal naar links.

'Als een verschrikte kip' – zo zou ik hem later tegenover mijn broer beschrijven, en precies zo zat hij rechtop in de kussens, met alle verschuldigde eerbied: als een verschrikte kip. De magere nek op de smalle schouders, de scherper geworden neus, het losse vel onder zijn kin, rechtopstaand haar... zelfs de verkrampt opgetrokken poot van een gealarmeerde kip ontbrak niet: hij hield er een kam in. Pas later bedacht ik dat zijn verstening misschien te maken had met de veeg paars onder mijn oog, die ik zelf alweer tijdelijk vergeten was.

'O, ben jij het...'

Hij hervatte het kammen van zijn haar, wat door zijn tremor neerkwam op het hakken met de tanden in de verwarde, dunne slierten die boven op zijn schedel lagen. Het was nog altijd overwegend bruin, maar dof en krachteloos geworden, en met die kortaangebonden hakbewegingen maakte hij het alleen maar verder in de war. Ik kon mijn ontroering alleen de baas door me te concentreren op dat ene cynische beeld: Lazarus die na het opstaan, de rigor mortis nog in de ledematen, zijn kapsel op orde brengt.

'Laat toch, dat haarkammen.'

'Waarom? Ik moet er een beetje toonbaar uitzien voor het bezoek.' Ondanks de lijzige toon, als van een dronkaard (het moest door de medicijnen komen), klonken zijn woorden licht spottend, en dat beviel me wel. Dezelfde lichte spot vonkte even in zijn ogen, hoe dof ze verder ook stonden.

'Ik haal de anderen.'

Mijn moeder en zus waren op eerbiedige afstand van de deur blijven staan. Op hun gezichten stond de onheilstijding al weerspiegeld die ze van mij verwachtten.

'Hij zit in bed zijn haar te kammen.'

'Wát...?' zeiden ze allebei tegelijk. Mijn moeder, zag ik aan haar bovenlijf, wilde een stap naar voren doen, maar haar voeten bleven op hun plaats, waardoor zij bijna viel. ('Ik moet er nog aan wennen,' had zij een keer gezegd, 'dat ik in gedachten al loop, terwijl mijn benen niet mee willen.') Nadat zij even gewacht had, kon zij schuifelend naar binnen. Zij legde haar bevende handen op het voeteneind van het bed, en keek met open mond naar mijn vader.

'Wat krijgen we nou, zeg. Ik ben compleet verbaasd.'

'Drie en een halve kilo d'raf, in ene nacht,' zei hij opgewonden, voor zover zijn langzame spraak en kortademigheid dat toelieten. 'Hier, moet je 's kijken...'

Met kinderlijke trots schoof hij het dek van zich af. Op zijn pyjamajasje na, zilverig glanzend van nieuwheid, was hij naakt. Misleid door de vogelachtige broosheid van zijn schouders en hoofd was ik niet bedacht op het gezwollen lichaam daaronder. Vanaf het borstbeen verliep zijn lijf als dat van een Michelinmannetje, waar het vroeger zo tenger was geweest. Het was veranderd in een witte buidel vol vocht.

'Hier, kijkt 's, die billen... dat waren toch complete waterzakken.' Hij kneep keurend in zijn slappe, nog altijd opgeblazen billen, zoals een marktkoopman in zijn waren zou knijpen om de klant uit te nodigen hetzelfde te doen. 'En moet je nou 's voelen... En die bovenbenen... ik kon ze niet eens meer bewegen, en moet je nou 's zien...'

Doordat hij wilde demonstreren hoe zijn been weer kon scharnieren, gleed er nog meer dek van hem af. Rond zijn geslacht was, losjes, een pamper gevouwen, een wegwerpluier zoals bij baby's gebruikt, wit en afgezet met blauwe namaakruches. Ik dacht: hij heeft een cirkel volgemaakt; als zuigeling begonnen, ligt hij hier nu, op z'n zevenenzestigste, weer geproportioneerd als een pasgeborene en gehuld in een luier met zijn mollige benen te trappelen. Hij trok moeizaam zijn rechterbeen op, en strekte het.

'Nou, dat heb ik sinds vorige week niet meer gekund. Ik had er totaal geen gevoel meer in.' Hij richtte zich tot mij. 'Echt, Adri, de laatste keer dat ik auto reed, merkte ik dat ik het rempedaal niet meer in kon drukken. Ik reed in volle vaart over de weg, en ik moest rechtsaf. Dat was mooi. Met een hand op m'n knie heb ik toen m'n been zo'n beetje naar beneden geduwd. Op 't gevoel af. 't Ging net. 't Scheelde niks.'

Hij bleef lijzig praten, op het lallende af, als iemand die met duim en wijsvinger een haar van zijn tong probeert te plukken zonder zijn uiteenzetting te onderbreken. Midden op zijn ballonachtige, witte buik signaleerde ik een stervormig soort wijnvlek, precies onder de navel. Het moest een bloeduitstorting zijn, veroorzaakt door het slordig inbrengen van de catheter. Door die paarse inktspat begon mijn verkleurde oog weer in mijn gezicht te branden. Hij had, misschien te zeer in beslag genomen door de vermeende omslag in zijn lichamelijke conditie, nog altijd niets over mijn tronie van kroegvechter gezegd.

'Drie en een halve kilo minder, zeiden ze vanmorgen. Nou, en *of* ik opgelucht was. Gisteravond zag ik het niet meer zitten. Ik zat psychisch helemaal aan de grond. Zo *down*... Totaal kapot, echt waar.'

'Psychisch', 'down' – het ziekenhuis was zijn universiteit, want voordien hadden die woorden nooit tot zijn vocabulaire behoord.

'Ja, toe maar,' zei mijn moeder, toen mijn vader nog eens goedkeurend in zijn dijen kneep. 'Steeds maar met die billen bloot, dat vinden we nou niet zo lekker.'

Onhandig, met fladderende hand, trok hij het dek over zich heen, waarbij er ritselend iets op de grond viel. Ik raapte het gedachteloos op. Eerder dan dat ik het zag, voelde mijn hand, die zich het eindeloos verschonen van mijn zoontje herinnerde, dat het de pamper was – niet volgezogen en zwaar als de gebruikte van een baby, maar evenmin licht en fris.

'O, geef maar hier.' Mijn vader griste hem uit mijn hand.

'Dat is voor het lekken van dat ding.'

Onder het laken vouwde hij de luier op de tast weer rond zijn geslacht, waar dit in de catheter overging. Oude baby, gebakerd door de dood. Toen zijn hand, vanonder het dekendek teruggekeerd, onzeker naar zijn linkerpols zwierf om de pyjamamouw opzij te schuiven, zodat hij de tijd van zijn horloge af kon lezen, drong tot me door dat hij dit gebaar sinds onze binnenkomst al vele malen volvoerd had – kennelijk zonder dat de wijzerstand tot hem door wilde dringen. Wijs- en middelvinger, die met hun nagels op het horlogeglas tikten, waren nog altijd bruin van het verboden roken. Zo verried hij zichzelf, als een kersendief door zijn blauwe lippen. In meer dan één opzicht was er een cirkel rond: al in de wieg moest hij, met stoom, behandeld worden voor zijn aangeboren bronchitis; nu lag hij, weerloos als een zuigeling, in een ziekenhuisbed ten onder te gaan aan de uitwassen van zijn afwijking. In de tussenliggende tijd, dat wil zeggen vanaf zijn elfde, had hij zijn zwakke longen getart, geprikkeld, uitgedaagd, op de wijze van de kettingroker sigaret aan sigaret rijgend, net zo lang tot er een sleetse plek in een long ontstond, op de plaats waar aan de buitenkant een ader liep.

'Iets snoepen?'

Hij had de la van zijn nachtkastje opengetrokken en er een ronde trommel uitgenomen. In zijn trillende hand roffelden de toffees op de blikken bodem.

'Nee, dank je wel, pa. Ik heb een vastendag, vandaag. Ik sta op dieet.'

'Verdorie, ja, ik meende al te zien dat je was afgevallen.'

'En dat gezicht,' zei mijn moeder. 'Heb je zijn gezicht gezien? Gewoon d'rop getimmerd.'

'Een ontevreden lezer,' zei ik. 'De een of andere gek.'

'Nou, 't is toch...' Nu hij er niet langer onderuit kwam, veinsde hij belangstelling, mededogen, verontwaardiging, al had hij er geen woorden voor, evenmin als bij mijn binnenkomst. Ik kwam hem maar al te bekend voor, zo, net als hij mij in zijn nieuwe gedaante eindeloos vertrouwd was.

We waren met stomheid geslagen, allebei.

Accijns op zelfmoord

Minder hoog scorend in heiligheid dan de drie en de zeven, maar toch: het getal twee. 'Waar er twee vechten, hebben er twee schuld.' Of zoals vroeger een vriend zei over weer een andere vriend, die onbedoeld en ongewenst zijn buurmeisje zwanger had gemaakt: 'Waar er twee neuken, hebben er twee schuld.'

Vechten, neuken, zuipen – daar hebben we zo'n heilig driemanschap. (Al zal de volgorde vaker zijn: zuipen, vechten, neuken – als men de middelste handeling tenminste wint van zijn rivaal, en voor de laatste, na de handelingen één en twee, ze nog allemaal op 'n rijtje heeft. Zie ook verderop onder 'Shakespeare'.) Ook voor het zuipen zijn er twee nodig: de drinker en de drank. Maar de eendracht (elders gevecht, paring) ligt hier problematischer. Al lijken ze het doorgaans, van een afstand, goed met elkaar te kunnen vinden, ze hebben het niet gemakkelijk met elkaar.

De drinker is conservatief, de drank daarentegen progressief.

Geen drinker wil stomdronken worden. Hij wil de roes, die na een beperkt aantal glazen in hem is neergedaald, vasthouden zoals die is, en hij doet dat door de bereikte euforie te conserveren – met een volgend glas. Hij vernist, *verguldt* als het ware zijn roes met een glas dat al niet meer tot die roes bijdraagt. In dit laatste glas, dat telkens door een nieuw vervangen wordt, meent de drinker een soort pas op de plaats te maken: zijn begeerde gelukzalige stemming is voltooid, hij hoeft deze alleen maar in volmaakte staat te *houden*. Een fatale symbiose tussen drinker en drank, want de drank, die op het agressieve af progressief is, sleept de drinker – tegen diens wil, hoewel hij volledige doorgang heeft verleend – mee naar een volgende, oncontroleerbaarder fase van alcoholische intoxicatie. Ook daar blijft de drinker, onafgebroken innemend, zorgzaam bezig zijn *oorspronkelijke* euforie te conserveren. Tegen het eind van de avond heeft de progressieve drank hem, de conservatief, door alle vertrekken van de oppositie geloodst, tot waar de drinker niets meer te zeggen heeft en gedwee en verdoofd elke door zijn tegenstander gewenste paraaf zet.

Als ik mezelf als een min of meer willekeurig geval van drankzucht beschouw, hoe ziet mijn anamnese er dan uit?

Ik stam, van vaderskant, uit een familie van weekenddrinkers, van (hand)arbeiders die, na een week ploeteren, op zaterdagnamiddag en op zondag rusteloos langs vaak ver uiteenliggende kroegen zwierven. Te voet, op de fiets, later per brommer. Ik vermoed dat zij, na het ontvangen van hun centen, op zoek gingen naar hun *eigenlijke* loon, iets onbenoembaars, waar zij door hun harde werken recht op meenden te hebben, een vaag avontuur waar zij graag met hun zuurverdiende geld de toegang toe wilden kopen. Kortaangebonden romantici. Vechtersbazen. Mijn overgrootvader had het, mijn grootvader, mijn vader. Alleen de laatste, in zoverre de erfgenaam van de andere twee dat hij naar dezelfde onduidelijke schat op zoek was, heb ik persoonlijk gekend. Hij zocht zijn geluk op de bromfiets – wat hij vaak met letsel aan ledematen of een gehavend gezicht moest bekopen. Het gelaat dat me vanuit mijn vroege jeugd het indringendst aankijkt, is er een met een bladderend masker van wondkorsten, een dagelijks van kleur wisselend – eerst paars dan bruin dan geel – gezwollen oog, en ontspringend aan de wenkbrauwen een soort voelsprieten van hechtgaren.

De ontevreden lezer die mij eind mei, omdat hij zijn ex-vriendin meende te hebben herkend in *Advocaat van de hanen*, op een Amsterdams caféterras beloonde met een rechtse op mijn linkeroog, moet, volgens een duivels scenario, hebben geweten wat hij deed. Enige dagen later stond ik aan het sterfbed van mijn vader, en hield hem met mijn eigen gezicht, waarvan de linkerhelft, met overvloedige bloeduitstortingen, paars was opgezwollen, de spiegel van vroeger voor. Maar hield hij mij niet net zo goed een spiegel voor, in omgekeerde richting? Met Pinksteren hadden ze hem, met twaalf kilo vochtaanwas (longoedeem), naar het ziekenhuis gebracht. De man wie ik mijn dieppaarse spiegel voorhield, droeg een bijna gemummificeerd doodskopje op vogelschoudertjes, terwijl zijn lichaam beneden het middenrif tot aan zijn voeten in vochtrollen verliep. Als trofeeën van zijn gemotoriseerde kroegentochten bracht hij telkens weer een ander masker met ingeregen wenkbrauwen mee naar huis. Het zat nu op mijn gezicht. *Mijn* twintig jaren van zijn voorbeeld volgen hingen als evenzovele overbodige kilo's aan mijn lijf. Mijn vaders gezwollenheid dreef er de spot mee.

Al sinds mijn twaalfde ben ik geobsedeerd door alcoholisme als erfelijke belasting. Op die leeftijd werd ik, samen met mijn anderhalf jaar jongere zusje, uit logeren gestuurd bij mijn oom en tante in Dordrecht, omdat het thuis door de toenemende weekendterreur niet meer te harden was. Een jonggetrouwd stel: oom E., die bij de gemeente werkte, kwam meestal thuis lunchen, en gaf zijn vrouw dan door het tergend langzaam strekken van een gekromde wijsvinger te kennen hoe hij er, in het knellende pak van de dagelijkse plicht, aan toe was. Vaak verdwenen ze dan een minuutje of tien van tafel. Op een middag was hij daarvoor te zeer verdiept in zijn krant. Hij las tante M. voor uit een lang artikel – iets over de verstandelijke vermogens van door alcoholisten verwekte kinderen. Die konden minder begaafd zijn, tot zwakbegaafd. (Het ontbrak er nog maar aan dat hij kwam aanzetten met de uit alcoholverzadigd zaad voortgekomen zeehondachtige baby's, waar genetische bangmakers in oude Duitse handboeken van reppen.)

'Wel vaker over gehoord,' zei tante M. verveeld.

'En zullie dan?' zei oom E. met een zijwaartse knik naar ons, die naast hen tegenover elkaar aan tafel zaten. 'Zullie halen toch hoge cijfers op school?'

Tante M., die haar verstolen twaalfuurtje misliep, haalde nog steeds even verveeld haar schouders op.

Oom E.: 'Dan klopt er toch iets niet.'

Maar als hij er, ondanks zijn verbazing (en misschien teleurstelling), van overtuigd scheen dat ons vooralsnog niets mankeerde, waarom sprak hij dan alsof er twee debieltjes bij hem aan tafel zaten, die onmogelijk iets van zijn uitlatingen konden begrijpen? Omdat mijn moeder tegenover de buitenwereld alles doodzweeg, had haar schaamte bij ons een zesde zintuig, een soort radar, geïmplanteerd voor alles wat, ook indirect, over mijn vaders alcoholische escapades werd verkondigd. Mijn zusje reageerde op de gebruikelijke wijze: ver uitpuilende ogen. Oom E., schuin tegenover haar, hield snel een schoteltje onder haar neus, schertsend: 'Pas op, direct rollen ze eruit!'

En ja, waarom zouden de oogbollen, door de waanzin die mijn vader in haar had uitgezaaid, niet inderdaad op eigen kracht uit hun kassen kunnen springen, zelfmoordenaars voor een open raam?

Sinds die ogenopenende lunch, vijf of zes hoog in een flatgebouw aan de snelweg, hield ik er sterk rekening mee dat ik krankzinnig kon zijn. Toen mijn zusje in Dordt werd afgelost door mijn vijf jaar jongere broertje, en hij en ik een middag alleen gelaten werden, wilde ik ook wel eens weten hoe het *voelde* 'gek' te zijn. Ik probeerde mijn experimenten op het kind uit (dat waarschijnlijk ook al de kiem van de waanzin in zich had).

'Weet je, Fransje, als jongens... als die twaalf moeten worden, dan zijn ze altijd eventjes krankzinnigen. Ik nou ook.'

Ik kan me niet herinneren met wat voor mongolenmimiek, zwakzinnigentaal en over-de-vloer-kronkelarij ik de gek speelde, maar het knaapje was al spoedig radeloos en in tranen. Niet het (geveinsde) gedrag zelf overtuigde me ervan dat ik innerlijk door mijn vaders drankzucht aangetast en beschadigd was, maar wel het feit dat ik er, ondanks de (allerminst geveinsde) hysterie van mijn broertje, tot aan het eind van de middag *niet mee kon ophouden.*

In later jaren ben ik me krampachtig tegen de 'erfenis' die in mij opgeslagen lag gaan verzetten. Nooit, nooit zou ik de smaak, of de smaak mij te pakken krijgen. Veertien jaar oud vervreemdde ik mijn vrienden van mij door te donderpreken tegen hun eerste 'sneeuwwitje'. Nog op mijn zestiende, toen ik haar op een familiefeest een scheutje rode bes in haar 7-up zag doen, siste ik mijn zus het woord 'alcoholiste' toe. Net achttien verzilverde ik, nergens op bedacht, zelf de eerste coupon van mijn erfenis.

In het centrum, midden in het drinklabyrint van mijn vader, werd in een oude smidse een jongerensociëteit ingericht, open te stellen op zaterdagavond van acht tot twaalf: zo hield je ze van de straat. Mij werd gevraagd de muurschilderingen te maken. Het werden een soort lompe fresco's van latex, maar de dansende baardman met lendendoek stond er mooi op, evenals de mythologische stier, waaraan helaas de vaatkwast ontbrak. Ofschoon een betweter van de Pedagogische Academie liep rond te bazuinen dat 'die dansende vrouw gepikt was van Peter Vos', legde ik op de avond van de opening veel eer in met mijn decoraties, wat betekende dat elk compliment vergezeld ging van een glas bier. Opdrinken was minder problematisch dan weigeren, al smaakten de eerste vijf, zes pils als een oude ramenlappersspons vol azijn. Tegen het eind van de avond danste ik op een stoel, en de stoel danste onder me mee, en zo staken we diagonaal de hardboard dansvloer over.

De eerste keer wakker met een houten kop en een leren tong. Wat was er gebeurd? Ik ben er nog altijd van overtuigd dat een luide lach, die de hoofdpijn verhevigde, aan de eerste, omnevelde herinnering *voorafging*. Het lachen had zich verzelfstandigd. Ik kon me alleen maar de hilariteit an sich herinneren. Het meest lachwekkende was nog wel dat de gebeurtenissen van de avond tevoren zich hadden teruggetrokken achter een soort vitrage, die af en toe, als ik er mijn geheugen langs liet strijken, opwoei. Erachter bevond zich bij voorbeeld iemand van wie ik alleen de benen kon zien, of liever gezegd het hoofd, want zij stond op d'r kop. Enzovoort. Mijn geschaterlach werd beneden, door mijn ouders, met bevreemding ontvangen. Het drong tot me door dat ik mijn ouwe bij de kloten had. Ik had de Toverdrank durven drinken, ik was, zoals het hoorde, in een andere persoon veranderd, maar in plaats van te vechten had ik gedanst, in plaats van te slaan gestreeld, in plaats van te schreeuwen georeerd, en in plaats van te spuwen gelachen. Alles was in een chaotisch, surrealistisch tafereel ontaard, maar waar ik ook keek: hysterische vrolijkheid. Ik had mijn vader tot op de bodem van zijn ziel gecorrigeerd. Ik had hem op zijn eigen morsige terrein verslagen, sierlijk, lichtvoetig, lachend als d'Artagnan, met een degen die vrolijk door de lucht zong. De goede dronk had het van de kwade dronk gewonnen.

Eén raadsel bleef op mijn conto staan: waarom ik het nodig vond mijzelf vanaf die eerste avond telkens opnieuw tegenover hem te bewijzen. Ja, waarom moest de hilariteit elke zaterdagavond tot nog grotere uitzinnigheid opgevoerd worden? Je had je voet in 's mans nek staan; er hoefde toch niet zo iets als een *record* verbeterd te worden?

Jij, stommeling:

je verborg geheime voorraadjes in je kleren. Een zakflesje rum, bijna onzichtbaar, nauwelijks een bobbel. Of je dronk vooraf, thuis, op je kamer – whisky – ; je zag de komende avond in een visioen voor je: jij zou de held zijn, je wist al wat je zou gaan zeggen: dit tegen die, dat tegen die. Je zou laten merken dat je gedronken had, je zou je beschonkener voordoen dan je in feite was – dat gaf je een excuus wanneer je iemand om de hals viel en in het wilde weg begon te zoenen, en dan, later, al die onverwachte charme, die rijkdom aan woorden, onverwacht omdat ze je dronken waanden. Je zag tot in de details voor je wat er zou gaan gebeuren. Je dronk in het halfduister van je kamer – je draaide platen, je danste, in je eentje, de avond tegemoet. Je maakte sprongen, wat niemand zag – monsterlijke sprongen, ze hadden je gezicht moeten zien. (Uit die sprongen viel alles te berekenen.) Je dronk aan de fles, je nam de fles mee. Onder je jas. Je verborg hem achter het gordijn, in een hoek van de vensterbank. Af en toe verdween je hand achter het gordijn, of je hoofd – tot iemand het ontdekte, dat *wilde* je toch, en je de fles vrijelijk rondgaf. Of je kreeg een bloedneus, plotseling, plotseling sprong het bloed uit je neus, en je maakte van de gelegenheid gebruik om theatraal te jammeren:

'Dat is de drank. Daar komt het van.'

En dan was er iemand die je kende, een paar jaar ouder dan jij, die je bij de haren greep en je hoofd achterover trok, en je neus dichtkneep, en je zo naar het toilet duwde, foeterend: dat het geen doen was, dat je jezelf naar de bliksem hielp, als je zo doorging, klootzak, en iets over je ouders, dat die het zo goed met je voorhadden, want die kende hij, en dat het alleen om *hen* was dat hij hier je neus stond dicht te knijpen en je smoel afwaste met water uit de kraan. En je genoot van zijn woede, je genoot van de praatjes achter je rug:

'Hij had zoveel op, dat het bloed uit zijn neus spoot.'

'Het is in zijn kop geslagen.'

'Hij is op – hij is helemaal op.'

Want zelf wist je wel beter, je kende je grenzen – die bloedneus, dat was misschien alleen maar een voorhoofdsholteontsteking. Daarom liet je je de volgende keer na zoveel glazen ook nog voor veel geld een pil aanpraten – je spoelde hem weg met bier. Je hebt later van anderen moeten horen wat die gevaarlijke overdosis aan energie met je gedaan had: je woordenstromen, dat niemand het bij je uithield, dat iedereen van je wegliep – dat je toen hoog boven op een tafel bent gaan staan (misschien nog op een extra stoel) en dat je uit het diepst van je lijf schreeuwde dat je iedereen die ook maar enig wederwoord durfde geven ‘onder de tafel zou lullen’, de meest vindingrijke beledigingen brulde je, dat je vervolgens schor eiste dat iemand met je in het krijt zou treden, en ten slotte hees smeekte dat iemand met je zou komen praten over de allereerste kiem van het heelal en zijn huidige grenzen. Het was in de hal, niemand kwam. Af en toe verscheen er iemand op de drempel, het glas in de hand, om naar je te kijken, om vlug weer te verdwijnen. Je was gaan zitten op de stoel, en zo daalde je etage voor etage je troon af. Je stond trillend weer op de grond – je kon je armen en benen niet meer stilhouden. Je wist een kleine nis in de muur, achter de kapstok, waar je zelf nog eens, met de verf die over was, een groot spinneweb had geschilderd – daar ben je in gekropen. Alleen je schoenen waren nog zichtbaar – je voeten staken onder de jassen uit. Zo heeft iemand je daar zien staan – hij zag die voeten, die daar onbeweeglijk stonden, en hij is er anderen bij gaan halen. Niemand herkende die voeten. Gemompel. Ten slotte had iemand het lef wat jassen opzij te houden. Daar stond je, onbeweeglijk, je ledematen helemaal tot rust gekomen, *verstijfd* bijna. Gelach. Je stond daar – doodernstig. Je stem was onherkenbaar, je zei met het stemmetje van een kleine jongen:

‘Ik wou – ik wou dat ik een heel klein spinnetje was.’

Luid gelach.

‘Dan zou ik midden in dit web kruipen, hier, in het midden, en er nooit meer uitkomen.’

Het gelach maakte je nerveus – je begon weer te trillen. Je liep met grote passen naar het hok waar de vaten bier in opgeslagen stonden. Je rukte aan de deur – de deur was op slot.

Je begon weer te schreeuwen. Je eiste dat iemand je daarin zou opsluiten: *nu, nu, nu!* Je riep om de sleutel. Je smeekte dat iemand je zou opsluiten. Ze deden het niet, ze lachten alleen maar. Ze dachten aan een grap. Je *meende* het. Je was te opgewonden om te huilen. Je jankte – zonder tranen. Je liep de deur uit, het naargeestige straatje in, waar schaars oranje licht hing, waar altijd stoom hing, die uit een gat in de grond omhoog wolkte (misschien mondde daar een verwarmingspijp uit – van de openbare leeszaal en bibliotheek), waar in de schemering, tegen acht uur, als je moest wachten tot de deur openging, altijd een tweetal vleermuizen rondtuimelde, tussen de hoge donkere muren van een naamloze fabriek. Verveloze brandtrappen. Het straatje liep dood op de afrastering van een houtzagerij. Daar liep je wat op en neer.

Jaren verstreken aldus. Ik had hem allang verslagen, op zijn eigen terrein, keer op keer, en zónder kwaaie dronk. Ik had zelfs, in hectoliters uitgedrukt, al meer gedronken dan hij in zijn ruim een kwart eeuw oudere leven. Waarom dan toch doorgegaan? Ik *ging* door. Na hem te hebben verslagen, als het ware hautain 'op de vlucht te hebben gedreven', ging ik hem achterna. Ik haalde hem in, hardnekkig mijn best doend hem te evenaren, me tot zijn niveau te verlagen. Ik werd zijn gelijke, tot aan de totale identificatie toe: decorumverlies, twistzieke dronk, berooidheid, bewusteloosheid, onverklaarbare verwondingen... Na het grote gevecht, het verzet tot het uiterste, was ik kennelijk aan de erfenis toe – nee, ik ontdekte dat de erfenis mij al geheel was toegevallen.

Ook daarmee hadden we het nog niet gehad. Ik moest het fortuin vergroten. Ik diende *verder* te gaan dan hij – ditmaal niet in de omkering van de kwaaie dronk, maar in de uitwerking ervan, de 'vervolmaking', misschien tot aan de totale verworpenheid toe. Het was de enig overgebleven manier om aan die ontijdige identificatie met hem te ontkomen. Opnieuw met hem in gevecht dus, nu de diepte in.

Ik citeer een brief.

Aan Jean-Paul Franssens
Amsterdam

Betreft: De Mens als Experiment, of Studies in Verloedering. En meer.

Amsterdam, 10 april

Beste J.-P.,

wij vertellen en schrijven elkaar vaak verhalen over uit de hand gelopen dronkenschappen, over feesten zonder happy end, over de gruwelen van de morning after. Dat is niet zomaar. Dat moet een betekenis, een bedoeling hebben. Maar welke?

Al meer dan twintig jaar ben ik gefascineerd – geobsedeerd misschien wel – door het volgende gegeven:

als de mens al duizenden jaren de beschikking heeft over zo'n verfijnd, 'multifunctioneel' instrument als het brein – een instrument dat hem opzichtig onderscheidt van alle andere, grotendeels weer uitgestorven of uitgeroeide schepselen die de aarde heeft voortgebracht – waarom heeft hij dan al evenveel jaren de behoefte dat unieke brein, die uiterst bruikbare geest periodiek te verdoven, te vervormen, te verminken, te 'stimuleren' en te 'verruimen' (wat ook vormen van verminking zijn), tot een kunstmatige roes of slaap te dwingen? Drank, opium, noem maar op: het zijn de middelen, uitgevonden of opgespoord door de menselijke geest, die diezelfde geest moeten bedwelmen, of zelfs tijdelijk dienen uit te schakelen. De cultus (barbaarse bierdrinkers, Griekse en Romeinse wijnslempers, Zuidamerikaanse cocabladerenkauwers, Chinese opiumschuivers, Arabische waterpijplurkers) varieerde van land tot land en veranderde door de eeuwen heen – maar met dat groepsgewijze, luidruchtige drinken van ons in de kroeg zijn wij de rechtstreekse afstammelingen van al die hardnekkige roeszoekers van de afgelopen, pakweg, zesduizend jaar. (Zeg dat maar tegen je vrouw, wanneer je 's avonds laat thuiskomt.) Wat is er met ons mensen aan de hand dat we de roes, en daarmee vaak de verloedering, zoeken? Zit die geest, die ons tot redeneren en twijfelen en god weet wat nog meer aanzet, ons bij tijd en wijle in de weg? Moet het waakzame monster, als we het niet langer in de harde, heldere, wrede, positivistische ogen kunnen kijken, in slaap gesust worden? Hebben we de overdaad van het brein – een anoniem geschenk dat tevens een tirannieke taak bleek te zijn – überhaupt wel ooit aangekund? Godverdomme, altijd die veel te heldere lantaarn in die kop van ons...!

Aangezien we niet weten waar we vandaan komen, noch waar we op afstevenen, kan iedereen (tenzij hij overal de hand van God in ziet) even legitiem de gekste en meest speculatieve dingen over de mens beweren. Op sommige dagen zie ik de mens als een uit de hand gelopen experiment, of laat ik zeggen: als het voorlopige resultaat van een experiment dat volkomen onbedoeld en *blind* werd uitgevoerd, een experiment dat aan zijn lot werd overgelaten. (Denk aan een verlaten laboratorium, waar het nog borrelt en bruist in de onbeheerde buizen en kolven en retorten, waar het walmt en rookt, terwijl de witte laborantenjassen onbewogen aan hun haakjes hangen. En dat noemt zich God.) Als dat zo is, is de menselijke geest een van de uitwassen van dat anoniem uitgevoerde experiment. Zie er maar mee om te gaan. We zitten ermee opgescheept.

Met die geest kunnen we, om ons almaar méér mens te voelen, natuurlijk prachtig verder experimenteren. De wetenschap, de filosofie varen er wel bij. Maar is het, gezien de willekeur van onze status als 'experiment', niet even legitiem het experiment in de omgekeerde richting te bedrijven? Ik bedoel: het brein en heel dat zintuiglijke apparaat van ons te verdoven, door elkaar te schudden, te verminken etc. en dan te bezien wat er aan menselijks aan dat ontredderde hoopje ellende overblijft. (Terwijl ik dit schrijf, moet ik steeds denken aan Rimbaud en zijn moedwillige experiment van *le dérèglement de tous les sens*. Die jongen had iets dóór op z'n zestiende.) Wie zegt dat in de marteling, in het treiteren van het brein en van de zintuigen niet evenveel (op z'n minst een andere) wijsheid is te behalen als in de verantwoorde intellectuele 'cultivering' van de menselijke geest?

Kijk, zo'n Oxfordiaanse* filosoof als Bertrand Russell maakte zich, toen hij een paar maanden wegens vermeend subversief ageren de bak in moest, zorgen over het gevangenisvoer, dat wel eens zijn denkcapaciteit zou kunnen aantasten, aangezien er belangrijke bouwstoffen aan ontbraken. Op voorspraak van een adellijk persoon kreeg de grote wijsgeer aangepast voedsel, en hij keerde met ongebroken denkkracht uit het gevang terug.

Maar wij, J.-P., wij arme dichters zijn behept met de be-

* *ik bedoel eigenlijk: Cambridge-*

hoefte juist aan *vervorming* van dat brein op z'n tijd, aan uitputting van dat apparaat, om eens te kijken wat dát – niet aan heldere maar aan troebele, angstaanjagende (denk)beelden – oplevert. Ik denk dat het dergelijke experimenten zijn (bewust dan wel onbewust uitgevoerd) waar we elkaar, mondeling of per brief, regelmatig verslag van doen. Hopelijk klinkt dit niet te pretentieus; ik wil je niet kopschuw maken.

Een volgende keer meer over dit onderwerp, maar dan met voorbeelden uit mijn eigen praktijk – zeg maar gerust: uit het leven gegrepen. Het is kwart voor vijf, vrijdagnamiddag, en buiten woedt een ontijdig zomerweer. Ik snak naar een grote, koude herenpils van café De Z.

Hartelijks,

A.

Uit vrees voor de sterke drank beperk ik me in het café nagenoeg tot bier, maar dan in zodanige hoeveelheden, en tot zo'n laat tijdstip, dat ik thuisgekomen ontremd genoeg ben om, percentages bagatelliserend, alsnog alle vodka's te nuttigen die ik in de kroeg zo angstvallig vermeden heb. Men is thuis, er kan niets meer gebeuren. De trap naar de slaapkamer wordt een onneembare hindernis; men raakt, geheel gekleed, op de zitbank buiten westen. Uren later blijkt de trap een sluiproute waarlangs men, als een katoenbaal op het hoofd, de schaamte omhoog draagt, rechtop, het lichaam pijnlijk in balans. Er kraakt geen tree naar.

Zittend in een laat café inslapen, vuist in de wang geplant, is weer een ander hoofdstuk. Het beste wat erover te zeggen valt, is dat ik uit puur lijfsbehoud de drank zijn somnifere werking gun. Diep in me, waar 'ik' als ontoerekeningsvatbaar buiten de deur word gehouden, beslissen mijn overlevingsinstincten dat de man *nu, onmiddellijk* – midden in een zin, hand rond de voet van het glas – in slaap dient te vallen, anders wordt er doorgedronken tot de alcoholvergiftiging erop volgt. Mijn zintuigen (niet alleen mijn tijdelijk falende geheugen) beschermen mij tegen al te grote gêne. Men herinnert zich de ruimte waar de dronkenschap ontstond altijd als veel schemeriger dan hij in werkelijkheid geweest kan zijn, om niet te zeggen: als duister. Het licht discreet tot het uiterste gedempt, een stolp gezet rond de drinker om hem minder beschonken te laten lijken. 'Ik ben in slaap gevallen, maar in het schemerduister zag het eruit als gelukzalige rozigheid.'

Altijd wanneer de verloederde journalist op de hoek van de bar, de oogknipperaar, die er allang niet meer (zelfs op afstand niet) aristocratisch uitzag, met oogknipperend ontzag tegen me zei: 'Jij hebt een hele hofhouding,' wist ik, ondanks het cryptische van zijn uitlating, dat ik de vorige keer te ver was gegaan, dat mijn 'hofhouding' mij naar de taxi had moeten helpen.

Menig drinker begaat de fout zich te identificeren met het zwarte gat van de avond tevoren, met dat wat in de herinnering uitgewist is geraakt. Alsof hij inderdaad 'uitgewist', of als een soort negatief van zichzelf in het café aanwezig was. Dus afwezig. Er kan derhalve niets mis zijn gegaan.

De verbazing, wanneer iemand de drinker met het zwartgeblakerde geheugen een heldere – maar bij voorbeeld abnormaal gewaagde – uitspraak voorhoudt, gedaan in diepe dronkenschap! Uitgewist, maar wel plaatsgehad!

Om het in termen van esthetica uit te drukken: alcoholisme als ziekte is pure vorm, zonder inhoud, is louter oppervlakte, zonder diepte. Nog esthetischer: bij alcoholisme gaat de vorm aan de inhoud vooraf, de vorm brengt de inhoud voort, of, met 'n snufje Aristoteles, de vorm is de inhoud, zoals de diepte voelbaar wordt aan de oppervlakte.

Alcoholisme ontstaat doorgaans onafhankelijk van problemen, en is dus een van oorsprong *lege* bezigheid, die zich gaandeweg vult met problematiek. Het drinken is de voorbereiding op het probleem. Doorgaan met drinken heeft een dubbele functie: het probleem verdrinken *en* nieuw leven inblazen.

Niet voor niets vergelijkt Ernst Quispel uit *Advocaat van de hanen* de opbouw van een drinkavond met die van een kunstwerk. Drinken is te vergelijken met kunst: lege vorm volstromend met betekenis, problematiek, drama, tragiek, angst, dood, sexuele doem. Je hoeft alleen maar van een heldere, rimpelloze vijver een omgeroerde modderpoel te maken.

De oorsprong van mijn drankzucht, als dat geen te groot woord is, is genetisch: mijn grootvader dronk, mijn vader dronk. De bijkomende, 'sturende' – *environmental*, zoals de Amerikanen zeggen – oorzaak was: mijn vader op zijn eigen terrein te willen verslaan.

Een 'lege' metafoor voor hard werken misschien, maar drinken ben ik in de loop der jaren steeds meer als verbeten arbeid gaan ervaren. Onduidelijk nachtwerk na de zinvolle bezigheden van overdag. Er moet een enorm karwei geklaard worden, zoveel is wel zeker; de opdrachtgever mag ik inmiddels bekend veronderstellen.

Een kater leveren al deze inspanningen nauwelijks meer

op. Zo toont het lichaam, na jarenlang waarschuwend verzet, een valse solidariteit met zijn gebruiker, of misbruiker. Door die meegaandheid lijkt het lijf *partner in crime* geworden ('Meester, ik heb uw zwakke punt aanvaard'), maar het gaat hier in feite om een volgende wanhoopspoging van het lichaam om verzet te bieden. Want met het douchen mag dan de laatste onfrisheid van je afgegleden zijn – zonder, zoals vroeger, na het afdrogen weer terug te keren –, de *doem* is gebleven. Een doem die des te zwaarder en zichtbaarder op alle dingen rust, nu er geen koppijn en misselijkheid meer zijn om hem te doen vergeten. De doem puur.

Over drank zegt de poortwachter in Shakespeares *Macbeth* dat het een 'great provoker of three things' is: 'nose-painting, sleep and urine'. Over wat de drank met de geslachtsdrift doet, is hij genuanceerder: 'it provokes the desire, but it takes away the performance.' Wat mij betreft, it provokes the desire de volgende dag, tijdens de wegebbende kater (c.q. doem), nog veel schrijnender – zonder dat overigens de performance behoeft te worden uitgesloten, zolang er maar iemand in de buurt is.

Is er, bij al die geleerde studies over alcoholisme als verslaving, ooit serieus rekening gehouden met de mogelijk verslavende werking van alleen de kater, waartoe het drinken zelf slechts een lastige tijd-, geld- en gezondheidverslindende voorbereiding zou vormen? Ik heb het dan natuurlijk vooral over de kater als begunstiger van een – tijdelijk maar intens – pansexualistisch wereldbeeld. De vrouw door de zieke geest gereduceerd tot een warm, vochtig, glad, kloppend iets, dat men aan zo iets als een nekvelletje of een oorlelletje omhoog tegen het koppijnlicht van de balkondeuren houdt, om er de weldaad van het fijntjes porseleinblauw-dooraderd roze van te ondergaan. Enfin. (Wie in zo'n toestand mensen achter gesloten oogleden vervormd over elkaar heen ziet buitelen, geen ledemaat op de juiste plaats, kan alleen maar denken aan een ballet met als choreograaf Francis Bacon.)

Waarschijnlijk verkies ik de morning after boven de roes van de avond tevoren. Wie te vroeg op de dag zijn kater wegdrinkt, heeft in ieder geval niets van het paradijs begrepen.

('In de tram het gezicht van een nietsvermoedende vrouw bestuderen, net zo lang tot zich uit haar trekken het unieke beeld van haar vulva losmaakt... Geen genoegen nemen met een eerste, schetsmatige indruk, maar met de blik blijven kneden en bijstellen, totdat een hogere intuïtie zegt: zo, en niet anders. [...] Globaal zijn vrouwen te verdelen in die met een ontkennende en die met bevestigende oogopslag. De laatste categorie, schijnbaar de gemakkelijkste, dient het meest gewantrouwd te worden, omdat deze ons bij het aftastende visuele speurwerk op een dwaalspoor kan brengen.')

Hoe verder de drinker komt in het drinkproces, des te meer zal hij zich opgesplitst voelen in twee personen. 's Morgens staat er een geheel ander iemand op dan wie de avond tevoren op dezelfde plaats naar bed is gegaan.

Ze begrijpen elkaar steeds minder, die twee.

De drinker, zojuist de kroeg binnen gegaan en al een beetje in de stemming rakend, kan de walging en de vijandschap van de ochtendpersoon niet langer vatten. Omgekeerd ondergaat de ochtendwalger de opgetogenheid van de avonddrinker als iets vals. Hij ervaart die als een grote leugen: er wordt niets anders dan misselijkheid, afkeer en doodsangst mee gevoed – niet bij de kroegbezoeker, maar bij hem, de ochtendmens, ook al maakt hij zich steeds verder van de ander los; een kunstmatige voeding.

Nu ik dit opschrijf, en schrijvende instantie ben, kan ik mezelf één persoon voelen, die het over twee 'anderen' heeft. Ze worden onafgebroken uit elkaar geboren, groeien uit elkaar en weer in elkaar. Soms, wanneer de euforie niet heeft toegeslagen, schaduwt de ochtendman de avondman al van het café op weg naar huis. Een andere keer, wanneer drank de enige medicijn tegen de misselijkheid en de onvrede lijkt, staan ze tegelijk met elkaar op. De een trekt de ander mee, de ander trekt de een terug, tot uiteindelijk ieder zijns weegs gaat, de een optimaal aanwezig in de wereld, de ander schimmig wachtend op een aflossing.

Vroeger, in een nog tamelijk onschuldig stadium, konden ze wat van elkaar leren; ze hielden elkaar in toom. Nu zijn ze voortdurend met elkaar in conflict. De verongelijktheid van de ochtendmens! Wat heeft hij – *hij*, die van gisteravond – me aangedaan! Hij heeft zijn gif in me uitgepist, en houdt zich ergens klein in me schuil, om straks rusteloosheid te zaaien, net zo lang tot ik naar tegengif op zoek ga, en hij zijn kans waar ziet, en het van me overneemt. Staande aan de bar, net binnen, kan de avondmens nog wel eens het zweet uitbreken: een laatste guts walging van die van 's ochtends. Hij drinkt het weg, en schudt zo slecht, onaangenaam gezelschap van zich af. Hij ontdoet zich van een bezoedeling, en geeft die terug aan de rechtmatige eigenaar: die van de volgende ochtend; hem komt het toe.

Altijd is er wel ergens een onbewaakte plek in hoofd of hart waar rekening wordt gehouden, tegen beter weten in, met de mogelijkheid van een terugkeer naar de jeugd, naar een jonger plan. De enige mogelijkheid om, althans *in schijn*, terug te keren, is eerst verregaand verloederen en daarna rigoureus tot herstel overgaan.

Misschien verklaart dat, bij sommige mensen, de levenslange golfslag tussen zelfvergooiing en wederopstanding: de illusie van een terugkeer naar jeugd en gezondheid.

O, verzet genoeg gepleegd, daar niet van. Maar: nooit een kuur, nooit de pil. In de Jacob Obrechtstraat woonden we schuin tegenover de Jellinek; geen enkele keer de aanvechting gehad de afdeling Detox binnen te stappen. Wel: ingewikkelde schema's opgesteld om de zucht in te dammen. Ook wel: gevaarlijk radicaal gestopt. Verre toekomstige datum laten verstenen tot drempel. 'Per 1 januari.' 'Per 23 juni.' Dieet aanvaard waarbij alcohol taboe was ('ook de rumboon'). Huisarts gesmeekt mij het drinken simpelweg te verbieden (maar hij kon geen efficiënte sancties bedenken bij niet-naleving).

De enige manier om te minderen is, dunkt mij: elk schuldgevoel uitbannen, elke dwang opheffen, en een *volstrekte onverschilligheid* aan de dag leggen ten opzichte van de drankinname. Ongeveer zoals men verveling het best kan bestrijden door zich er zonder verzet aan over te geven, zich er geheel in onder te dompelen. Bij elke zelfopgelegde restrictie begint onmiddellijk Pavlov in mij te blaffen: dorst. Een dorst die terstond, eer hij dreigt te verdwijnen, onlesbaar gemaakt moet worden, geen moment te verliezen. Dat lukt het best met bier – een drank waardoor de kostbare dorst automatisch, al lessend, geprolongeerd wordt. Een product met meegebrouwen marketing, zo oud als de mensheid.

Met het opheffen van elke restrictie hoop ik ook de dorst weg te nemen. Vicieus of niet, cirkels zijn altijd mooi rond.

Doodsangst is voor mij ook altijd: de angst *niet te kunnen sterven*. De angst voor het verzet. Maar als het me lukt door drankgebruik zo ver weg te raken dat zelfs het geheugen, na afloop, voor zwarte gaten zorgt om de schaamte in te dumpen, dan moet het ook tussen de dood en mij wel goed komen. Drinken is het aankweken van hoop: mogelijk hoef ik er bij het sterven in dezelfde mate *niet bij te zijn*. Dronkenschap als model voor de dood dus.

Waarom het experiment, het model telkens opnieuw uitgeprobeerd? Er valt toch niets nieuws meer uit te leren over de dood? Zo vaak herhaald wordt het zelf een doodsoorzaak.

In *Turks Fruit* heeft Jan Wolkers het ergens over 'moord met geduld'. Drinken is zelfmoord met geduld. Het is het enige zelfmoordmiddel, naast tabak, waar accijns op rust (al heb ik eens iemand gesproken die dacht dat wie zich voor de trein gooit een geldig kaartje nodig heeft, een enkeltje), en niet zo weinig ook. Men koopt zijn lot borrel voor borrel, knaak voor knaak (waarschijnlijk alweer een achterhaalde prijs), want het is bij uitstek een sociale vorm van zelfdoding, die men bij voorkeur in het openbaar, in de kroeg, begaat: het stamcafé als *suicide club*.

Accijns is net zo progressief als de alcohol zelf – waar weer tegenover staat dat de drinker, die conservatief, niet zo snel het veld hoeft te ruimen. Het geeft hem het gevoel dat hij die extra belasting met reden afdraagt.

De Kersenkoningin

Zaterdag 12 juni 1993

'Vreemd en roestig.' Zo had een eigenwijs overbuurjongetje, dat zelf de beschikking had over een angstvallig geschoren gazon, de tuin van de tekenaar omschreven. Vreemd en roestig, inderdaad, en dat werd die zaterdagmiddag nog benadrukt door het grijze weer, dat een stolp over de stad had gezet; alle geluid werd gesmoord, niets klonk helder. Toch had Frits ervoor gekozen zijn eenenzestigste verjaardag in de tuin te vieren, waar boven alles wat roestig en vreemd mocht zijn overdadig de jasmijn bloeide. Omdat ik er met mijn gedachten niet bij was, of liever, omdat die gedachten in Eindhoven vertoefden, waar ik natuurlijk zelf had moeten zijn, belde ik exact om drie uur bij Frits aan, het tijdstip dat hij als een mogelijk begin van zijn feest had opgegeven, maar waar vanzelfsprekend niemand zich aan hield. Op Bas na, die de clandestiene tapinstallatie aan het uitproberen was, bleef ik geruime tijd de enige gast. Ik begon, verstrooid, zo vroeg al aan het bier, waar de tekenaar ook nog eens een verraderlijk 'Elsje' bij schonk, zijn eigen favoriete borrel, een droge Limburgse. Hij liet me het zelf ontworpen omslag voor een kinderboek zien dat hij zei nog eens te willen schrijven. Titel: *Vreemd en roestig*.

'...zo'n wijsneuzig kereltje, weet je wel. Ouders constant met hun snerpende snoeizaagje in de weer. En dan hier rondneuzen, en zeggen: "Ik vind deze tuin vreemd en roestig." Godallemachtig.'

We zaten in de zware odeur van de jasmijn, waar een vleug geur doorheen trok van de haring die Frits' zoon in mootjes aan het snijden was, en dronken bier en Els. Boebie en Micky arriveerden... Jean-Paul... en langzaam liep de tuin vol. Het was of de drank mij niet verder dan het middenrif wilde verwarmen; uit de aarde bleef een, ik zou bijna zeggen *on*aardse kou optrekken. Jean-Paul vertelde een van zijn burleske regieverhalen, ditmaal over *Eine Nacht in Venedig*, waarin een gondel via rails over het toneel geleid werd, maar de triplex brug was te laag, zodat de Vlaamse tenor, zich in het vuur van zijn aria met geloken ogen op de tenen verheffend, telkens zijn hoofd stootte, enzovoort. Ik raakte niet, als anders, in de stemming. Alles werd tot beeld van de dood, ook de kopstoot die het lied afbreekt. Opwasemend uit de met bloesemblaadjes bedekte grond bleef hij de lucht verpesten. Ik hoorde daar niet te zijn. Ik probeerde mezelf gerust te stellen met de gedachte aan de volgende dag, wanneer we, op aandringen van mijn broer, 'met het hele gezin' bij elkaar zouden komen in het ziekenhuis. 'Om afscheid te nemen...' Nee, dat had hij er niet aan toegevoegd, maar zijn gezicht, vastberaden en droef tegelijk, drukte die woorden uit. 'Nu het nog kan.' Waarom had ik, als oudste zoon, dat voorstel niet gedaan? Waarom bracht ik niet *meer* tijd, alle resterende tijd, aan zijn sterfbed door? Ik vulde die tijd met het erdoorheen jagen van de erfenis, die onuitputtelijk was. Een erfenis waar ikzelf voor moest betalen, met geld, met mijn eigen gezondheid, in het ergste geval met de liefde van wie mij het dierbaarst waren.

Treinen genoeg nog, die avond, richting Eindhoven. Toen de tuin zich vulde met de rook van de barbecue, en nog meer vreemd en roestig werd, verontschuldigde ik me. Op wolken voeten, van alle Elsjes, liep ik de stad door naar het Spui. Ik wist dat Minchen bij café De Z. een afspraak had met haar zusje, om later uit eten te gaan. Ze nodigden me uit mee te doen, maar toen ze naar het restaurant vertrokken, was ik nog niet uit de door het bier ijskoud geworden logica van een gedachtenverstrengeling met een vriend. Ik kwam juist op tijd, per taxi, bij de Italiaan op de Overtoom aan om het hoofdgerecht mee te maken. Goed, als de drank bleef weigeren mij te verwarmen, zou ik hem het verwarmen afdwingen. Wijn bij kannen. Wit, rood, alles maakte me alleen maar kouder. Aldoor was mijn vader aan het sterven, en ik stierf beetje bij beetje met hem mee, niet omdat ik van hem hield, maar omdat hij mijn vader was, en ik alleen die ene vader had.

Boven de tiramisù plantte ik mijn vuist in mijn wang, en viel in slaap. Minchen bracht me in een taxi naar huis, waar ik zittend op de bank verder sliep, terwijl zij in de stad haar zus weer opzocht. Ik werd wakker van haar late thuiskomst, maar miste de kracht een verdieping hoger naar bed te gaan. Op sterven na dood, dacht ik – en ik bedoelde mezelf.

Zondag 13 juni 1993

Te zeggen dat ik die zondag het idee om alleen, per trein, naar Eindhoven te moeten reizen onverdraaglijk vond, zou een eufemisme zijn. Zo'n treinreis, in m'n eentje, naar wat niets anders dan een definitief afscheid kon zijn, was uitgesloten in mijn toestand: ik kwam eenvoudigweg niet over de drempel van mijn eigen huis heen. Er was sprake van echte paniek, die even overvloedig over me kwam als het zweet, dat eerste uur na het opstaan. Minchen moest mee – de enige oplossing. Maar haar moeder was al naar ons onderweg met Totò, die bij zijn grootouders gelogeerd had. Toen ik het balkon op stapte, om mijn voorhoofd te laten drogen in het briesje dat soms even de wolken uit elkaar dreef, zag ik ze verderop in de straat aan komen lopen. Totò had zijn kleine hand in die van zijn oma, maar bij het zien van zijn vader rukte hij zich los, en kwam over het trottoir naderbij gesprint, zijn gezichtje lachend omhoog gericht. Zoveel vreugde en vertrouwen – waar had die gek daar, op z'n balkon met vlaggestok en plantenbakken vol onkruid, het aan verdiend? Ik was op dat moment niet minder verachtelijk dan ik me mijn vader op sommige van zijn momenten wenste te herinneren. Waarom kon die er, op zijn beurt, niet op rekenen dat ik onder zijn balkon door ijlde?

Op Totò's leeftijd, bijna vijf, al niet meer, maar op m'n derde rende ik ook nog blindelings op mijn vader toe. Tweeënhalf schat ik dat ik ben op een kermisfoto waarop ik in een stoeltje bij hem voor op de fiets zit – zo'n foto die, dubbel afgedrukt, bij de sigarenhandelaar voor het raam hing, nadat de kermis alweer opgedoekt was. Mijn moeder gaf altijd een gilletje wanneer de foto op tafel kwam. 'Bah, doe weg.' Dat had te maken met de achtergrond: een gebakkraam waaronder met gespannen lijf een hond zat te poepen. Alle spaken van de fiets zijn haarscherp te zien, zodat we stil lijken te staan, terwijl mijn vader beide voeten op de pedalen heeft. We kijken alletwee met ietwat scheefgehouden hoofd in de lens, en bij wijze van uitzondering lijken we op elkaar. Ik ben vol vertrouwen. Het dubbel afgedrukt zijn op hetzelfde stuk fotopapier gaf aan het kiekje iets mysterieus en hypnotiserends, wat een schrijnend gemis werd nadat ik er, ten behoeve van mijn eerste eigen album, de schaar in gezet had. Net of ik de afbeelding zelf doormidden had geknipt.

Misschien een halfjaar na de kermis, die bevolkt was geweest met kakkende honden, deed het jonge gezin boodschappen in de binnenstad van Eindhoven, ongetwijfeld op een zaterdagmiddag. Terwijl mijn moeder met haar twee kleintjes op het trottoir bleef wachten, stak mijn vader een straat over, en ging aan de overkant een winkel binnen. Hij was weg. Het duurde lang. Mijn aandacht werd afgeleid door wat er zoal in het drukke centrum te zien viel. Toen hij al geheel uit ons leven verdwenen was, nooit bestaan had zelfs, was hij daar plotseling weer, op het andere trottoir – zo volkomen onverwacht, zo *nieuw* ook, dat ik me met een kreet van mijn moeder losmaakte en de rijweg op stormde.

'Papa...!'

Ik struikelde, en viel met mijn armen vooruit plat op het asfalt. Een duim raakte het snel draaiende wiel van een passerende fietser. Geroep van mijn ouders, geblèr van mij –

maar het was er ooit geweest, onmiskenbaar: een in het stadslawaai onhoorbaar harpakkoord van mijn naar hem reikende vinger langs de spaken van een fietswiel. *Plonk!* Daarin klonk, tot bloedens toe, mijn nog niet aangetaste liefde voor hem.

Totò moesten we wel drie keer de pracht en praal van zijn naderende verjaardag schilderen, alvorens hij dapper weer met oma meeging, in een taxi dit keer.

Transpirerend, met de dood in het hart, had ik de anderhalf uur durende treinreis uitgezeten. In het ziekenhuis, met z'n geuren van ether en sinaasappelschillen, voelde ik me onmiddellijk beter, alsof mijn kater het beschaamd aflegde tegen wat me daar te wachten stond.

De vorige keer, bij een kort bezoek, had hij nog op kamer 4 gelegen, samen met een andere man, die zelfs na lang aandringen van de verpleegsters weigerde zijn bed te verlaten – 'U moet in beweging blijven.' 'Ik kan niet lopen.' – maar buiten het zicht van het personeel over de gang huppelde. Ik had me geërgerd aan de manier waarop hij, zelf ten dode opgeschreven, achter zijn hand over zijn kamergenoot sprak. Het riep alle keren in herinnering dat ik me had moeten inhouden om niet woedend uit het ziekenhuis weg te lopen, waar hij zo familiair en opgewonden, als het eerste het beste kletswijf, de kwalen en levenskansen van zijn medepatiënten doornam. Het oude mannetje naast hem, dat zomaar pardoes uit bed gevallen en op de grond doodgebleven was. De jongen aan de overkant van de zaal, net drieëntwintig, niet te genezen. Zelden of nooit een woord over zichzelf, over *zijn* levenskansen, en hoe die te vergroten, bij voorbeeld door na zijn ontslag het roken niet vanzelfsprekend te hervatten – o, niet om mij een plezier te doen, maar misschien om zijn door Parkinson kromgetrokken vrouw nog wat jaren te kunnen bijstaan, en zijn kleinzoon te zien opgroeien.

(Op het kastje flessen fel oranje limonade: de kleur van onze jeugdlimonade. Trommeltje snoep. Bezijden het bed hing een plastic zak waarin de catheter eindigde: lichtgele vloeistof.

'Nog vocht verloren?'

'Een halve kilo of zo. De moeite niet. Het probleem is dat ik zowel moet afvallen als aankomen. Vocht verliezen, en toch gewicht erbij. Ga d'r maar aan staan.' Hij sprak lijziger dan voorheen.)

Nu lag hij, in z'n eentje, op kamer 2, helemaal achter in de gang. De deur stond als gewoonlijk open. Ik had verwacht dat de rest van de familie er al zou zijn, maar ik hoorde geen stemmen. Ik vroeg Minchen te blijven wachten, en ging de kamer binnen. Niemand, behalve mijn vader, die sliep. Ik keerde terug naar de gang.

'Ze zijn er nog niet. Ik wil even alleen met hem praten. Wacht jij in de bezoekersruimte? Vang de anderen op, als je wilt, tot ik klaar ben. Ik kom jullie wel halen.'

Ze keek me aan, knikte, begreep het, hield van me, draaide zich om.

Hij lag op z'n zij, met zijn handen samengevoegd onder zijn wang, als een kind. Zijn adem ging onregelmatig, maar verried weinig van de benauwdheid die hij in wakende toestand zo opzichtig vertoonde. De voedingsslang was uit zijn neus verdwenen. De grove naald van het infuus was naar zijn andere arm verhuisd. In plaats van een pyjamajasje, zoals anders, droeg hij een anonieme blauwe kiel van het ziekenhuis, met drukknoopjes. Ik keek naar zijn grauwe gezicht, naar de verweerde huid vol potloodstippen. Hoeveel plaatjes, die ik niet kende, van mijn jeugd zaten er weggeborgen in het hoofd dat daar op een ziekenhuiskussen lag te sterven?

In het vanzelfsprekende wereldbeeld van mijn vader was een kind er uitsluitend om te groeien – groter, rijper te worden, volwassen. Maar wie garandeerde mij dat God het doel, de volmaaktheid van de mens niet in de geboorte had gelegd, of in de verwekking zelfs? Volgens een dergelijke God zou dan de rest van de hele lichamelijke en geestelijke ontwikkeling een kwestie van minder worden zijn. De degeneratie, de pervertering, het bederf zou al beginnen op het moment van de conceptie. Alles na het samenkomen van zaad- en eicel was vermenigvuldiging van afval, van overbodige rommel, die voorlopig nog zou blijven groeien in overbodigheid. Zo bezien was het leven louter nawerking, gerekte lijkverwerking – en een onafzienbaar treuren om wat reeds in den beginne, bij verwekking of geboorte, teloorging en nooit weerom zou komen. Praten en lopen leren, kennis verwerven, geld verdienen, vleselijke gemeenschap hebben... dat alles behoorde tot de Hogere Troostprijzen, omdat waar het om ging voorgoed verloren was. De Hogere Troostprijzen zouden ons – in bedwelmende zin, als morfine – bezighouden tot het einde. Als het aan deze God lag, stonden wij al bij eerste oprichting, in de box, met onze rug naar de toekomst, reikend naar wat ons definitief ontglipt was, en steeds verder van ons verwijderd raakte.

Het was aan mijn vaders al te vanzelfsprekende wereldbeeld van de verrijkende groei te wijten dat hij mijn zwijgende historicus werd, mijn stomme geschiedschrijver. Hij had er geen enkel belang bij de afzonderlijke elementen van mijn ontwikkeling vast te leggen, al was het maar door het nemen van een geheugenfoto, zoals ik dat een schrijver eens heb horen noemen. Belangrijk was alleen het geheel van die ontwikkeling, en die ging, al gistend en rijpend, haar eigen gang, met mijn vaders welnemen. Nooit had hij uit zichzelf een herinnering aan mij als kind opgehaald; hooguit sloot hij zich, met een detail dat meestal nergens op sloeg, aan bij een van de standaardherinneringen van mijn moeder. Mijn kindergeschiedenis moest voor een deel opgeslagen liggen in zijn hoofd, maar hij weigerde eruit te citeren.

Omgekeerd wemelde het in mijn nog allerminst dode hoofd van de onuitgesproken feiten uit zijn leven. Zaken die mij gemaakt hadden tot wat ik was (en niet was, maar had willen zijn). Uit diepe dronkenschap voortgekomen woorden en daden, die hij zich voor het merendeel niet kon herinneren; ik des te beter.

Werd het, nu het nog kon, geen tijd voor een uitwisseling, een ruilhandel? *Pa, ik zie sleutels aan je vinger schommelen in cafélicht... later zie ik je thuis dansen op een keukenstoel... Ik wil je er alles over vertellen, en zo misschien je geheugen opfrissen, maar zeg eerst eens: hoe zag je mij als kind? Nee, doet er niet toe, sla het plaatjesboek maar op een willekeurige plaats open...*

'Pa... slaap je?'

Hoewel ik de woorden zacht had uitgesproken, werd hij meteen wakker. Ik greep zijn hand – zijn onzekere, sidderende hand, die aanvoelde als een zeemleren etui met potloden erin. Hij trok hem terug, hield met bevende vinger een denkbeeldige pyjamamouw opzij (zijn ziekenhuiskiel had korte mouwen), keek op zijn polshorloge, en begon zonder verdere overgang te praten.

'Nee, daarnet maakte ik het mooi.' Zijn glimlach werd onmiddellijk door benauwdheid vervormd, al had hij nog lucht genoeg om zijn zinnen af te maken. 'Ik werd wakker. Die broeder zegt: "Zo direct komt er bezoek." Ik zeg: "Zo vroeg al? 't Is halfvijf. Nacht nog," zeg ik. "Waarom komen ze zo vroeg?" Dacht ik toch dat het in de morgen was!'

Hij keek opnieuw, met licht toegeknepen ogen, op zijn horloge. Vijf uur. Als ik zonder anderen erbij met hem wilde praten, moest ik het nu doen. De rest van de familie was in aantocht, gearriveerd misschien al, en kon niet eindeloos door Minchen worden vastgehouden in de bezoekersruimte. Wanneer had ik voor de laatste keer met hem gesproken? Niet het obligate gezwam om een nietbestaand gesprek gaande te houden, maar *echt*, menens? Elf was ik geweest, hooguit twaalf.

'Papa, waaro-...?'

Snijdend: 'Zeker door jullie moeder gestuurd?'

'Nee, nee.'

'We hebben,' zei hij, onderwijl de bougie van zijn brommer schoon blazend, '*pfffuutt*... allemaal... *pfffuu-uut*... onze fouten, jongen.'

Was het uit schaamte tegenover zijn zoon, die misschien wel zelfstandig naar het waarom van zijn gedrag kwam informeren, dat hij zijn gewone, omzichtige nederigheid van de zondagmorgen liet varen, en met bitsheid een misplaatst soort trots opvoerde? Op zo'n antwoord had ik niet gerekend, en wat ik verder nog wilde zeggen, bleef met de tranen vastzitten: met het een zou ik automatisch het ander prijsgeven. Ze hielden elkaar krampachtig vast, ergens op keelhoogte, snikken en woorden. Toch was het niet het hele gesprek. Nadat ik een poos, zonder te durven weggaan, had staan toekijken hoe hij verbeten aan zijn brommer sleutelde, het voorwiel met de zojuist geplakte band in de vork zette, moeren aandraaide, het door de dronken val verbogen spatbord in de oorspronkelijke stand wrikte, zei hij grimmig: 'Goed opletten, jongen, dan leer je hoe dat moet. Voor als ik er niet meer ben.'

Dat laatste kon twee dingen betekenen: echtscheiding, waar mijn moeder sinds kort mee dreigde, of een vroegtijdige dood, die gezien de toenemende frequentie van zijn val- en schuifpartijen steeds minder denkbeeldig werd. Onverrichter zake bij mijn moeder terugkomen... alles was opeens minder erg dan in de smeerolielucht van de schuur te moeten blijven. Met een slingersnik vluchtte ik over het tuinpad het huis in.

'En, wat zei hij, dat stuk vuil?'

Ik was haar het antwoord dertig jaar lang schuldig gebleven. Hem had ik in die dertig jaar nooit meer een vraag gesteld zoals toen, uit minder dan een woord bestaand: *'Waaro-.....?'* Nu, op mijn eenenveertigste, alsnog een duidelijker antwoord vorderen?

Mijn vader raadpleegde zijn horloge, kennelijk zonder de wijzerstand tot zich door te laten dringen, want een moment later was zijn onzeker tastende vinger alweer op weg naar het glas, om een nietbestaande mouw opzij te schuiven.

'Hm, vijf over vijf.'

Hij tuitte zijn lippen tot een kleine 'o', en liet daardoor telkens kleine hoeveelheden lucht ontsnappen, waarbij zijn ogen wegdraaiden. Ik vroeg me af of het een techniek was die ze hem in het ziekenhuis hadden bijgebracht, om zijn beperkte adem te sparen, maar ik stelde de vraag niet. Misschien had hij die techniek zelf ontwikkeld, uit pure noodzaak. Hoewel het een heel andere manier van lucht uitstoten was, moest ik telkens denken aan de ademhalingstechnieken die zwangere vrouwen leren, voor als de weeën komen, voor bij het persen.

Praten... Zat ik niet op slot, dan hij wel. Als er al woorden waren, dan ontbrak er de lucht voor. Gelukkig stond er op zijn nachtkastje een doorzichtig doosje met rode kersen. Ik nam het in mijn hand. Gave kersen; ze waren duidelijk met zorg uitgekozen.

'Van Bernti,' zei hij, tussen twee keer puffen door. 'Bernti meegebracht.'

Bernti was een neefje van vier, dat zich toen het bij ons logeerde aan mijn hand het veiligst had gevoeld, en dat ik nu als de weerlicht moest zien te veranderen in een dertigjarige man met een eigen kerseboomgaard.

'Weet je nog dat je me vroeger elk jaar meenam naar de optocht met de Kersenkoningin, in Mierlo?'

'Die zwarte,' kreunde hij half.

'Nou, er werd ook wel 's een blonde gekozen.'

'Zwarte... kersen,' bracht hij met moeite uit.

'O ja, natuurlijk. In juli waren ze zwart. Deze zijn rood.'

'Meikersen.'

'Meikersen, ja.'

'Van Bernti,' herhaalde hij afwezig, op zijn horloge kijkend. Hij hervatte het zachte puffen, de ogen naar het plafond gedraaid.

'Aan 't eind van zo'n zondagmiddag in Mierlo, het was snikheet geweest, zag jij onweer aankomen.'

'Kan best... in juli...'

'Ik had je nog nooit zo hard zien fietsen. Dat hele end van Mierlo naar Geldrop in één ruk. In vliegende vaart, met mij achterop. Allemaal om het onweer voor te blijven.'

'Juli... dat kan.'

'Toen had je lucht.'

'Lucht zat, ja.'

Hij lag nu met gesloten ogen achterover in de kussens, getuite lippen waren met zijn adem bezig. Ik dacht: Dit is een soort naheffing. In de vorm van duizenden onzichtbare sigaretterookkringeltjes moet hij het allemaal nog eens overdoen. Zijn demon uitbannen. Het is te laat. Ik zag zijn gespannen rug in het 'sporthemd' met de hoog opgerolde mouwen. 'Goed vasthouwen,' riep hij over zijn schouder. Ik hoorde het geweld van de snel ronddraaiende pedalen. We doorboorden wolken donderbeestjes, die tegen onze witte overhemden bleven plakken. Ik bewonderde zijn kracht en zijn uithoudingsvermogen.

'Vlak voor de afslag naar de Nuenenseweg haalde 't onweer ons toch nog in.'

Met een kreuntje leek hij het te beamen. De kamer was gevuld met de onzichtbare rook die hij uitblies.

'We zijn toen binnen gevlucht bij de familie Van Dijk. Bij de doodgraver, die daar naast het protestantse kerkhof woonde.'

Opnieuw een beamend kreuntje. Luisterde hij nog wel? Het belangrijkste was nu *door* te praten.

'Kijk, je kunt je natuurlijk afvragen hoe slim het is... vanuit symbolisch oogpunt, zal ik maar zeggen... om voor een onweer bij een doodgraver binnen te vluchten, maar daar gaat het nu niet om. De vraag is: waarom koos je de afslag Nuenenseweg? Dat was een omweg. We woonden nog in de Katoenstraat, en dan was, als je van Mierlo kwam, de afslag Spoelstraat logischer geweest. Niet? Dan waren we eerder thuis geweest dan bij die doodgraver.'

Ik wist het natuurlijk zelf allemaal heel precies, maar ik

wilde het uit *hem* trekken – om meer uit hem te krijgen misschien. Hij gaf geen antwoord. Van Dijks oudste dochter, Til, die nog bij haar ouders woonde, had die middag mijn moeder op bezoek, met wie zij bevriend was. Gezinshereniging ten huize van de doodgraver: na de Mierlose optocht zouden wij mijn moeder en de kleintjes daar ophalen.

'O, wat ben ik blij dat jullie er zijn!' had mijn moeder uitgeroepen. 'De duvel is los. Kijk nou toch 's, al die donderbeestjes...'

In mijn herinnering droeg mijn vader na de fietstocht een soort fijnmazige pullover van aangekoekte vliegjes. De regen, waarvan alleen wat grote droppen op zijn schouders lagen, had niet de kans gekregen de donderbeestjes weg te spoelen. Natuurlijk had hij het te kwaad van het harde fietsen. Zijn longen waren ook toen al weinig waard. Hem van benauwdheid, met open mond en naar buiten gekrulde tong, naar stoelleuningen te zien klauwen bij de Van Dijks maakte mijn bewondering voor zijn prestatie alleen maar groter. Buiten woedde het onweer. Hard en recht sloeg de regen neer. Hij was het allemaal voor gebleven.

In een hoek speelde mijn zusje met een meisje, dat 'mama' zei tegen mevrouw Van Dijk, maar eigenlijk het dochtertje van Til was. In een andere hoek scharrelde Van Dijks jongste, mongoloïde zoon rond, als een varken knorrend, maar minder tevreden dan doorgaans, gealarmeerd: telkens wanneer het onweer te dichtbij kwam, stiet hij een hoog, reutelend keelgeluid uit. Het stoorde hem in zijn voornaamste bezigheid, het aan elkaar knijpen van wasknijpers. Hoe vaak was hij de kamer al rond geweest met zijn streng, die niet gedemonteerd mocht worden? De buitenste ringen bestonden uit oude, grijze, door spoelwater aangetaste knijpers, de binnenste uit splinternieuwe, rechtstreeks van de kartonnen kaart geplukt.

'Ze zetten me daar een boterham met kaas voor,' zei mijn vader, de ogen openend, zo plotseling en helder dat ik ervan schrok. Het klonk als een noodzakelijke aanvulling op mijn verhaal. En triomfantelijk, niet kortademig, maar met lijzige stem: 'Nou, als ik *iets* m'n hele leven nog niet gegeten had, was 't kaas. Ik zei...' Zijn vinger zocht het horlogeglas. ' "Nee, geen kaas," zei ik. "Kaas blief ik niet." ' De vinger verdwaalde onderweg. 'Ik lust alles, maar met kaas kunnen ze me niet blij maken.'

Aan het begin van die zondagmiddag in juli, maar dat vertelde ik er niet bij, had ik in Mierlo, tegen de toestromende mensenmenigte in, een man zijn gehavende motor aan de hand zien voortduwen, wat hem grote inspanning leek te kosten. Hij had iets krachteloos, iets slaps, zijn knieën knikten. Zijn gezicht, aan een kant bloederig geschaafd, stond verstard. Het bloed dat door zijn rafelige overhemd heen drong, was van een licht rood, vermengd met zweet misschien. Naast de man liep, verstijfd, angstig gedwee, en roerloos op de mechanisch bewegende benen na, een jongen ouder dan ik. Ook op die twee daalde de brandende zon neer, en hun schaduwen, verstrikt met die van de motor, waren verschrikkelijk. Mijn vader knikte in hun richting, met een onverdraaglijk glimlachje. 'Die hebben 't er ook niet best afgemaakt.' In de verte verschenen de eerste praalwagens, voorafgegaan door vendelzwaaiers. Het wachten was op de Kersenkoningin.

'Ik zie dat ze de kunstmatige voeding hebben stopgezet.'

'De slang floepte er vanmorgen ineens uit. Mijn hele pyjamajasje zat onder. Ik zeg tegen die broeder... ik zeg: "Ik hoef

’m d’r niet meer in. Laat er maar uit. M’n keel is compleet rauw van dat ding.’’ Ja, ’t is toch zo... vast voedsel kon ik onderdehand niet meer doorslikken. En waar is het allemaal nog goed voor?’

Ondanks zijn zwakte, zijn lijzige stem, had hij met een soort agressieve trots gesproken. Voor hem een hele monoloog, waarvan hij nu weer op adem moest komen. Het ging niet om die verruwde keel. Hij suggereerde dat hij zijn lot in eigen hand had genomen. Ik verdacht hem ervan zelf de slang te hebben verwijderd, en zag voor me hoe hij er nijdig en grimmig, met zijn tastende hand eenmaal beet hebbend, een ruk aan gegeven had.

‘Die flauwekul... Wat zou ik nog door zo’n *slengske* gevoed worden, als al ’t mogelijke is uitgeprobeerd? Ik heb het dieën arts gezegd ook... geschikte peer trouwens. Hij zei: ‘‘Wij hebben de grenzen van onze mogelijkheden bereikt.’’ Ik zeg: ‘‘Als voor jullie de grenzen bereikt zijn... dan zijn de grenzen voor mij toch zeker bereikt.’’ Is ’t waar of niet? Dan wens ik m’n maatregelen.’

De artsentaal, die hij zich als geroutineerde ziekenhuisfrequenté zo half en half eigen had gemaakt, noopte hem in uitvoeriger zinnen te spreken dan hij aankon. Zijn lippen plooiden zich weer naar een rondje.

‘Nee, Adri,’ zei hij zo luchtig mogelijk, na een paar keer uitblazen, ‘’t is gedaan met Pietje.’

Maar omdat hij zo snel alweer zijn adem aansprak, klonk er toch iets van een langgerekte kreun doorheen. *‘Tis gedon mî Pietjes.’*

Ik beaamde het niet. Ik sprak het evenmin tegen.

‘Nee, jongen, *gift mijn portie mar an Fikkies*. ’t Is mooi geweest.’

Ik probeerde te denken aan mijn bezoek aan de oogarts, vijf jaar terug. Ik wilde mijn bril, die ik altijd vergat mee te nemen (en als ik er wel aan dacht niet opzette, uit misplaatste ijdelheid), verruilen voor contactlenzen. Uit de proef met de viltstrips bleek dat ik onvoldoende traanvocht had om lenzen op te laten drijven. Te droog, mijn ogen. Zolang ik maar aan die proef bleef denken...

'Vroeg of laat is 't onze tijd... voor ons allemaal.' Hij wilde, in gemaakte onverschilligheid, zijn schouders ophalen, maar het draaide uit op een onzeker schokschouderen, een siddering bijna. 'Dat weet je vooruit. 't Kan kort, 't kan lang duren... En nou is 't toevallig mijn tijd. Heel simpel.'

Zeg dan toch iets, pummel. De boel zat vast, net als destijds in de schuur, toen hij zijn brommer repareerde. Iets zeggen... Hij hield zich groot met een stoer bedoeld soort fatalisme. 'Nou is 't toevallig mijn tijd.' Mijn moeder had gezegd: 'Reken maar, jongen, dat die heel wat na te denken heeft.' Ik meende te weten, nu, hoe hij er werkelijk over dacht. Vrij vertaald: Het leven is een hoogst provisorische aangelegenheid. Een kwestie van tijdelijk ergens je tenten opslaan. Levenslang kwartier maken – als voorbereiding op het 'eigenlijke' leven, maar het 'eigenlijke' leven breekt nooit aan. Hoe kan het dan ooit 'onze tijd' zijn?

Iets zeggen. Hier iets tegenover stellen. Het leven is niet kort, pa. Ook jij bent een schier oneindig lange weg gegaan. Het leven is niet kort, het is inclusief die lange, lange voorbereiding, wanneer we nog niet bewust bestaan, maar een soort collectieve leertijd doormaken – een leertijd die de geschiedenis omspant, de opeenvolging van beschavingen, alles wat ons wordt overgeleverd, wat voorgangers voor ons bereid en ingericht hebben... dat is allemaal het leven. Pas nadat we *die* jeugd achter de rug hebben, worden we geboren. Op hoge leeftijd dus. Om te kunnen leren wat we in het prille begin van onze ouderdom nog te leren hebben, is de voorafgaande jeugd, die zich over vele eeuwen uitstrekt, noodzakelijk, wanneer er nog geen lichaam is om af te moeten beulen. Niet verbitterd zijn, pa: wat wij 'het leven' noemen, is niet meer dan het staartje van het leven...

Hoe machteloos, dit alles. Moest ik hem aan zijn sterfbed met terugwerkende kracht nog een eeuwige jeugd aan gaan zitten praten?

'Ik zou je met alle plezier wat lucht van mezelf geven.'

Dat branderige gevoel rond mijn ogen, dat moest het schroeiend verdampen van mijn schaarse traanvocht zijn.

'Weet ik wel... weet ik wel,' zei hij verstrooid, en zijn blik, weer ondoorgrondelijk geworden, zwierf naar de deur, waar een broeder met een dienblad was verschenen.

'Uw broodmaaltijd.'

Mijn vader keek misprijzend naar het voedsel. 'Nu nog niet.'

'U ziet maar. Probeert u er in ieder geval *iets* van te nemen.'

Hij liet zich door de verpleger rechtop in de kussens zetten, waarbij hij, nauwelijks meer dan symbolisch, meehielp door de ring boven zijn bed vast te grijpen. Gelige, krachteloze handen, waarop de aderen kronkelden alsof ze bezig waren het stervende lichaam te verlaten. Hij informeerde naar de afstandsbediening van het televisietoestel, dat op een schap hoog aan de wand tegenover hem bevestigd was.

'Als het ding hier niet is, is het zoek,' zei de broeder, alweer op weg naar de deur.

Wanneer in het zicht van de dood het eten ophield, hoefde

dat niet te betekenen dat automatisch ook het televisiekijken eraan gegeven werd. Hij trof het niet. Zijn wijsvinger zocht trillend zijn horloge, streek over het glas, en hij las met samengeknepen ogen de wijzerstand. Het moest tegen halfzes zijn.

'Ik ga eens kijken of de anderen er al zijn.'

In de bezoekersruimte was alleen Minchen.

'Ik heb nog niemand gezien.'

Er hing een kwartjestelefoon. Ik belde naar de La Rochellelaan. Mijn broer voelde zich niet goed genoeg om de auto te besturen. Ze hadden een taxi besteld, die elk moment voor kon rijden. Ik merkte dat ik jaloers op hem was. Hoeveel liever dan alleen wat branderige jeuk in de ooghoeken te constateren, was ik niet door en door ziek geweest! Ziek van dood, ziek van liefde, ziek van afscheid... Zelfs mijn kater, die toch alles met een erfenis te maken had, met zijn vlees en bloed in mij, liet het afweten.

Zo omringd door zijn complete gezin (was het geen wonder dat iedereen nog leefde) kreeg hij iets gelukzaligs over zich. Hij praatte zo druk als zijn benauwdheid maar toeliet, probeerde grapjes te maken, en was soms inderdaad puntig. Hij matigde zelfs de dwang van het horloge kijken, maar dat kwam ook doordat zijn hand op die van mijn moeder lag, waar hij 'm zo lang mogelijk leek te willen houden. De hand was geen moment in rust. Hij fladderde onophoudelijk rond mijn moeders hand, streek erop neer, steeg bibberend weer op, en trok zo, misschien ook door z'n lichtende geelheid, aller ogen naar zich toe. Zijn sidderende hand was het middelpunt van het verder roerloze gezelschap. Als mijn moeder niet naar de hand keek, rustten haar ogen in een soort starre verbijstering op mijn vaders gezicht. Hoe is 't mogelijk, drukten die ogen uit, dat achter deze nog levende huid, die nog kan bekketrekken, de dood zich gereed houdt? Zij keek recht in de dood, maar de dood was een en al afwezigheid. Ook haar hand, ondersteund door de knop van haar stok, was niet helemaal in rust, al was de door Parkinson veroorzaakte beverigheid niet te vergelijken met de sidderingen die de pezige, door naalden gehavende arm van haar echtgenoot beroerden. Zo leek het net of hun handen, in een kinderlijk spel van aantrekking en afstoting, telkens opnieuw naar elkaar op zoek waren, nog moesten leren 'passen'. Het deed me denken aan hun ontwakende verliefdheid, in het gras buiten de schoenfabriek van Bata, waar ze elk uur verplicht tien minuten frisse lucht moesten inademen om de longen te reinigen van de terpentijndampen uit de schoensmeer. Een worsteling van handen tussen het gras, die van hem de hare overrompelend, die van haar de zijne afwerend. Kinderen van vijftien en zestien, beeldschoon allebei.

Mijn vader had alweer te veel gepraat. Hij liet zijn hoofd opzij zakken, sloot zijn ogen, en liet een dunne stroom lucht ontsnappen, alsof hij met zwakke kinderadem de kaarsjes op een verjaardagstaart probeerde uit te blazen, of in één keer een uitgebloeide paardebloem van alle pluis wilde ontdoen. Vrede. Er werd niet veel meer gezegd, en dat hoefde ook niet. Een verstild, in zichzelf verzonken tafereel – ik kon niet laten ernaar te kijken als naar een klassiek schilderij. *De dood van generaal Wolfe*. Misschien had hier, in dit zwijgen, het eigenlijke afscheid plaats. Het werd verstoord door een verpleegster, die kwam vragen of ze het dienblad kon meenemen. Op de thee na, die Minchen had opgedronken, was de maaltijd onaangeroerd gebleven.

'Als u iets speciaals wilt, moet u het wel zeggen.'

Mijn vader sprak lovend, bijna lyrisch, voor zover zijn longen dat toelieten, over een 'scholleke' van een paar dagen tevoren.

'Heb je dat wel opgegeten?' vroeg ik.

'Wat dacht je! *Of* ik dat opgegeten heb! De graat erbij afgesabbeld!'

De zuster verdween met het dienblad, niet dan nadat ze mijn vader plechtig beloofd had hem spoedig weer met een *scholleke* te komen verblijden. Ik moest denken aan een roekeloos spel uit zijn jeugd, dat hij met 'scholleke tritsen' had aangeduid: ijs op het kanaal lostrappen en dan van schots op schots springen, snel genoeg om niet in het vrieskoude water terecht te komen.

Mijn vader maakte van de storing gebruik om toch weer op zijn horloge te kijken, vingertop dansend op het glas. Pas na een volgende inspectie gingen zijn wenkbrauwen omhoog.

'Verrek, hij is stil komen te staan... Snap je dat nou? Een jaar, hooguit anderhalf jaar, zeiden ze, dat zo'n *batterijke* meeging. We zijn nou drie jaar verder.'

Natuurlijk dacht iedereen hetzelfde: gelopen in reservetijd, net als hijzelf. Precies vijf en een halfjaar had zijn reservetijd geduurd, even lang als ons huwelijk oud was. Eerder die decembermaand van '87 was hij na zijn eerste overvloedige longbloeding in het ziekenhuis opgenomen, maar om op de bruiloft te kunnen zijn, had hij zich laten ontslaan nog voor zijn sputum weer helemaal 'schoon' was. De plechtigheid zelf had hij goed doorstaan, maar toen we van het West-Indisch Huis naar het Sonestahotel liepen, begon hij op de kade van de Brouwersgracht te wankelen, asgrauw, en viel bijna in het water. In plaats van er champagne te drinken, joeg ik het gezelschap voor het Sonesta in twee taxi's, en zo ging het met grote vaart naar ons huis. Van angst en benauwdheid ging hij in de vroege morgen van Eerste Kerstdag de straat op, zodat lange tijd niemand begreep waar hij gebleven was. 's Avonds lag hij alweer in het Sint-Catharinaziekenhuis te Eindhoven, en daarmee was een reeks van opnamen pas goed in gang gezet.

Hij gespte met trillende vingers het bandje rond zijn pols los, schudde het horloge, keek erop (tien over zes), schudde het nog eens, hield het tegen zijn oor, keek (tien over zes), schudde zijn hoofd, en gaf het horloge aan mijn moeder, die de stilzwijgende opdracht begreep, zoals ze al zijn stilzwijgende opdrachten altijd begrepen had. Met een hele serie moeizame handelingen, waarbij uit eerbied voor het beladen gebaar niemand haar hielp, stopte ze het horloge in haar tas.

'Ik zal het morgen meteen naar de horlogemaker brengen.'

Wat een laf soort opgedrongen symbolisch geintje eigenlijk, dacht ik.

'Lig je nog steeds aan de afwatering?' vroeg mijn broer, waarschijnlijk om maar iets te zeggen.

'Ja, ik heb net zo'n... zo'n...' Hij was nu erg kortademig. Het was net of zijn verbale vermogen, zijn geheugen er ook kortademig door werden. Hij hapte naar adem, hapte naar het juiste woord. 'Hoe heet dat nou? Zo'n... zo'n... Je weet wel, jonge mannen die dansen...'

'Dansen?'

'Ja, als ze dansen. Inboorlingen. Zo'n ding...'

'Rond een kampvuur?'

'Nee, met speren dansen ze...'

'O, een totempaal...!' probeerde mijn zus.

'Nee, een touwtje... met een touwtje...' Hij werd nu kwaad om zijn gebrek aan lucht. 'Met een touwtje zit het vast. Het wiebelt...'

Zijn hoofd viel achterover. Hij pufte. Alle mogelijkheden werden aangedragen, maar aan zijn amechtige drift te merken, raakten we steeds verder van zijn bedoeling verwijderd.

'Nee, geen hoepel... dit!'

Met inspanning van al zijn krachten, hijgend, wierp hij het dek van zich af. Beneden zijn witte, weke, van vocht opgezwollen buik ging zijn geslacht, via een toeter van hansaplast, die was als een eindeloos gerekte voorhuid, over in de catheter.

'O, een peniskoker!' riepen wij bijna in koor, en de heftigheid, de voortvarendheid van ons geroep leek vooral bedoeld om het tafereel zo gauw mogelijk aan het oog onttrokken te krijgen. Voor hem (en voor ons) kwam deze fysieke openhartigheid wat laat. Hij had in ons bijzijn nooit meer dan zijn handen gewassen. De enige keren dat ik zijn intieme naaktheid had gezien, was wanneer hij, wankelend en mompelend, zijn afgewerkte bier uitpiste in de po op de overloop, die de volgende ochtend dan onnatuurlijk vol, vaak tot de rand gevuld, was, en een afschuwelijke lucht van verregende gerst verspreidde. Oranje urine. Nee, toen mankeerde er niets aan zijn afwatering. Omdat de deur van mijn kamer altijd op een forse kier moest blijven openstaan, kon ik hem daar, met zwaaiend bovenlijf, knoeiend, vloekend, sissend, zien staan, met een in mijn ogen onwaarschijnlijk groot geslachtsdeel. De po stond altijd tegen de smalle muurreep tussen de twee slaapkamerdeuren, waar ook het kleine kruisbeeld met een tinnen Christus hing, met een verdroogd 'palmtakje' achter de holle rug geschoven. Zo stond hij dan, urine morsend, te kwispelen onder de God die hij had afgezworen.

Niet meer aan denken, niet meer aan denken.

Toen tante J. en oom R. binnenkwamen, om de weg terug naar het ontspannen afscheid definitief de pas af te snijden, was de peniskoker alweer bedekt. Oom R. ging in de vensterbank zitten. Tante J., die veel koerende geluidjes door haar woorden mengde, stond over haar broer gebogen als over een ziek kind.

'Oe... wâ hedde dan, Pietje? Pijn?'

'Geen lucht.' Het antwoord was onverstaanbaar, maar ik zag dat zijn lippen precies die woorden vormden. 'Geen lucht.'

'Oe...' koerde ze verder. 'Waar zit de pijn dan, jongen?'

Snakkend naar adem, maar verstaanbaar: 'Geen pijn. Geen *lucht*.'

'Oehrrhoe toch, jongen. Erge pijn?'

Mijn vader deed nog enkele pogingen om boven het ononderbroken gekoer van zijn zuster uit te betogen dat hij noch pijn noch lucht had, en dat alleen dat laatste een probleem was, maar aangezien hij adem te kort kwam, kon hij het haar niet aan het verstand gebracht krijgen. Plotseling verzamelde hij al zijn krachten, al zijn resterende *oasem*, en alsof er iets losschoot uit zijn borst, uit zijn keel, dreunde het hard en krakend door de kamer, terwijl zijn bovenlichaam opveerde uit de kussens:

'*Geen lucht!*'

'Oe... oe...' Zacht koerend, geschrokken net als wij allemaal, deinsde tante J. met een paar pasjes terug, achterwaarts zigzaggend als een duif die zich laat terugdringen door de gezwollen krop tegenover haar.

De overen kant

Zondag 1 augustus 1993

We zijn in Frankrijk – Pernes-les-Fontaines. Een loodzware, bij voorbaat aangetaste, door de dood gecorrumpeerde vakantie, ruim een maand na de crematie.

Van meet af aan werden we er met de neus bovenop gedrukt dat dit geen vakantie als anders kon worden. Ruzie bij aankomst in Avignon. De verkeerde fietsen. Het levensgevaarlijke kinderstoeltje van ijzerdraad. De ligging van het gehuurde huis aan de splitsing. Het zou nooit wennen: elke twee minuten stopte er een auto pal voor het tuinhek, om spoedig weer op te trekken, niet dan nadat ze je het gevoel hadden gegeven je te hebben gefotografeerd, of op z'n minst bekeken, of dat ze een brief in de bus deden.

Elke dag per taxi naar het kunstmatige zwemmeertje. Totò maakte alles goed. Met een zonnebril en twee petten op, een klep voor en een klep achter, en met luchtkussentjes rond de bovenarmen, trappelde hij onophoudelijk en onvermoeibaar, lachend, in het heldere, groene water.

Hoe heeft het onder mijn ogen kunnen gebeuren?

Dat was de vraag die zich die zomer onvermoeibaar bleef opdringen, vergezeld van een innerlijke snik, die ik cultiveerde, en soms van een melodie voorzag.

Hoe heeft het onder mijn ogen kunnen gebeuren?

...vergezeld van een kletsnatte plens weemoed die door me heen zakte.

Met 'het' was bedoeld: de bloei, de ontwikkeling van de zich openvouwende Totò. Daar waren zoveel facetten aan, zoveel meer dan ik kon bijhouden, dat ik – zeker die zomer – het gevoel had *geheel en al* in gebreke te zijn gebleven.

Ruim vijf jaren waren verstreken sinds ik in bad zat, Minchen nog ongeveer een maand zwangerschap te goed had, de badkamer binnenkwam en – terwijl het huis als met guirlandes volhing van de mooiste meisjesnamen, waaronder Esmée, naar de opera waar Theo Loevendie toen al aan werkte, een favoriet was – zei: 'Wat als het een jongetje wordt?'

Geen moment bij stilgestaan, zo zeker waren we allebei van een dochter geweest.

Ik wilde me niet laten kennen. Al maanden bereidde Minchen haar afstudeerscriptie Nederlands voor, over de invloed van Thomas Mann, in 't bijzonder diens *Tonio Kröger*, op Alfred Kossmann. Zo vaak was die titel genoemd, zo vaak hadden we erover gediscussieerd, dat ik antwoordde: 'Als het een jongetje wordt, kan het niet anders dan Tonio heten.'

Het werd een zoon. Het werd Tonio. (En door een blunder van de jonge, zenuwachtige vader bleef het zijn enige voornaam.) Naar de Napolitaanse komiek Antonio de' Curtis werd het in huiselijke kring Totò, want niemand had het in die dagen nog over maffiabaas Totò Riina.

Hoe heeft het onder mijn ogen kunnen gebeuren?

Sinds de manifestatie van die vraag heb ik mijn ogen, en oren, wijd open gehouden. Van de andere kant: het sterven van mijn vader zorgt voor 'wegzakkers', voor grote afwezigheid soms. Er is één ding dat mij (met knijpend schuldgevoel in het hart) terug kan halen: een nadrukkelijk maar geduldig herhaald '...*toch*, Adri?' van Totò.

'...*toch*, Adri?'

Het is het refrein van de redeneringen die hij opbouwt, met een klank tussen vraag- en uitroepteken.

'...tóch, Adri?!'

Zijn redenering. In mijn hoofd spoel ik snel de opname af, die tijdens mijn 'afwezigheid' werd gemaakt. Ik heb hem gehoord.

'Hoe gaat het nu verder met dat jongetje uit *Rijst in een boom.*'

Hij heeft het over een kinderboek dat ik, voornamelijk in mijn hoofd, voor hem schrijf, en dat hij, in zijn dagelijks leven, voor mij leeft. Het boek heeft twee titels, de zijne en de mijne.

'Reis in een boom. Hij reist in die boom.'

'Zeg ik toch. *Rijst in een boom.*'

'Hij maakt een reis in die boom.'

'Dan moet hij toch ook eten. Dus ik dacht: *rijst* in een boom. Toch, Adri?'

'Dan maken we er een ondertitel van.'

'Wat is een ondertitel?'

'Een titel die meestal met "of" begint. *Reis in een boom* of *Rijst in een boom.*'

'Of *Rijst in een boom* of *Reis in een boom.* Dat vinnik beter.'

'Goed. Jouw titel voorop.'

Op een willekeurige doordeweekse dag stond hij rond het middaguur voor me met een wekker.

'De wijzers staan allebei hier... over elkaar. Hoe laat is het nu?'

'Twaalf uur.'

'O, gaan ze nu vuurwerk afsteken?'

Dat hele wonder had zich onder mijn ogen afgespeeld – maar had ik het wel opgemerkt? Er waren momenten geweest van sprakeloosheid om het wonder, een kortstondig opkijken van de eigen besognes. Zoals die keer toen hij, nog geen drie jaar oud, een schone lepel van de pas gedekte tafel had genomen, en erin geademd had om de heldere binnenkant te bewasemen.

'Niet doen, Totò, dat is vies.'

'Waarom?'

'Omdat er nog van gegeten moet worden.'

'Waarom is dat dan vies?'

'Als je in die lepel blaast, kunnen er bacillen op achterblijven.'

'Wat zijn dat?'

'Hele kleine beestjes. Je kunt ze niet zien.'

Totò hield de lepel, van Solinger hardmetaal en door z'n nieuwheid nog helder als een handspiegel, voor zijn gezicht, dat hij sterk verkleind en ondersteboven zag. Wat krioelde daar allemaal, ongezien, over zijn spiegelbeeld? Hij bracht de lepel met z'n holle zijde naar mijn mond.

'Nou moet jij blazen.'

Hij was bezig de wetenschap te dienen, dus ik ademde op het metaal. Omdat hij de bacillen op heterdaad wilde betrappen, en daarbij toch mijn adem nodig had, draaide hij de lepel half van mijn mond weg. Onmiddellijk vervluchtigde de condens, en in het holle spiegeltje stonden de gevels van de overkant van de Leidsegracht in miniatuur weerspiegeld – ondersteboven. Ik zag Totò's gezichtje opklaren.

'Die beestjes zijn eigenlijk hele kleine huisjes. Ze staan op ze kop.'

'Totò, denk je nog wel eens aan opa Piet?'
Hardvochtig, zo lijkt het: 'Nee.'
'Nee?'
'Die is toch do-h-ood?'
'Daarom juist. Denk je nog wel eens aan hem?'
'Nee.'
'Niet?'
'Nee, want ik ben zo bang dat ik dan moet huilen.'

Maandag 14 juni 1993

Waren ze er vanaf het begin van de reis al geweest, de bloedspatten? André, met wie ik in de bovencoupé van een dubbeldeks op weg was naar de promotie van een vriend in Nijmegen, knikte in de richting van het raam.

'Met een beetje fantasie de beginmaat van de Derde van Beethoven.'

Inderdaad leken de bloedspatten, vers rood nog, en door de grillen van wind en luchtstroom vervormd, een opklimmend trapje van noten te vormen, compleet met vlaggetjes. Hij had net zo goed kunnen zeggen '...van de Tweede van Mahler', maar mijn hart kromp alweer: het handschrift van mijn vader leek op notenschrift. Welke boodschap stond hier in bloed geschreven? Al ging het proefschrift over Paul Celan, ik was op weg naar een feestelijke plechtigheid; had ik, ondanks het 'afscheid' van de dag tevoren, vandaag niet bij *hem* moeten zijn, bij mijn vader, bij mijn papa, god-nogaantoe?

De conducteur kwam langs, en ik vroeg geïrriteerd of dat normaal was, uitzicht eerste klasse door een bloedbespatte ruit. Hij negeerde de querulant, en zei laconiek: 'Ja, Weesp weer, hè. Altijd Weesp. Daar springen ze.'

Drs. P, die ons al had vermaakt door de coupé langs de trap aan de ene kant te verlaten en via die aan de andere kant weer te betreden (hij was op weg naar dezelfde promotie), poogde uit te leggen waarom ze 'altijd in Weesp' sprongen, en dan ook nog 'meestal in januari', maar kwam er niet helemaal uit.

'Alles goed en wel,' zei André, 'maar *wat* als je met je definitieve sprong niet eens de eerste noten van een godsammese Beethovensymfonie weet te vormen?'

De sneltrein liep Utrecht binnen. Ik zou nog tot aan Nijmegen tegen het nauwgezette handschrift van mijn vader aan moeten kijken, met z'n vlaggetjes, z'n soms opengelaten, soms dichtgeslibde d's en b's.

Het was, na zoveel stroeve promoties, een verademing de promovendus, Paul Sars, zich in het Duits behendig te horen verdedigen, maar veel van wat er gezegd werd, ontging me, doordat met de moordende eentonigheid van een metronoom twee zinsneden uit Celans bekendste gedicht 'Todesfuge' door mijn hoofd bleven tikken:

Dein goldenes Haar, Margarete (links), *dein aschenes Haar, Sulamith* (rechts)

De rest van de dag was als de tuin, vreemd en roestig, van de tekenaar. De witte wijn op de receptie, de rode later bij het eten, en daarna de borrels op het feestje thuis bij de jonge doctor – het benevelde, maar verwarmde niet. De doodswalging bleef hangen in koude mist. Op de terugweg de dorst na het drinken. Het was al laat. Nergens op de stations van Nijmegen en Arnhem, nergens in die laatste trein naar Amsterdam ook maar een blikje bier te krijgen. André en ik, met een versuffing die men pas voelt onder het tl-licht van de coupé, namen de cafés door die na enen nog open moesten zijn. Bij aankomst op het Centraal Station wilde ik alleen nog maar naar huis, enigszins tot teleurstelling van André. We namen een taxi, die eerst hem afzette op de Kloveniersburgwal, en met mij verder doorreed naar Zuid.

Toen ik in de huiskamer hel licht aanknipte, stond ik onder een verlaagd plafond van papieren guirlandes. Totò's vijfde verjaardag was zojuist ingegaan.

Dinsdag 15 juni 1993

Afgezien van de eindeloze stroom verzoeningsrepen Belgische chocola uit de cafés, heeft mijn vader mij drie keer in zijn leven geheel op eigen initiatief iets cadeau gedaan, en dan heb ik het niet over de gelegenheden waarbij hij mij plotseling, zonder noodzaak, zijn windjack aanbood, of zijn trui, of zijn handschoenen – kledingstukken die ik alleen al op grond van mijn smaak (lees: de mode van de tijd) diende te weigeren.

'Nou, voelt 's, wat 'n stof... onverslijtbaar.'

Er was de avond dat hij maar niet van zijn werk thuis wilde komen, en wij al dachten dat hij 'ergens aangelegd had'. Hij kwam een halfuur te laat, en overhandigde mij, zonder een zweem van dranklucht, een map met drie kleurenreproducties van schilderijen van Jeroen Bosch.

'Ze waren te bestellen bij het *Eindhovens Dagblad*, maar ik moest ze wel zelf afhalen.'

Bij mijn eindexamen schonk hij me, leeg, de kalfslederen portefeuille die hijzelf ten geschenke had gekregen voor zijn bijdrage aan de politionele acties in '46-'49. Maar het overrompelendste cadeau was nog altijd het eerste: een 'timmerkaart', een blauwe kartonnen rechthoek met daarop, door elastiekjes op hun plaats gehouden, stukken miniatuurgereedschap. Hamer, nijptang, schroevedraaier, vijl, zaag, alles in het klein. Ik had er vaak om gezeurd, maar er niet op gerekend dat ik mijn kaart zomaar zou krijgen, en dat nog wel van mijn *vader*. (Verder heeft mijn moeder altijd de verjaardags- en Sinterklaasgeschenken uitgezocht, ook namens hem.)

Vier of vijf was ik geweest, en omdat later nooit meer een cadeau dieper indruk op mij gemaakt had, wilde ik Totò voor zijn vijfde verjaardag zijn eerste timmergereedschap geven. De kist, van Duitse makelij, die Totò op de ochtend van de vijftiende juni bij ons op bed mocht uitpakken, was eigenlijk te welvoorzien voor zijn leeftijd, vol dingen waarvan hij de functie niet kende. Met de gordijnen nog dicht, de leeslampen aan, kreeg hij uitgelegd waar elk stuk voor diende.

Minchen had voor de aardigheid nog iets voor hem gekocht: een dambord met damstenen. Terwijl ik bij de gereedschapskist steeds, ontroerd, aan mijn timmerkaart had moeten denken, trof het andere cadeau me onaangenaam.

Het was zaterdagavond, en ik hoopte dat mijn vader pas uit de kroeg thuis zou komen wanneer Bart, met wie ik zat te dammen, was opgehoepeld. Het liep anders. De zo goed als dronken man daagde mijn vriend, die zojuist van mij had gewonnen (we waren allebei twaalf) met opschepperig gebral uit tot een nieuwe partij.

'Van mij win je niet. Geen mens.'

Maar hoezeer hij ook, de ogen toegeknepen om de blik scherper te stellen, zijn best deed, mijn vader verloor van Bart.

'Ik heb je laten winnen, Bart. Heb je 't nou door?'

Ik voelde me zo vernederd, was zo woedend, dat ik me niet kan herinneren ooit nog een damschijf te hebben aangeraakt. Opeens vond ik het een stompzinnig spel, met z'n op elkaar gelegde houten rondjes.

Nu, dertig jaar later, zat ik tegenover mijn eigen zoon, in

kleermakerszit op het bed, en legde hem uit dat hij de stenen niet voortdurend op de schaakzijde van het bord moest plaatsen, en vervolgens dat hij de witte vlakjes met rust moest laten. Al spelend legde ik hem de regels uit. Ik zorgde ervoor dat hij aan de winnende hand bleef. De telefoon ging. Ik hoorde de drie totaal verschillend klinkende toestellen (een pieptoon, een hoog blurbgeluid, een laag blurbgeluid), elkaar afwisselend, op de drie verdiepingen overgaan – tot Minchen, helemaal beneden, opnam. Ons eerste damspelletje werd verstoord door Minchens geagiteerd rennende voeten op de twee hoge trappen naar de slaapkamers. Door het volhardende geren, één ononderbroken roffel, wist ik: *mijn vader. Slecht.*

Minchen stormt de slaapkamer binnen. Lamplicht. Kaboutergereedschap. Totò en zijn papa, gebogen over het dambord. En buiten adem het bericht: 'Je moet meteen naar Eindhoven. Het gaat heel slecht met je vader.'

Het zou mooi, te mooi, zijn geweest als het zo gegaan was – maar het ging net even anders. Minchen kwam stralend binnen, en stak haar armen naar Totò uit.

'Je moet naar school, lieverd. Uitdelen.'

Totò, heftig: 'Ik moet uitdelen!'

Hij stak nog even zijn hoofd om de deur. 'Adri, bestaat Michael Jackson echt?'

'Nou, dat mag hij zichzelf wel eens afvragen.'

Pas een poos nadat Minchen hem naar school had gebracht, weer thuisgekomen was, ging de telefoon, en verraste zij mij met haar trapgeroffel, terwijl ik in bed de krant lag te lezen.

'Wat zeiden ze nog meer?'

'Niets. Ze hadden haast. Ze vertrokken meteen naar het ziekenhuis.'

Ik heb niet korter gedoucht dan anders. Treuzelde ik? Ik was eerder bang te vroeg, dat wil zeggen op tijd, dan te laat te komen. Ja, ik douchte even lang als anders. Maar me uitgebreid scheren kwam me weer als immoreel voor: misschien een trein verspeeld.

In het drukke stadsverkeer schoot de taxi slecht op, en in de Marnixstraat vroeg ik de bestuurder of ik de eerstvolgende trein (12:32) naar Eindhoven wel zou halen.

'Mijn vader ligt daar op sterven.' Ik had het gevoel een willekeurige smoes te gebruiken om de taxichauffeur tot grotere spoed te manen. 'Ik wil hem nog spreken.'

Wat dacht ik hem na al die zwijgzame ziekenhuisbezoeken in de gauwigheid nog te melden te hebben? Waarom haasten we ons naar een stervende om laatste woorden uit te wisselen? Woorden krijgen pas waarde als ze op de toegesprokene kunnen inwerken, telkens weer oproepbaar zijn, herinnerd en opnieuw beoordeeld kunnen worden. Bij een stervende storten we ze in een bodemloos oor, al die goedbedoelde woorden, in een zwarte put, waaruit zelfs geen zweem van een echo terugkeert. Laatste woorden van de stervende zijn al even waardeloos, want nooit meer te toetsen aan latere uitspraken, nooit meer door hem te corrigeren of van commentaar te voorzien; voor eeuwig van elke voetnoot afgesneden. Met de Laatste Woorden van onze overledenen koesteren we een verzameling stenen.

'Toen mijn vader stierf...' begon de chauffeur, op een toon van 'praat me d'r niet van'. 'Ja, niet mijn echte vader, want ik ben het kind van een Canadees, lichting zesenveertig, maar de man die me heeft opgevoed... die heb ik toen ook niet meer kunnen spreken. En dat is altijd blijven wringen.

Hij stuurde me naar kostschool, nadat hij een eigen kind bij m'n moeder had gekregen, en later ben ik gaan varen. Het geld dat ik opzij kon leggen, heeft hij in een eigen bedrijfje gestoken. Geleend dus als het ware, maar ik heb het nooit teruggezien, want hij ging hartstikke failliet, en weer wat later ging-ie dood. Daar was ik dus niet bij. O, die trein haalt u wel, maakt u zich daar geen zorgen over. Later droomde ik regelmatig van hem, en in die dromen *gaf* hij me dan altijd iets. Een paard, ik noem maar iets. Een ijscokarretje. Van die dingen. Nou geloof ik niet in dansende tafels, in opoe die draadloos doorkomt, maar ik geloof wel dat mijn stiefvader via die dromen contact met mij zoekt, omdat hij met dat schuldgevoel gestorven is. Via zo'n paard, zo'n vliegmachien, zo'n ijswagentje wil hij mij dan terugbetalen. Hij heeft geen rust, daar geloof ik heilig in.'

Om vijf voor halfeen belde ik vanaf perron 2 van het Centraal Station Minchen. Nee, zij had niets naders uit Eindhoven vernomen.

Amsterdam Amstel... Utrecht... In de trein las ik, volhardend, in de Callasbiografie van Arianna Stassinopoulos – totdat ik, kort na Den Bosch, stuitte op de volgende passage over Jackie Kennedy (ten naaste bij reeds Onassis): 'haar levenslust, die was gesmoord onder de mantel van bijna-heiligheid waarmee de Amerikaanse pers haar had bekleed. Er blijkt uit een incident hoe sterk die levenslust in haar was. De dag van de begrafenis van haar man was toevallig ook de dag dat haar zoontje John-John drie jaar werd. Iedereen had aangenomen dat het verjaardagsfeestje uitgesteld zou worden, maar Jackie wilde daar niet van horen. Voor haar was het een prettig toeval dat een dag van verdriet en rouw toch nog bekroond kon worden door een viering van het leven met toeters, papieren hoedjes, ijsjes en speelgoedautootjes.'

Plotseling nerveus, rusteloos, vol onbehagen kon ik niet verder lezen. Ik stopte het boek weg. Toen de intercity Eindhoven naderde, wist ik opeens met grote zekerheid: *hij is dood.*

Als mijn onrust de waarheid sprak, wat waren dan voor mij zijn laatste woorden geweest? Twee dagen terug hadden we met z'n allen rond zijn ziekenhuisbed gestaan. O, God, zijn Laatste Woord hadden wij hem moeten toewerpen; hij kon er niet opkomen.

In de stationshal belde ik naar Amsterdam. Minchen nam meteen op.

'Hee, Adri, je vader is al overleden. Ik heb naar het ziekenhuis gebeld. Sterkte, kleintje.' (Wij noemen elkaar onder alle omstandigheden 'kleintje'.)

Van de voorste taxi stond het portier wijd open. Een jonge vrouw baadde, met opgeschorte rok, haar benen in de zon, haar bovenlichaam verborgen achter een krant. Ik verraste haar, het was kennelijk een stil uur. 'Catharinaziekenhuis graag.'

'Het Katrien? Komt voor mekaar.'

Hoewel het al zijn zoveelste, niet meer te tellen, ziekenhuisopname was geweest, had ik de associatie nooit eerder gelegd: zo heet mijn moeder, Catharina, Cato, Toos (de naam waaraan zij al haar leven lang een hekel had, net als ik aan de mijne; maar mogelijk was mijn weerzin jegens mijn roepnaam slechts een imitatie van de hare). En dat 'Sint-' mocht er wat mij betreft voor blijven staan. Ik zou nu kunnen zeggen dat mijn vader gestorven was in een ziekenhuis dat mijn moeders naam droeg – ziedaar ongeveer de samenvatting van mijn eerste, povere kijk op de nieuw ontstane situatie. Opeens stond daar voor haar een monument van zorg en zorgzaamheid, een gevaarte van dertien, veertien verdiepingen, ja, hoe hoog was het eigenlijk: in mijn visie had ik mijn vader automatisch de hoogste verdieping toebedeeld. Zij kwam hier als de heilige uit te voorschijn.

In de auto hing een misselijkmakende warmte. Ik beantwoordde kortaf de goedbedoelde nietszeggendheden van de chauffeuse, en woelde met vele handen mezelf om: wat voelde ik? Niets dat sterker was dan de autowarmte, dan de geur van rubber, asfalt en voorbijschietend lover.

Sinds zoveel mensen gereanimeerd worden – gerepatrieerd naar het land van de levenden – kunnen we er niet meer omheen: de BDE. Mijn vader was niet teruggekeerd van een Bijna Dood Ervaring, hij kon niet navertellen hoe het was om op de rand van de dood te verkeren, om duizelig op de rand van de afgrond te staan, in de ultieme hoogtevrees die misschien wel de goddelijkst denkbare duizeling opleverde. Omdat ik niet bij hem was toen hij stierf, zal ik proberen zijn tocht naar de uiterste richel te reconstrueren, en zover mogelijk met hem mee te gaan. Ik zal niets anders doen dan – als kunstmatig onderdeel van dit requiem, deze rouwdienst – wat algemeen bekend is op mijn vaders laatste ogenblikken toepassen. Het losraken van, het zweven boven het eigen lichaam. Het licht aan het einde van de tunnel. (Denk aan de 'visuele cortex' in de hersenen. Tot aan die laatste richel hebben we te maken met ons oververfijnde mechaniek.) De ontmoeting, de hernieuwde kennismaking met eerder overledenen. En wat betreft zuurstoftekort als stimulans voor het limbische systeem in de hersenen, als iemand daarvoor in aanmerking kwam, was mijn vader het wel. 'Geen pijn, geen *lucht*!'

Je hebt er die door een draaikolk, als door een haaiebek van water, de diepte in gesleurd worden; en je hebt er die door zo'n draaikolk juist de hoogte in gestuwd worden, dus uit het diepste punt van de trechter te voorschijn komen. Het zal wel samenhangen met hoe ze geleefd hebben. Als er tegenwoordig BDE's voorkomen, moeten ze er vanaf de vroegste tijden geweest zijn. Het gelul over de ziel die het lichaam verlaat, zou dus kunnen berusten op empirische noties van mensen die bijna dood zijn geweest. Dood zijn ze evengoed gegaan, al was het misschien beduidend later pas, maar hun nageslacht zat voor eeuwen met de handen in het haar over de dualiteit van lichaam en ziel.

Om te beginnen ben ik ervan overtuigd dat mijn vader niet toevallig op de verjaardag van zijn enige kleinzoon is overleden. Sinds vijf jaar was Totò de herstellende schakel tussen mijn vader en mij, een reddingbrengende go-between, sterker nog: Totò was met terugwerkende kracht de plaatsvervanger van mijn vroegste jeugd. Hun verstandhouding ging zo ver dat Totò, anderhalf, twee jaar oud logerend bij mijn ouders, met geen mogelijkheid tot een middagslaapje te bewegen was als niet ook 'opa Piet' op de bank in de huiskamer kwam liggen. Ik weet zeker dat ook mijn vader zijn 'dut', zoals hij het noemde, uit de aanwezigheid van het kereltje peurde. Na zijn – definitieve – ziekenhuisopname hadden ze elkaar niet meer gezien. Minchen was erop tegen een zo klein kind aan alle ziektekiemen van een hospitaal bloot te stellen, en toen bleek dat mijn vader zijn einde naderde, vond zij Totò ook nog te jong om van nabij een benauwd sterven mee te maken. De grootvader, die de aflossing van zijn achterstallige vaderliefde lelijk gedwarsboomd zag, klaagde niet openlijk. Hij informeerde zonder opdringerigheid naar Totò, maar zijn laatst geciteerde woorden, daags voor zijn dood tot de andere opa gericht, luidden (met opgestoken duim), terwijl er nauwelijks adem voor was: 'We hebben *zo'n* kleinzoon, Baruch, waar of niet!'

Mijn vader wist dat hij op geen enkele manier deel kon hebben aan Totò's vijfde verjaardag, behalve misschien door mijn moeder een cadeautje namens hem te laten kopen. Aan de vooravond van die verjaardag vroeg hij om een eerste – 'bescheiden' – dosis morfine, en kreeg die – 's nachts? 's morgens vroeg? Het ten dode toe wegglijden in de roes moet welhaast een daad van de wil zijn geweest. Een tedere poging om, als een laatste bekrachtiging van hun symbiose, zijn sterfdatum aan Totò's geboortedatum te koppelen. Een laatste boodschap van liefde aan de kleine – een boodschap die elk jaar, in al z'n veelzeggendheid, zou terugkeren. Aangezien hij toch dood moest, zou het zonde zijn geweest die dag als sterfdag voorbij te laten gaan.

Hij riep hart en ziel en adem en geest – kortom, zijn laatste, broze krachten bijeen, en ze beslisten. Het was dinsdagmorgen. Ver weg in Amsterdam begon, onder een hemel van crêpepapier, Totò's verjaardag. De morfine nam zijn benauwdheid weg zonder dat hij er meer adem voor in de plaats kreeg. Het was goed zo. Hij had nergens pijn.

Hij hing boven zijn eigen lichaam, in schijnbaar dezelfde houding als dit lichaam, maar los van alle apparatuur, van alle ketenen, en vrijuit ademend, of liever: ontslagen van de verplichting zijn longen te vullen en weer te legen, in wat voor moeizaam tempo ook. In die lichte, onthechte toestand zweefde hij zo iets als een tunnel in, die hij meende te herkennen: was hij hier niet ooit, zwaar en hoekig, in omgekeerde richting binnengegleden? Dan moest dit de loop van het grote mortier zijn, de Dikke Bertha. Hij was op een op scherp staande granaat af geroetsjt; geen redding mogelijk. En nu... nu ontsnapte hij zo maar, gewichtloos als een asdeeltje dat de schoorsteen in getrokken wordt. Er was licht aan het eind van de loop. Buiten wachtte hem een woestijn, met niets anders dan een dorre boom, waar ondersteboven een gier in hing, stro puilend uit zijn lijf. Het was niet verstandig geweest deze tunnel in te gaan. Gelukkig ontmoette hij weinig wrijving toen hij naar het licht terugkroop...

Hij wist opeens zeker dat de woestijn veranderd zou zijn in een onbegrensde oase. In de weelderige boom zou een paradijsvogel zitten.

Het kanon had geen buitenkant. Het was verdwenen zodra hij de loop verliet. O, paradijselijk Java. Hij zag ze onmiddellijk, zijn vader en zijn moeder. Hoe eenvoudig was alles. Hoezeer had hij zich vergist. Stennis gemaakt... zijn meerderen bedreigd met een karabijn... en dat alles om naar het verre Nederland te mogen vliegen ten einde de begrafenis van zijn ouders bij te kunnen wonen. Onnodig. Ze waren *naar hem* toe gekomen.

Totò zag hij nergens, maar hij zweefde onder het groen met onder elke arm een meisjesbaby: zijn meteen na de geboorte gestorven tweeling. Het zouden zijn kleinkinderen kunnen zijn... En daar... daar was de toean kampong met zijn gezin, maar zonder het jongetje dat op die bewuste avond de hanebalken in gevlucht was... Meer volk nog uit Son en Breugel. Zijn vrienden, die kort na de bevrijding 'alles demonteerden', waren jongens gebleven. Daar blafte zelfs, opgetogen, zijn hond, die door de pastoor was doodgeschoten, omdat hij achter de eenden aan ging...

Hier moet ik hem loslaten. Vaarwel, papa. Ik keer terug.

Dertiende verdieping, bezoekersruimte: mijn broer en mijn zwager Helmuth. Ik zag aan het gezicht van mijn broer, dat vertrok, dat hij dacht het me nog te moeten vertellen. Ik stak hem in een opwelling mijn hand toe. 'Ik weet het. Ik heb het al gehoord.'

'We waren net te laat. Toen we binnenkwamen, lag hij op z'n zij. Ik zeg: "Volgens mij is hij al..." Er was niemand van het personeel bij. Achteraf ook rot voor ze natuurlijk.'

De afgrondelijke eenzaamheid die van deze mededeling uitging, voelde ik niet; ik rook de kelderlucht van mijn grootouderlijk huis, mijn geboortehuis: kleiaardappelen, vochtig oud papier, overrijpe bananen.

'Wie is er bij hem?'

'Mama en Marianne.'

Het viel me op hoezeer de situatie leek op die van precies vijf jaar terug, toen Totò werd geboren. De opwinding, de drukte, de intense ontroering om dat onherroepelijke moment, het wassen, de plechtige stemming waarin men iedereen gaat opbellen. De nuchterheid van het bureaucratische regelen: er is een mens bijgekomen, er is een mens minder.

'We hebben *zo'n* kleinzoon, Baruch, waar of niet!'

Het waren de laatste woorden die me, zij het indirect, van hem bereikten. Ik besloot ze als zijn laatste woorden te beschouwen. Vijf jaar lang was dat jongetje mijn stand-in geweest, de vervanging van onze problematische band. Onbevangen kinderhart: hoeveel had Totò niet van deze man gehouden! Het kind hield zoveel van zijn grootvader dat het zich soms schaamde tegenover zijn oma: 'Oma, fin jou ook heel lief hoor.'

Die engel was van heel hoog gekomen om ons, ontevredenen, mokkenden, te laten zien dat in de man geen kwaad school, of liever: dat het kwaad uit hem verdampt was. Het kind vertegenwoordigde zijn volle aflaat. Het had hem, bij wijze van spreken, die dubbelzinnige huissleutel uit handen genomen, en in zijn kinderhanden was het weer een gewone sleutel geworden. (Nu wist ik het: door deze 'volle aflaat' zou ik ook het ergste, het allerergste onder zijn wapenfeiten durven memoreren, als dat nodig was.) Het engeltje was nu vijf en oefende zich, een oog op het videoscherm gericht, in de achterwaartse *moonwalk* van Michael Jackson, dit ten nadele van de staande schemerlampen.

Drie statiën kende zijn kruisweg: van kamer 8 (4 bedden) hadden ze hem naar kamer 4 (2 bedden) gebracht, en nu lag hij op kamer 2 (1 bed). Anders dan de vorige keer was de grote vierkante tochtdeur dicht. Door het raam, rond als een patrijspoort, zag ik het grijze, schuddende hoofdje van mijn moeder. Zij stond met beide handen vastgeklauwd aan het voeteneind van het bed; haar stok hing van haar elleboog af. Het viel niet te zeggen in hoeverre haar gekromde, verkrampte houding, het schokschouderen, aan Parkinson te wijten was, en in welke mate aan haar verdriet en verbijstering.

Ik duwde de deur open, zorgvuldig vermijdend naar de dode te kijken, al kon ik niet voorkomen dat het grauwgeel van zijn gezicht als een vlek aan de rand van mijn blikveld bleef hangen. Met afgewend hoofd drukte ik een lange kus in mijn moeders hals, bij wijze van troost, maar ook om mezelf wat uitstel te gunnen. Zij voelde, ondanks de spasmen, rustiger dan ik had verwacht. 'O-och,' zei ze alleen maar, langgerekt en zacht. Ik draaide me om, en keek. Nog minder mijn tegenstander. Hij lag op zijn rug, de neus recht omhoog, de mond halfopen. Hij kon elk moment zijn bekende slaapkreuntje doen horen. In zijn rechtermondhoek kleefde iets wittigs, als bij iemand die na het tanden poetsen slecht gespoeld heeft. Mijn zus stond over hem heen gebogen, en bestudeerde zijn gezicht van nabij, met iets geamuseerds in haar ogen, al kon ik zien dat ze gehuild had.

'We kwamen net te laat,' zei ze. 'Hij was al dood. Het personeel had nog niets gemerkt. Ze hoorden ons ineens hard huilen. Daar kwamen ze toen op af.'

Marianne stelde mijn moeder voor in de bezoekersruimte te gaan zitten. 'We staan hier al zo lang.' Zij kuste de dode op zijn voorhoofd, en mijn moeder, nog steeds sprakeloos, streek over de gele handen, die provisorisch samengevouwen waren op het dek. Ik vroeg me af of ik het lichaam zou durven aanraken. Durven misschien wel, maar *kunnen*?

De twee vrouwen verdwenen gearmd de gang in. Ik schonk koffie uit de thermoskan die op tafel stond, en ging met het kopje in een hardplastic fauteuil bij het raam zitten, ver van het lichaam. Was het de dood, de afwezigheid van mijn vaders nadrukkelijke ademhaling, die kamer 2 (1 bed) zo kaal maakte? Een moment later wist ik wat het was. Ze hadden alle apparatuur verwijderd. Verdwenen het kastje met de meters, de standaards met de kolven, de artificiële ingewanden die om hem heen gehangen hadden. Weggenomen de draden, de kabels, de slangen die hem, van lieverlede tegen wil en dank, met naalden aan het leven vastgepind hadden. Hij was vrij. Hij zweefde los in de ruimte. Rond zijn hals zat een witte band, die me deed denken aan de papieren plakboord bij de kapper.

Van tijd tot tijd zette ik mijn koffiekopje, dat ik steeds was blijven bijvullen, in de vensterbank, en stond dan op met het stellige voornemen *hem aan te raken*. Zijn voorhoofd te kussen, zoals Marianne gedaan had, of op z'n minst over zijn hand te aaien. Ik kreeg het niet voor elkaar. Kwam het doordat ik hem hooguit tot m'n tiende af en toe een nachtkus had gegeven, en nadien alleen nog twee keer per jaar een hand, met zijn verjaardag en met Nieuwjaar? Omarmd had ik hem alleen soms van achteren, als ik bij hem op de fiets of de brommer zat. Zelfs deze weinige aanrakingen had ik, behalve toen ik nog een klein kind was, als veel te intiem ervaren.

Goed, dan zou ik nu hij dood was toch zonder schroom, zonder angst voor al te grote intimiteit, ten afscheid zijn stoffelijk overschot kunnen kussen? Ik probeerde het. Een onzichtbare, taaie korst van gestolde lucht om het lijk hield me tegen. Was dat het dan – was de walging jegens het dode lichaam nog sterker dan de vrees voor intimiteit die de levende persoon mij had ingeboezemd?

Opeens was daar, uit het niets, de vraag, bijna een antwoord: *is er wel verschil tussen het aanraken van een levende en het aanraken van een dode*? Nee, eerder dan die vraag, in plaats van die vraag, was er het beeld, hallucinatoir scherp, van twee schoolkinderen op een winterdag, buiten in de sneeuw. Ze droegen gevoerde nylon jacks, waarvan de capuchons over hun ijsmutsen getrokken waren. Allebei een kleine schooltas op de rug. Broekspijpen in plastic laarsjes gestoken. Ze hadden hun wanten, verbonden door een koord dat onder hun kleren door liep, uitgetrokken om met blote handen sneeuwballen te kneden. Maar de vorst had de sneeuw tot poeder gemaakt, dat niet wilde plakken, en als het rulle zand van de zomer tussen hun vingers wegstoof, zodat ze naar iets anders uitkeken om mee te spelen.

'Zullen we lijkehandje doen?'

'Ja, lijkehandje.'

Ze staken allebei de rood aangelopen wijsvinger van hun linkerhand in de lucht, zo hoog mogelijk, bijna boven hun macht, en drukten de toppen tegen elkaar. Om beurten brachten ze hun vrije hand naar deze kleine, lichtelijk zwaaiende torenspits, en lieten die langs de samengevoegde vingers naar beneden glijden. De jongetjes huiverden overdreven met elkaar mee, want ieder wist van de ander wat hij voelde: 'n van leven tintelende vinger naast een die dood, afgestorven, aandeed.

'Huh, ik griezel.'

'Ik moet ook griezelen.'

De huivering, des te authentieker lijkend door hun ademcondens, was gespeeld, maar daarom nog niet minder waar. Ze huiverden het gevoel van doodsheid weg.

'Net of jouw vinger bevriesd was.'

'Nee, jouwes was bevriesd. Mijnes niet.'

Griezelig of niet, of misschien juist vanwege het griezelige – ze konden er niet genoeg van krijgen, van dit mysterie. Telkens weer lieten ze hun vingertoppen – duim aan de ene, overige vingers aan de andere kant – losjes op en neer glijden langs de gestrekte wijsvingers, die almaar roder werden, behalve daar waar ze het bloed uit elkaar wegdrukten. Bij elke herhaling van het gebaar sloegen de wanten, die aan hun polsen bungelden, tegen elkaar, en ik moest denken aan een oud gedicht van Willem Frederik Hermans, waarin sokken die aan een touw te drogen hangen zich in een 'wollen, muziekloos carillon' veranderd zien. Door het geluidloze beieren van die wollen kerkklokken leken de kinderarmen nog nadrukkelijker een toren te vormen, uitstekend boven de kleine tempel die de twee met hun lijfjes vormden, en waarvan de capuchons de koepels waren.

'Getsiederrie, lijkehandje. Nu jij.'

'Gatsie, lijkehandje. Nou jij weer.'

Er was niets verkeerds aan me door die kleintjes het mysterie te laten verklaren – niet toen, in wintertijd, maar nu, op de zomerse sterfdag van mijn vader, nu ik het tafereel terugzag en pas ten volle begreep. Kinderen spelen niet, ze voeren rituelen uit, in eindeloze herhaling en variatie; het is ze ernst. Hun intuïtie geeft er de lichtvoetigheid van een spel aan, maar ze zijn serieus. 'Spelen' is een uitdrukking van volwassenen, die de ernst voor hun eigen daden claimen. Schadelijke omkering, die onvermoede kennisoverdracht blokkeert.

Niks geen verbond, niks geen symbiose: die twee mollig ingepakte schoolkinderen beeldden een tempel van eeuwige scheiding uit. Met hun rituele handeling maakten ze elkaar eens en voor al duidelijk dat ze niet bij elkaar konden komen, nu niet en nooit. Misschien bleven ze hun gebaar en hun bezweringsformules nog verder herhalen om het doodse gevoel aan de andere kant weg te strijken, en zo de scheiding ongedaan te maken. Ze moesten er noodgedwongen mee stoppen, toen ook de eigen vingers, niet alleen die van de ander, door de winterkou doods gingen aanvoelen. Ze werden weer in de wanten gestoken, dat wollen juk waarmee die kleintjes hun voor altijd afgestorven handen door de wereld zeulden. De kinderen keerden elkaar hun schooltassen toe, en gingen uiteen – voorgoed, ook al zouden ze elkaar de volgende dag weer zien om, wie weet, hetzelfde stukje op te voeren. Zeker zouden ze, samen of met iemand anders, als pubers het ritueel hervatten door, zoals jongens doen, hun erecties tegen elkaar op te zetten en het handgebaar te herhalen, met wijder gespreide vingers en nog wanhopiger resultaat, want zo ergens het leven behoort te kloppen, dan daar. Het zou ze er een vermoeden van geven dat ook in de liefde geen redding, geen herstel van de versmelting te verwachten viel.

Ik keek van de dertiende verdieping van het Sint-Catharinaziekenhuis neer op de stad, die zinderde onder een warme junidag, en vroeg me af of dat overvloedige zonlicht het beeld van die twee kinderen in de sneeuw bij me had losgetrild. Het was geen Spielerei van de geest waartoe ze me hadden verleid, nee, hun verschijning had de uitwerking van een diep verziekend inzicht, waarvan ik zeker wist mijn leven lang niet meer te zullen genezen. Ze openbaarden me, die kleintjes, dat elke mens, elke levende persoon, *de enige levende persoon op aarde is.*

Over het probleem van het Ik en de Ander is het nodige afgeschreven. Hele modes zijn eraan opgehangen, psychologische en filosofische. Maar het ging me niet om wat in de boekjes staat, het was me te doen om de ontregelende schok van een direct en uniek inzicht. Misschien was mijn geval vergelijkbaar met wat de schrijver Jean Genet overkwam in de trein tussen Salon en Saint-Rambert-d'Albon, waar een vluchtig gewisselde blik met een groezelige medereiziger hem tot het inzicht bracht van de fundamentele gelijkwaardigheid van alle mensen, sterker nog: hoezeer we ook opgesloten lijken in onze individuele 'schors', we zijn niets anders dan uitwisselbare verschijningsvormen van één mens. Met 'gelijkheid' en 'klassenloosheid', waar marxistische geschriften zo gretig van reppen, had deze gedachte natuurlijk niets te maken. Het was niet minder dan een schok der herkenning, die het wereldbeeld van de schrijver in ontbinding bracht. Hij zou zijn medemensen, ook de begerenswaardige, nooit anders meer kunnen zien dan als manifestaties van zijn eigen ik. Door het aldus verdwijnen van elke individualiteit voelde Genet zich definitief afgesneden van de 'erotiek en haar razernij'. Zo ziet men wat een direct inzicht, met een schok tot stand gekomen, voor verwoestende uitwerking op iemands levenshouding kan hebben.

Om aan te geven hoe het bij mij voelde, moet ik verwijzen naar een houten Sint-Sebastiaan van de beeldhouwer Gerhard Lentink. De torso is doorzeefd met pijlen, zoals bij elke Sint-Sebastiaan, maar hier zijn ze niet pittoresk, in verschillende standen, over het lichaam verspreid: de lange, metalen pinnen zijn, op precies gelijke afstand van elkaar, als één rechthoekig blok in het bovenlijf gedreven. Een formatie pijlen die van dichtbij lijkt afgevuurd door een soort stalinorgel. Zo ongeveer, als een eg met extra lange punten, kreeg ik het inzicht in mijn borstkas geramd. Met ijzeren precisie was de absoluutheid van mijn (en ieders) eenzaamheid tot me doorgedrongen.

Zolang jij leeft, zijn je medemensen dood. Je voelt tenslotte alleen jezelf. De anderen kun je weliswaar aanraken, maar niet voelen zoals jij jezelf voelt, dat wil zeggen: van binnen uit, vanuit het enig bestaande, enig waarachtige 'ik' ter wereld. Ze zijn morsdood. (Zo behoor jijzelf, op jouw beurt, tot het leger doden rondom elke willekeurige ander – maar dat is cerebraal geklets, je *voelt* het niet zo.) Iedereen heeft wel eens lyrisch uitgeroepen, bij het tegen zich aan drukken van een verhit, moegespeeld kind, of na de ultieme omhelzing met de geliefde: 'Zo dichtbij het leven te voelen...!' Voelt men zich niet puur *tegen de ander aan leven*? Je kunt iemand de pols nemen, zodat zijn bloed tegen je vingertoppen klopt, maar daarmee is zijn harteklop, zijn bloedwarmte nog niet te doorvoelen, laat staan de rest, de geest, de ziel, of wat je ervan maken wilt. Alle leven zit *in jou*; jij bent de vergaarbak van het leven op aarde. De anderen zijn niet meer dan schimmige figuranten, die imiterenderwijs jouw leven uitbeelden, het naspelen, nazingen, nadansen. Ze vormen de reien bij jouw heldenrol. Elke ander is niet meer dan een zwakke metafoor, telkens dezelfde, voor de enige ware ik die jij bent.

We hebben zo in anderen altijd noodzakelijk met 'onvolledige', halfwas creaturen van doen – dit is geen neerbuigendheid, maar een fatum. Het is moeilijk een mens die we niet voor vol kunnen aanzien (dat wil zeggen, alle mensen) te bewonderen, en wat voor bewondering moet doorgaan is meestal narcistische dweepzucht met een glimp van onszelf, die we in die goed opgewreven ander daar tegenover ons hebben opgevangen. Diezelfde onvolgroeidheid doet ons jegens dat stuk onbenul van een medemens in naijver ontsteken: waarom valt hem, in die onvruchtbare akker daarbinnen, in die doodse woestenij, zo veel goeds toe, wat bij *mij*, in mijn rijke innerlijke tuin, pas echt zou kunnen gedijen? Is het geen zonde talenten in een opgehouden lijkehandje te leggen?

Liefde of geen liefde, bloed van mijn bloed of niet – altijd is de ander van meet af aan al dood, terwijl *ik* de vloek van het leven draag. *Elke* jou toegestoken hand is een 'lijkehandje'. Het menselijk bedrijf is één grote onderwereld, waarvan de bewoners jou, het enige ikwezen, in hun dode armen proberen te sluiten. Ze bewegen, maar als schimmen. Dat schimmenrijk bestaat *hier*, hier en nu – niet aan gindse zijde, niet aan 'de overen kant', zoals mijn grootvader het uitsprak, als betrof 'over' een stofnaam. Wie de liefde zoekt, zoekt op voorhand Eurydice. Geen realistischer, geen alledaagser verhaal dan de Orpheusmythe. Wij zijn allemaal Orpheus, en we staan er allemaal alleen voor. Wij kijken over onze schouder om ons van een hinderlijke illusie te ontdoen.

De dood van de ander heeft goed beschouwd weinig tragisch. Een stilgelegde schim, meer niet. Wie sterft, heeft zojuist de uiterste grens van het dodenrijk bereikt, dat is alles. Men laat de schimmen en hun gedoe achter zich, en betreedt het waarachtige Niets. Bevrijd.

Ik schonk mezelf nog wat koffie in, en ging weer in de plastic fauteuil bij het raam zitten, afgemat door mijn treffen met de schoolkinderen. Het zomerse bovenaanzicht van de stad. Mijn hoofd leek alle vuile gedachten te hebben uitgezweet; het voelde leeg aan. 'Een paard... een ijscokarretje...' zeurde het alleen nog door me heen, als een refrein. 'Een paard... een vliegmachien... een ijswagentje.' *Hij heeft geen rust, daar geloof ik heilig in.*

Roerloos zittend keek ik in de diepte, waar de stad zich door al die vierkantjes licht en driehoekjes schaduw leek te hebben vermenigvuldigd. De dode kon ik niet geheel en al uit mijn blikveld bannen: na verloop van tijd begon hij met bed en al, in een uiterst langzame draaibeweging, van me weg te glijden, als een vastgelegde roeiboot die bij windstilte en gladde waterspiegel nog kans ziet zonder dobberen een halve cirkel om de meerpaal te beschrijven. Ik wendde mijn hoofd in de richting van het bed: alles roerloos.

En wat als *ik* stierf, de enig levende persoon op aarde? Wat als Orpheus stierf? Zou doodsangst ook zo iets zijn als naijver jegens de achterblijvers, dat stelletje onbenullen? Een vergaarbak geweest van alle leven ter wereld, het enige met een 'ik' bezielde wezen: ziedaar je levenslange uitverkorenheid, *en* je levenslange isolement. Geen heiligverklaring, je zult zwaar voor je uitzonderingspositie moeten boeten, een leven lang, met een doodsangst die eigenlijk jaloezie is, of vrees voor gezichtsverlies. Je sterft, en de wereld zal wraak nemen op je hovaardigheid door haar onderneming zonder jou voort te zetten (al dan niet onder een andere naam; in elk geval niet de naam die jij haar voor eigen gebruik oplegde). Je bent verdoemd tot het gevoel dat je met je laatste adem alsnog de levens in al die anderen aanwakkert. Het enige ik sterft, en het sterft met de bittere gewaarwording dat de schimmen zich met graagte en opluchting ontdoen van de aandachttrekker. Zo pleegt de wereld verraad aan de intimiteit die ze jou, en jou alleen, toestond: ze gaat door, zo lijkt het, met een andere favoriete 'ik'.

Vanuit mijn ooghoeken zag ik het gezicht van de traag wegdrijvende dode helgeel oplichten. Ik durfde niet te kijken. Het zonlicht, dat nu, drie uur 's middags, de hele stad in z'n greep had, viel aan deze kant niet de ziekenhuisramen binnen. Er moest een indirecte zonnestraal op het lijk gevallen zijn, maar weerkaatst door wát in godsnaam, op deze hoogte – een televisietoren? Ik zag geen televisietoren. Ik draaide mijn hoofd naar het bed: mijn vaders gelaat was van een grauw bruinig geel. Geen streep zonlicht te bekennen. Pas door mijn afgewende blik begon hij weer op te gloeien, als om mijn ogen te dwingen zo lang mogelijk bij hem te verwijlen.

Het was als een duizeling: zo gauw ik naar buiten keek, begon het lichaam horizontaal draaiend weg te drijven, net zo lang tot het gezicht de zon ving en daarmee mijn blik, die het licht onmiddellijk weer van de verstarde gelaatstrekken veegde. Speelde hij met mij, of speelde ik met hem? Op den duur beangstigde (of verveelde) het me, en ik stond op om me bij de familie te gaan voegen.

Ik kuste hem niet alsnog. Ik liet zijn hand onaangeroerd. Het lag niet aan zijn positie als dode: ik vroeg mij zelfs af of ik na het verstikkende inzicht dat die onschuldige kinderen mij hadden bezorgd, nog wel een *levende* zou kunnen omhelzen.

Op de crematieplechtigheid kon ik altijd nog, bij wijze van afscheid, de kist met mijn lippen beroeren.

Jesus Borrel

(Lange tijd heb ik gedacht dat de schrijver, in zijn werk, het ondraaglijke met *humor* en alle tentakels daarvan te lijf moest gaan: met ironie, spot, hoon, sarcasme.

Heel verdienstelijk, maar niet genoeg. Het is te veel een praktische wenk. Het werkt te geruststellend: *we hebben ons best gedaan, het lijden is bezworen.*

De tragedie als emotioneel purgeermiddel, Aristoteles?

Te pragmatisch, een huismiddeltje, en daardoor een sussende aangelegenheid.

Nee, dan het kunstwerk dat, louter door te bestaan, louter doordat ooit iemand de euvele moed heeft gehad het te maken, de mensen onbehaaglijk in de weg blijft zitten, of ze er nu direct kennis van nemen of niet. Een steen des aanstoots, letterlijk. Een kunstwerk met geen ander nut dan dat de meesten het hartstochtelijk uit de wereld *weg* zouden willen hebben. De verontrusting in optima forma.)

In de bezoekersruimte trof ik opnieuw alleen mijn zwager Helmuth, wat me in een lichte paniek bracht. Als de rest van de familie niet in de sterfkamer was, en hier evenmin, waar zat iedereen dan? Een visioen van mijn moeder, ingestort op het moment dat de waarheid, onverhoeds, *echt* tot haar doorgedrongen was. Mijn broer en zus, proberend haar zwakke verweer weg te strijken. Rustig nou, mama.

'Waar zijn de anderen?'

'O, die zitten in een apart kamertje, bij de dokter. Behalve je broer. Die is volgens mij aan het hyperventileren op het toilet.'

Na enig navragen vond ik het 'aparte kamertje'. Het bleek tegenover de sterfkamer te liggen. Naar dat deel van de gang terug te moeten stemde me onbehaaglijk: hoe kon ik de patrijspoort passeren zonder nog eens naar binnen te kijken? Vreemd dat ze me bij het weggaan niet gezien hadden, en ik hen niet, want de deur van het dokterskamertje stond open. Ik drukte de arts en een verpleegster de hand. Ze formuleerden hun medeleven, half betrokken, half professioneel, ongeveer zoals het hoorde. Geen woord over mijn vaders eenzame sterven, beter: zijn sterven zonder toezicht. Geen nadere uitleg over hun alarmtelefoontje naar mijn moeder, waar ze kennelijk zelf geen conclusie aan verbonden hadden omtrent een verhoogde staat van paraatheid. Ik drong er verder ook niet op aan. Hij was dood.

'Denkt u dat iemand van de overige familie uw vader nog wil zien?' vroeg de arts aan mij.

'Nee, dat komt later wel,' zei ik, na kort overleg met mijn moeder en mijn zus. 'Wat gebeurt er nu met hem?'

'Als niemand hem meer hoeft te zien, gaat hij naar beneden.'

'...beneden.'

'Het mortuarium.'

'O.'

Nogmaals het schudden van de handen der levenden. Gestileerde huiver. 'Dank voor alles.'

'Veel sterkte,' wensten ons beurtelings de arts en zijn assistente. Van top tot teen in het wit verdwenen zij in de witte gang. Op de operatiezaal, in het mortuarium, daar overheerste het groen. 'Groen is de kleur die God aan de wereld gegeven heeft,' antwoordde vroeger een leraar op mijn vraag waarom het zwarte schoolbord vervangen werd door een groen, 'en dus het weldadigst voor de ogen.' Meer naar de dood toe ging men in het ziekenhuis over op groen. Ik kon me voorstellen dat in de operatiekamer een groen laken de blik van de chirurg onbetraand, dus vast, naar de vierkante uitsnede met de wond leidde – maar in het mortuarium?

Buiten kamer 2 stonden tegen de gangmuur zo'n twaalf plastic draagtassen, gevuld met mijn vaders aardse bezittingen. Lijfgoed, toiletspullen, scheerapparaat, kruiswoordmagazines, snoeptrommel, fruit, halflege flessen frisdrank... Ongelooflijk wat een mens in zijn laatste dagen nog allemaal nodig had, of dacht te hebben. Het moest zo zijn: toen hij er Bourgondisch, met veel bier en jenever, op los leefde, bleef hij graatmager; nu hij tonrond opgezwollen was geraakt, eindigde hij met sinas en 7-up light. Ik wierp een laatste blik door de patrijspoort. In zijn kooi lag de oud-Indiëvaarder op een eerlijk zeemansgraf te wachten. Ik wist dat ik hem nog terug zou zien, maar niet zo, niet als momentopname van zijn sterven. Nadat ik zondag al van de stervende afscheid had genomen, zei ik nu de gestorvene vaarwel. Ik zou binnen enkele dagen nog afscheid moeten nemen van respectievelijk de opgebaarde, de gekiste en, nog weer wat later, de verbrande, dat wil zeggen van zijn as. Ook daarmee zou het niet gedaan zijn, want de komende weken, maanden, jaren moest er afgerekend worden met alle verschillende gedaanten (en dat waren er heel wat, samen een flinke volksstam) waarin hij mijn leven doorkruist had.

Buiten woedde de zomerdag. De lucht sprong trampoline op een parkeerplaats vol verhitte autodaken. 'Even stond de wereld stil,' zo lezen we wel eens naar aanleiding van iemands overlijden. Gulzig, schrokkend met mijn zintuigen, zag en hoorde en voelde en rook en proefde ik alles wat gewoon doorging na de dood, althans voor ons – en daarmee ook voor hem, zij het achter zijn rug om. *Alles* ging door. Behalve de complexe spinnewebben van zijn innerlijk nam hij niets van de wereld mee het graf in, zelfs niet de inhoud van de plastic tasjes, die in de kofferruimte werden gezet van zijn oude Fiat, waarin mijn broer al achter het stuur zat, met Helmuth naast zich. Ik stapte met mijn moeder en mijn zus in een taxi.

'Achtse Barier. La Rochellelaan.'

Alweer zo'n montere poging van de chauffeur een gesprek te beginnen, dat nergens toe leidde en toch werd volgehouden. *Rook* die man dan niet wie – of wat – we als vierde passagier meevoerden? Een moment verlangde ik naar de gewone, chagrijnige Amsterdamse taxichauffeur. Het was een boomrijke route, wat de rit enigszins dragelijk hield. De opengewerkte schaduw van bladerkruinen trok als een onophoudelijke zwerm trekvogels, even regelmatig en even wanordelijk, door de ruime auto heen.

'Ja, hier de Franse Baan op.'

Het kostte me enige moeite de chauffeur de La Rochellelaan te wijzen, die hij zonder ironie uitsprak als 'Rochellaan', een straat geplaveid met fluimen. Terwijl we mijn ouderlijk huis naderden, zag ik het lichaam van mijn vader in een dienstlift van de dertiende verdieping naar het souterrain suizen: een heel andere reis dan de opwaartse die ik zijn geest in de laatste ogenblikken had zien maken.

Mijn moeder zat, bijna dubbelgevouwen, zo diep weggedoken naast de chauffeur dat ze niet dan met de grootste moeite de taxi uit te krijgen was. Haar stok bleek daarbij eerder een obstakel dan dat hij haar ondersteunde. Eindelijk voor de huisdeur staand, met de sleutel in haar hand, zei ze: 'Nu moet ik hier alleen naar binnen. Dat wil ik niet. Dat wil ik niet, hoor.'

Ze sprak niet in tranen, niet met verstikte stem, maar op een normale toon, nuchter, zakelijk bijna, en bijna alsof ze het zinnetje voor deze bijzondere gelegenheid had ingestudeerd, en het nu afraffelde – en daarin school nu juist het verontrustende. Al die overige keren dat ze hier, na ziekenhuisbezoek, alleen naar binnen had gemoeten, was ze toch op de een of andere manier *met hem* de drempel over gestapt. Nu gaapte achter die voordeur, met z'n onschuldig door matglas schemerende vitrage, een afgrond. Als meisje ging zij met haar ouders elke zomervakantie uit logeren bij haar grootmoeder en tantes in Amsterdam, die met elkaar op een tweede verdieping aan de Wittenkade woonden, en wonderlijk genoeg ook nog aan een heel gezin uit Eindhoven plaats konden bieden. Kwamen ze na zo'n week in een drukke stad, op een van leven krioelende etage, weer thuis, dan vlogen haar de stilte, de leegte en de kilheid van de arbeiderswoning aan. Zo had zij jaarlijks, bij het openen van de voordeur, de schaduwvlaag langs haar benen voelen strijken die zij ook nu weer vreesde. Alles was voorbereiding op wat nog komen moest, totdat het niet meer hoefde.

'...dat wil ik niet, hoor.'

Met in haar hand de huissleutel, die zij definitief van hem overgenomen had maar aarzelde te gebruiken, vertegenwoordigde zij voor mij nog iets anders. Het onuitgesprokene tussen mijn vader en mij. Het onbegrepene.

Uiteindelijk opende mijn moeder de deur, op mijn aandringen, toch zelf.

Hij was nu in het mortuarium. Ik zag, tegen een groen betegelde wand, een op twee poten staand modern altaar van aluminium. Van het blad, met opstaande randen, waren de diagonalen als gleuven zichtbaar in het metaal: ze kruisten elkaar op een diepste punt, waar zich een putje bevond, voor de afvoer van bloed en waswater. Mijn vader, zojuist binnengereden en nog in volle ontwikkeling om een stoffelijk overschot te worden, werd door twee broeders van de brancard getild en op het aluminium gelegd. Fonkelende kranen. Ovale teiltjes. Het tl-licht van een ondergrondse dag. Een man met een door buislampen beschenen gezicht, grauw als de dood zelf, in een groene kiel waarboven nog net een witte boord en de knoop van de stropdas zichtbaar waren, als moest hij na gedane arbeid snel even naar een receptie, trok rubber handschoenen aan, waarvan de elastische kappen zorgvuldig over de mouwen getrokken werden. Hij ontkleedde mijn vader, niet in 't minst gehinderd door diens stijfheid. Hij waste de smalle schouders, de dunne armen, het bleke, ballonachtige lichaam... Tot slot stipte de man, volgens een symmetrisch patroon, verschillende plaatsen van het lichaam aan met een spons, waar hij bij elke aanraking zachtjes in kneep. Slaap-slaap. Oksel-oksel. Lies-lies. Knieknie. Voet-voet... En vervolgens de as: voorhoofd, hals, borstbeen, navel, geslacht... Met een rubberhand kamde hij daarna het dunne haar van de dode, inclusief, met de fijne helft van de kam, de wenkbrauwen. Zo, nu kon het lichaam gerust in een met vers kastpapier beklede lade worden opgeborgen.

Opeens drong tot me door waarom ik zo hardnekkig die overhemdsboord met stropdas boven de samengeknoopte linten van de lijkenwasserskiel voor me wilde blijven zien. Er was een tijd, eind jaren zestig, dat op mijn vaders afdeling bij Philips, de lakspuiterij, de mode ontstond (of misschien was het wel een stilzwijgende afspraak die de hele fabriek gold) om met wit overhemd en stropdas onder de overall op het werk te verschijnen. Ik herinnerde me mijn vaders lichte opwinding toen hij mijn moeder duidelijk maakte dat hij zich beslist niet meer zonder boord en stropje op de werkplek kon vertonen. Het leek of hij promotie had gemaakt, maar dat was niet het geval, dat was nooit het geval.

'Ze doen 't tegenwoordig allemaal.'

Ik had het nog 't best onthouden van de keren dat hij haast had. Het geruk aan het bovenste knoopje onder de, zo leek 't, almaar verder uitstekende adamsappel. Mijn moeder die, door hem met afgeknepen stem tot spoed gemaand, zijn das strikte... de uiteinden wapperend voor zijn gezicht... In die zondagse uitdossing stapte hij ten slotte in zijn blauwe overall, waarvan de twee bovenste knopen open bleven staan om de heer daaronder goed te doen uitkomen.

Waarom? Hadden zij, mijn vader en zijn medearbeiders (misschien hier al: collega's), behoefte aan een uiterlijk teken om de geslaagde wederopbouw en de toegenomen welvaart te bevestigen, waar zij als geen andere groep in de samenleving aan hadden bijgedragen? Een witte boord onder de blauwe boord: het was hun tweekleurige vlag van een langzame revolutie, hun ironische oplossing van het klasseverschil. Niet lang daarna verruilden ze hun bromfietsen voor een kleine auto. Er was geen schot gelost.

Toen ik in 1970 in Nijmegen ging studeren, kort na de fictieve revolutie daar, reageerden de maoïstisch-leninistische voormannen, zonder uitzondering afkomstig uit gegoede katholieke milieus, geïrriteerd wanneer ik het over deze streepjesdasomwenteling had. Het gooide hun aan Marcuse ontleende begrippenapparaat van *white collars* en *blue collars* overhoop. Nauwelijks hadden ze besloten dat het tijd werd zelf de fabriek in te gaan, of daar kwam zo'n inboorling vertellen dat ze gestropdaste werklui konden verwachten. Arbeiders die zichzelf de strop om de nek legden, daar was hun schaftuurretoriek niet op berekend.

Ruim dertig jaar terug was tot me doorgedrongen dat mijn ouders, zo jong als ze nog waren, maandelijks dokten voor hun uitvaart. Ze spraken spottend van het 'dooienfonds', maar de premie werd met ontzag voldaan. Sindsdien had ik tientallen keren, waar ik me ook bevond, met afgrijzen aan de polis in de schoenendoos met Belangrijke Papieren moeten denken. Bij alles wat er gebeurde – lief, leed, geluk, ongeluk, buitenkans, armoede – had het formulier discreet opgevouwen tussen de overige paperassen liggen wachten op ziekte of noodlot. De necropolis hoefde zich niet op te dringen; hij mocht stof en spinrag vergaren desnoods. 'Ik ben maar ene dood schuldig,' luidde het favoriete gezegde van mijn grootmoeder. Contractueel heeft u echter – zo zou de Leda eraan toe kunnen voegen – geen enkele verplichting om dood te gaan. Van ons mag u blijven leven. Wij horen het wel als het zover is. *Call us, we don't call you.*

'Wilt u het per se vandaag afhandelen? Morgenvroeg is er ook nog tijd. Ik kan me voorstellen... in uw toestand...'

'Liever vandaag. Liefst zo gauw mogelijk.'

'Ik kan om kwart voor vijf bij u zijn.'

'Als het echt niet vroeger kan...' (Iets in mijn achterhoofd, in mijn bloed eerder, bleef er rekening mee houden dat ik nog in mijn stamcafé in Amsterdam kon arriveren alvorens de drukte van het happy hour begon af te kalven. Het reinigende, ijskoude bier daar... de dubbele, computergestuurde koelleiding, speciaal ontworpen voor de zomerdag... Er viel zoveel van me af te spoelen.)

'Het is nu halfvijf, meneer.'

Hoe kon het al zo laat zijn? De dag was net begonnen.

'Goed, we verwachten u om kwart voor vijf.'

Op verzoek van mijn moeder – 'Ik kan dat nu niet, hoor' – belde ik oom J. in Heemstede, en tante M. in Dordrecht. Ik telefoneerde, in afwachting van de Ledavertegenwoordiger, ook nog een keer met Amsterdam, en kreeg Totò aan de lijn.

'Wel 'n beetje een droevige verjaardag, he?'

'Ja, want opa Piet is er ook al niet, want opa Piet is dood.'

Volgens Minchen keek hij naar zijn nieuwe fiets met zijwieltjes, een gezamenlijk geschenk van de vier grootouders, nauwelijks om. Hij bleef hardnekkig spelen met het Legobouwpakketje 'van opa Piet', dat Baruch en Lotte de dag tevoren uit Eindhoven hadden meegebracht. 'Ik ben blij,' zei ze, 'dat we al eerder besloten hadden zijn partijtje pas op de zestiende te houden.'

'Hoe is het daar nu?'

'Mijn ouders zijn er. Linde is er. We zitten hier maar zo'n beetje.'

Jarenlang las ik, bij het passeren van de diamantslijperij op de hoek van de Albert Cuypstraat en de Ruysdaelkade, 'Van Noppes' voor Van Moppes, zozeer ben ik gepreoccupeerd met het *nomen est omen*. Even verderop, om de hoek: WITBAARD FEESTARTIKELEN, met een etalage vol mombakkesen. Slager Koekenbier. 'Bakker-*Uw slagerij*.' Ook fraai, het naambordje waar Cees Nooteboom me eens op wees in het trappenhuis van een flatgebouw in Parijs:

Jesus Borrel

De vertegenwoordiger van de Leda, die tien minuten na mijn telefoontje aanbelde, stelde zich voor als: 'Baars, uitvaartverzorger.'

Baar's, sterf's, echode het onmiddellijk in mij. Ach, het is al zo vaak beschreven, het beroepshalve medeleven van een afgevaardigde van de 'lijkverwerkende industrie' (Gerard Reve, *Nader tot U*), met al die frasen waarin alleen nog naam en geslacht behoeven te worden aangepast. Deze – nog jonge – man viel me eerlijk gezegd mee. Hij condoleerde zonder valse poespas, en kwam snel ter zake, waarbij hij overigens de beeldspraak niet schuwde.

'Ik moet met u een goedzittend maatpak creëren. Vandaar dat we het hele pakket aan mogelijkheden doornemen.'

We gingen aan de eettafel zitten. Baars tegenover mij, mijn broer aan het hoofd, en mijn moeder, klein, geknakt, bleek, tussen Frans en mij in. Zij leek me met haar gedachten ver weg, en nauwelijks in staat beslissingen te nemen. Mijn zus zat buiten met Helmuth op het kleine terras in de zon, die maar voortwoedde, terwijl het nog zomer moest worden. In de achtertuin van de buren kraaide de tweeling.

'Om te beginnen,' zei Baars, 'begrafenis of...'

'Crematie.' Alsof mijn moeder speciaal voor dit antwoord op scherp had gestaan, zo alert kwam het eruit. Het had iets overredends ook, als moest ze dit alternatief nog bevechten. Cremeren, dat deed men niet in haar kringen. 'Crematie, daar stond-ie op.'

‘Crematie dus...’ Baars vulde het in.

‘Mis?’ Het was of hij mijn moeder in haar kordaatheid tegemoet wilde komen door zelf kort en krachtig te formuleren.

‘Nee, geen mis. Niks katholieks. Wilde-n-ie niet. Hij heeft daar nog zo op gehamerd...’ Ze zei het opnieuw met kracht, met enig fanatisme zelfs. Het was ook haar standpunt.

‘U bent daar wel voor verzekerd, voor een mis. Maar goed, dat levert u dan een korting op, die we verrekenen met de overige eventueel nog te maken kosten.’

Ik gunde mijn moedertje de vurige afwijzing van elke katholieke associatie met deze uitvaart van harte, al was het maar omdat uit haar reactie bleek dat zij nog niet geheel en al uitgeblust was. Ondertussen zaten aan dezelfde tafel haar twee zoons, die allebei tot hun twaalfde alle ceremoniën van het katholicisme hadden ondergaan, en dat terwijl zij en haar man al in een vroeg stadium van hun huwelijk (namelijk toen de pastoor hun elke voorspraak bij het zoeken van een huis weigerde) van hun geloof gestapt waren. Wat zij van dat geloof behouden hadden, was dus het verzwijgen en het ophouden van de schijn: voor het oog van de wereld, van de familie, moest het ceremonieel doorgaan, en dat betekende: doopplechtigheden, communiefeesten, de Blasiuszegen met chocolademelk na, en vooral: katholieke scholen, waar het er allemaal nog eens extra ingeramd werd.

Nu moest de tekst voor de rouwkaarten, ook bruikbaar in een eventuele advertentie, opgesteld worden.

‘Nou, dat weet ik niet, hoor, of ik het ook in de krant wil hebben.’

‘Ach, mama, dat betalen wij toch.’

Van alle kanten kwam de eenzaamheid aansluipen, in de

meest uiteenlopende gedaanten. Nu was het de beschermer, die fluisterend aankondigde dat hij haar voortaan aan haar lot zou overlaten.

'Daar gaat het niet om. Als ze 't in de krant lezen, weten ze dat ik hier alleen zit, in 't vervolg. Het adres staat erbij. Akelig vind ik dat.'

'Ze', dat waren de tweederangsdieven die het speciaal op oude vrouwtjes voorzien hadden. We praatten het haar uit het hoofd – maar met wat voor recht?

'Nou, goed dan.'

Ik bleef ervan overtuigd, maar zonder het uit te spreken, dat mijn vader zich niet toevallig op deze vijftiende juni 'had laten gaan'. Er moest een sein gegeven worden dat ten minste iemand het begrepen had. Voorzichtig opperde ik, vanzelf tot uitvaartproza vervallend, als openingstekst: 'Op de verjaardag van zijn enige, geliefde kleinzoon overleed onze...' Er werd nog even geworsteld met 'moedige, moegestreden', wat Baars te alliterend vond, al gebruikte hij die poëzietechnische term niet. Uiteindelijk werd het 'dappere, moegestreden'.

Buiten zwol het gejoel van de tweeling aan. Ik verzocht mijn zus, die aan tafel was komen zitten zonder zich in de onderhandelingen te mengen, de buren op de hoogte te brengen van het sterfgeval. Zonder iets te zeggen stond ze op, en liep de tuin in.

'Nee, niks religieus op die rouwkaarten.' Opnieuw mijn moeders ingetogen heftigheid.

'Kruisje erboven misschien?'

'Ook geen kruisje. Niks.' In haar stellige antwoorden echode iets van de bittere, vooruitziende gesprekken die ze met mijn vader over het onderwerp gevoerd moest hebben. Ook van een kruis op de kist, al was het in bijna onzichtbaar reliëf, wilde ze niets weten. Toen het formaat van de doodkist ter sprake kwam, moest ik denken aan wat Jan, die ik uit café King Arthur kende, me over zijn overleden vader verteld had. De man was 1 m 86 lang, maar de uitvaartonderneming, die met standaardformaten werkte, wilde de familie met een 'kistje' van 1 m 85 afschepen; dat scheelde toch gauw weer een paar tientjes voor de verzekeraar, anders werd het een wel erg begrotelijke 1 m 90. 'Een knikje in de knieën, en het is voor elkaar. Voor het blote oog niet eens te zien.'

'Wat krijgen we godverdomme nou!' had Jan, zelf nog een stuk langer, uitgeroepen. 'Een meter negentig, en geen millimeter korter! Die man heeft zich z'n leven lang uit de naad gewerkt! Die man moet *ruim* liggen!' En tegen mij: 'Ja, zo is 't toch? Dat gevoel van verraad, als je iemand voorgoed je kont toekeert, is al erg genoeg, niet? En dan zou je ook nog 's voor de rest van je leven kramp in je kuiten houden, omdat je de dierbare overledene in een te krappe doos hebt achtergelaten! Kom nou, zeg!'

In het geval van mijn vader, met zijn 1 m 66, maakte de uitvaartverzorger geen problemen. Maten en materialen van de kist stonden vast; we waren aan de bloemstukken toe. De man opende een klapper.

'Ik heb hier een aantal voorbeelden... geheel vrijblijvend uiteraard. Qua kleurschikking kan er nog ruimschoots gevarieerd worden.'

De vellen met kleurenfoto's van bloemstukken zaten in plastic hoesjes, die in een map waren gehecht, net als bij de menukaarten van het soort restaurants, Chinese vaak, dat gerechten in felle, oneetbare tinten naast de tekst afbeeldt. Enige logica stak er wel in: waar de Chinees zijn menukaarten beschermde tegen de eigen goedkope vetten, die via de handen van zijn gasten tot hem terugkeerden, behoedde Baars zijn foto's voor de cliënten, die meestal recht van hun dode kwamen, waar ze vaak intiem afscheid van hadden genomen, hun vingers als het ware nog gedoopt in lijkevocht.

'De tekst kan verdeeld worden over twee linten.'

We probeerden tot een keuze te komen, Marianne werd erbij geroepen, maar de kreten van de tweeling, uitzinnig nu de vader zich in het spel had gemengd, leidden ons te veel af.

'Het bericht,' zei ik tegen mijn zus, 'heeft zo te horen weinig indruk gemaakt.'

'Ze weten het nog niet. De tuinpoort was afgesloten.'

Toen pas merkte ik hoe prikkelbaar ik was. (Kort na onze thuiskomst was ik ook al tegen mijn moeder uitgevallen, omdat ze naar mijn zin te lang roerloos midden in de kamer bleef staan.) 'Mensen hebben toch een voordeur! Met een bel!'

Weg was ze alweer. Binnen twee minuten daalde er een ongewone, plechtige stilte op de achtertuinen neer, die alleen maar werd benadrukt door het gesmoorde gehuil, binnenskamers, van de beide kinderen, die zo ruw uit hun spel waren gehaald. In deze rust zochten we drie bloemstukken uit (geen grafkransen): twee grote, van mijn moeder en de drie kinderen, en een klein in wit en rood namens Totò. *Rust zacht, lieve opa.*

Hoe had het ooit zo ver kunnen komen met de mensen en hun doden? Piramiden, hunebedden, grafheuvels, urnen... De ouden hadden hun doden begraven, verbrand, aan de roofvogels gevoerd, al naar gelang tradities en omstandigheden het wilden, maar altijd vol overtuiging en met diep ernstige, bezielde rituelen: *zo* moest het, en niet anders. Als kinderen zo ernstig en trefzeker moeten zij bij hun spel van leven en dood zijn geweest. Ik zag Totò het speeltje 'van opa Piet' monomaan in elkaar zetten en weer afbreken alleen om het opnieuw te kunnen opbouwen, en dacht aan de in het zwart geklede tweeling op het strand van het Venetiaanse Lido, met hun 'handjeklap' boven het zelf opgeworpen grafheuveltje, terwijl vlakbij professor Aschenbach crepeerde in zijn ligstoel, en de wereld zich al voorbereidde om 'eerbiedig geschokt' op diens dood te reageren. (Goed gezien, Visconti, of: goed gedraaid.) Daar zaten wij dan rond de huiskamertafel, en bespraken in bedekte termen wat er moest gebeuren met het lijk dat mijn vaders plaats – diens heerschappij! – had ingenomen. Het dode ding had onze papa weggestuurd, maar wij erkenden de roerloze nieuwkomer niet. We dienden, heel democratisch, een motie van wantrouwen in. Al kregen we de ander er niet door terug – *weg met het kreng! Naar de hel ermee!* Alles in het nette: we deden net of we het bloedbevlekte roze mantelpakje van onze moeder niet zagen.

Onze dodencultus was een kwestie van vergaderen, van kiezen uit diverse mogelijkheden in een klapper, van multiple choice. Alles standaard, of zoals de uitvaartverzorger het had uitgedrukt: 'We moeten een maatpak creëren,' terwijl hij alleen maar confectie had. Nu waren we toe aan het verzoekplatenprogramma, wat neerkwam op een keuze uit de hitparade, grootste gemene deler van de smaak. Alles stond in de map. We hoefden er alleen maar voor te zorgen zijn meeluisterende ziel niet al te zeer te ontstemmen.

'Hij hield van trompetmuziek,' zei mijn broer.

O mein Papa, dacht ik, van Bert Kaempfert, maar hield het voor me.

'Was er niet iets van Bach met trompet erin?'

'Het Tweede Brandenburgs Concert.'

Nee, Frans bleek iets anders te bedoelen, en toen we erop doorgingen, belandden we bij een passage uit een van de Orkestsuites, ooit door de popgroep Ekseption voor elektrisch versterkte trompet en basgitaar en drums bewerkt: bij nader inzien niet zo geschikt. Uiteindelijk kozen we, ter opening van de plechtigheid, voor het middendeel uit het trompetconcert van Joseph Haydn, over wie opa Van der Graft mij altijd wijsmaakte dat het een verre voorvader van de Van der Heijdens was.*

'En de *Bolero* van Ravel,' zei mijn moeder, als ontwakend. 'Daar hield hij zo van. Die hoort er ook bij.'

De gedachte aan een 'moment van bezinning' bij een aanzwellende *Bolero* schrikte me af. Ik stelde voor het stuk aan het slot van de bijeenkomst af te spelen, wanneer de mensen bezig waren de zaal te verlaten.

Wat al eerder tot me door had moeten dringen: ik zat op mijn vaders plaats aan tafel. Niet zomaar zijn vaste plekje, nee, de stoel waarop hij sinds het ingaan van zijn WAO, zestien, zeventien jaar terug, hartgrondig *niets* had zitten doen. Wel iets, toch: de gelijkhebbende klasse bevestigen in haar

* *Wie geen goud heeft, moet goud zoeken, of zich toeëigenen. Hoe vaak had ik hem niet horen beweren dat de dichter Guillaume van der Graft familie van hem was – ja, zijn eigen dichtader ('Ecco homo / Ziet den Mensch!') kon toch niet uit het niets ontstaan zijn? Ik sprak hem niet tegen, want ik was een kind, en ontdekte later pas dat het hier om een pseudoniem ging. Nog in '86 deed mijn tante M., geboren Van der Graft, mij de* Verzamelde gedichten *van Guillaume van der Graft cadeau, zo hardnekkig bleek de familieverwantschap.*

gelijk dat er na de gedane arbeid (en zeker niet na de voortijdig beëindigde) niets meer te verwachten viel; een mens kon maar beter werken tot hij er letterlijk bij neerviel. Die zeventien jaren waren een geconcentreerde voorbereiding geweest hierop: dat op een dag op de ontruimde stoel zijn oudste zoon zat te brainstormen over 'passende muziek' bij zijn definitieve verdwijning uit de wereld. Iets geschikts te vinden was net zo moeilijk als het altijd geweest was een verjaarscadeau voor hem uit te zoeken. Waarmee iemand blij te maken die niets om handen had, ook niets om handen wilde hebben? Aan die tafel had hij geen boek zitten lezen (zelfs de krant was opgezegd), geen brief geschreven, noch enige liefhebberij beoefend, tenzij men het sporadisch invullen van een kruiswoordraadsel, met behulp van een puzzelwoordenboek, een hobby wilde noemen. Hij had er dagelijks een onafzienbare reeks kopjes koffie gedronken, een steeds overzichtelijker aantal pijpjes pils, en hij had er niet aflatend zitten roken; tot eerst het bier hem niet meer smaakte, hij vervolgens de koffie liet staan, en er ten slotte alleen nog gerookt werd. Wat bezielde hem? Of beter, wat bezielde hem *niet*?

'Kan hij dan wat meer naar het midden toe opgezet worden?' informeerde mijn broer nog over de *Bolero*. 'In het begin is de muziek erg zacht.'

'Geen enkel probleem. Ik maak er een notitie van. En dan... *het pièce de résistance*, want daar gaat het om. Wat spelen we na de toespraak, als de aanwezigen enkele minuten de overledene gedenken?'

Misschien kwam het door die aanduiding 'enkele minuten' dat ik de behoefte kreeg alles tot de kern terug te brengen. Ik hoefde er geen moeite voor te doen. Ik zag mijn vader, een jonge uitvoering van hem, op een stoel staan, en zich over de rugleuning heen buigen. Hij roffelde met zijn vingers langs de houten spijlen. Ik hoorde het bijbehorende ritme, de bijbehorende melodie.

Hoe was het mogelijk dat dit gebeurde zo kort na zijn duistere manœuvre met de huissleutels?

Na de geïmproviseerde bassolo griste hij een fles van tafel, en richtte zich op: zijn aanstekelijke, dronken vrolijkheid was in staat elke verdachtmaking te ontkrachten. Wat lag er meer voor de hand dan boven zijn kist het foeilelijke *Rock around the Clock* te laten klinken, van Bill Haley & his Comets? Toch kon ik, uit eerbied of het tegenovergestelde daarvan, het voorstel niet over mijn lippen krijgen. Zo miskende ik nog voor de oven zijn werk had kunnen doen zijn ziel.

Er diende zich een alternatief aan. In de zomer van '75 had ik in Parijs, op Père Lachaise, het graf van Chopin bezocht, en daarop een cactus in een pot aangetroffen. Heel parmantig had het ding daar gestaan, een klassieke, goedverzorgde kamercactus in roodaarden pot, waar weer een pot van geglazuurd aardewerk omheen zat – blauwig wit, als ik me goed herinner. Een plant en een pot zoals iedereen ze van de Nederlandse vensterbanken kent. Kijkend naar de glazige doornen had ik, de eerste verbazing te boven (Een *cactus* op het graf van Chopin?), aan een hardnekkige vergissing van mijn vader moeten denken.

'Zoals die spelen kon... nou, jongen, die speelde-n-'t bloed uit z'n vingers.'

Over het leven van Chopin had hij als jongeman een film gezien, waarin een Poolse edelman de zieke toondichter in Parijs kwam opzoeken, en daarbij een buideltje aarde boven de pianoforte omkeerde. 'Weet u wat dit is? Poolse aarde. Uw geboortegrond.' Dit om de componist ertoe te bewegen zich met zijn gefnuikte lijf op de pianokruk te hijsen en benefietconcerten te geven voor zijn bedreigde vaderland. Ik heb de film nooit gezien, maar de concerten waren ongetwijfeld zeer dramatisch in beeld gebracht, met een lijdende, tuberculeuze Chopin, die bloed opgaf boven de toetsen, desondanks doorspelend.

'Hij speelde net zo lang door tot het bloed uit zijn vingers liep.'

Hoe vaak had hij het mij als kind niet verteld? Natuurlijk geloofde ik hem. Een echte pianist was iemand die het bloed uit zijn vingers speelde. Maar de tijd was niet ver meer dat ik op de uitleenbibliotheek begon aan de plank met biografieën van Grote Mannen. Jan Pietersz. Coen, Napoleon, Pasteur, Edison, Chopin. Toen mijn vader weer eens – 'Zoals *die...*' – over de kapotgespeelde vingers van de pianovirtuoos begon, corrigeerde ik hem. Ik was een jaar of elf.

'Nee, papa, dat bloed kwam uit zijn longen.'

'Welnee, het waren zijn vingers. Ik heb 't zelf gezien.'

'Het stond in een boek. Hij had iets aan zijn longen. Als hij piano speelde, dan moest-ie hoesten, en dan spuugde-n-ie ook bloed.'

In een boek. Zijn beurt om in te binden. Maar hij bleef, mompelend naar een weerwoord zoekend, ongelovig en ietwat hulpeloos door de kamer ijsberen. Hij had er niet zozeer moeite mee, begreep ik veel later pas, dat ik hem op een verkeerde interpretatie van een filmscène betrapte. Hij was bezig de dood in zichzelf te ontkennen. Geboren met zwakke longen, met chronische bronchitis; roker vanaf zijn elfde; altijd hoestend, niesend, snuitend, fluimen opgevend... Voor zo iemand was dat beeld natuurlijk onverdraaglijk en ontoelaatbaar: *bloed uit de longen* op het ivoor. Of het nu in een boek stond of niet, hij herstelde zich. Binnen een jaar had hij de stigmata van Chopin, tot bloeden gereed, weer naar diens gekloofde vingers weten te verplaatsen.

'Chopin, die speelde-n-'t bloed...'

De noodzaak om de ware bron van al dat bloed te verdringen, was nog groter geworden. ('Uit puur lijfsbehoud' had ik bijna gezegd – als een dergelijke verdringing hem niet juist in gevaar had gebracht. 'Uit behoud van moreel', dat komt dichter in de buurt.) Soms konden we hem, bij voorbeeld midden op het tuinpad, plotseling stil zien staan, voorovergebogen de inhoud van zijn zakdoek bestuderend: of er in de zojuist opgevangen, vloeibare jade niet opnieuw een minuscuul robijntje gedrongen was. Hij handhaafde dus krampachtig de illusie gedicteerd door zijn kwetsbare longen, en zo bleef Chopin zijn vingers bezeren aan sonates, mazurka's en walsen.

'...letterlijk het bloed...'

Eerder pedant dan harteloos bleef ik hem verbeteren. Ik was alweer wat ouder. Ik leerde nieuwe woorden. 'Uit zijn longen, pa. Chopin leed aan tuberculose.'

Veel later pas, nadat in '74 tijdens een ziekenhuisopname geconstateerd was dat hij nog maar 'veertig procent van de oorspronkelijke longcapaciteit' had, ben ik ermee gestopt. Wel schreef ik nog een novelle over die veelzeggendste aller vergissingen ('Een cactus op het graf van Chopin'), maar verder kon hij wat mij betreft voortaan ongehinderd en met pathos opgeven over het uithoudingsvermogen van Chopin, wiens handen zoveel scheppende en uitvoerende kracht niet zonder beschadiging wisten bij te benen.

Zou het niet goed en juist zijn om met iets van deze componist afscheid van hem te nemen? Ik legde meneer Baars uit dat ik voornemens was in een korte toespraak iets over mijn vader in relatie tot Chopin te zeggen. 'Vervolgens draaien we iets van Chopin. Is dat een idee?'

Dat laatste zeker (we besloten tot het Larghetto uit het Tweede Pianoconcert), maar Baars scheen met die toespraak in zijn maag te zitten. Hij vroeg of hij de tekst vooraf ter inzage kon krijgen. Een vorm van censuur? Bedilzucht?

'Niet alleen dat wij, ziet u, in verband met de organisatie graag willen weten hoe lang zo iets ongeveer duurt, het is ook...'

'Ja?'

'Nou, niet dat ik aan uw kwaliteiten als spreker twijfel, maar... Ja, ziet u, wij hebben vaker mensen overmand zien raken door emoties, zodat ze hun voordracht niet konden beëindigen. Enfin, wij laten het dan door iemand van ons overnemen. Het zou dus prettig zijn de tekst vooraf te mogen inzien.'

Ik beloofde de man mijn stuk binnen achtenveertig uur naar de Leda te faxen, zodat er nog alle tijd voor ze was het desnoods van buiten te leren en door een professionele theaterman te laten regisseren. Tot slot gaf Baars ons een formulier, waar in vetgedrukte letters boven stond: ASBESTEMMING. Er moest op worden aangekruist wat er te zijner tijd met de as van de overledene diende te gebeuren.

'Invullen heeft geen haast. Overlegt u in alle rust. Als het binnen twee maanden maar duidelijk is.'

Nadat ik Baars bij het uitlaten nadrukkelijk had bedankt voor de tijdige en correcte afhandeling, op mijn beurt zijn bestudeerd droevige glimlach bestuderend, overigens zonder er het mimische recept van te kunnen ontraadselen, voegde ik me bij de anderen in de achtertuin, waar het nog steeds daverend zomerdag was. Helmuth had zich tijdens de onderhandelingen nuttig gemaakt door het inslaan van grote hoeveelheden belegde broodjes en halveliterblikken bier, nog koud van de koelbak in de supermarkt. Er volgde een gulzig en gehaast drinken in de zon, die al laag boven de daken stond. Het voelde als douchen na een stoffige voettocht, wanneer het vuil als een zich verwijdende lasso om je voeten slingert. Inmiddels was het bellen begonnen. Mijn moeder zat aan de telefoon tot ze de hoorn bijna niet meer vast kon houden, nauwelijks nog iets anders uitbrengend dan een kwijnend 'Ja... ja-a...'.

Frans bleef bij haar. Marianne, Helmuth en ik namen een taxi naar het station, waar de intercity naar Amsterdam net vertrokken was. Wachtend op de volgende dronken we in de restauratie jenever uit miniatuurflesjes, en blikjes bier, en gingen daar later in de trein mee door. In de pogingen ons van die dag te bevrijden was er iets opgewondens over ons gekomen, de opflakkerende opwinding van een uitstapje dat afloopt. Een nonnetje in dezelfde coupé, dat haar best deed niet naar onze gesprekken te luisteren, zat steels te glimlachen. Haar glimlach weerspiegelde onze ontkenning van de dood. Ik vertelde Helmuth het verhaal van de taxichauffeur van die ochtend, maar als een van de verdere gebeurtenissen los staand verhaal, gestileerd, met ingebouwd effect, dat doel trof: ik hoefde maar naar Sœur Sourire te kijken. 'Een paard, ik noem maar iets... een Italiaanse ijskar... een zeilboot. Van die dingen.'

We stapten uit op Amsterdam Amstel. Marianne en Helmuth besloten nog even mee te gaan naar mijn huis. Ik ruziede met de taxichauffeur over de beginstand van de meter, al bijna een tientje nog voor we het stationsterrein verlaten hadden. Alles net als anders dus, hoezeer ik ook mijn best bleef doen de wereld te betrappen op afwijkend aanschijn of gedrag. Er waren vanmorgen dingen in gang gezet die zich door zo'n onverhoeds sterfgeval natuurlijk niet zomaar lieten omleiden. De grote verandering, het verschieten van alle kleur, de totale koerswijziging – dat moest allemaal nog komen, eer de dode opgeruimd was.

Beneden, in Minchens werkkamer, waarvan de deur naar de hal open stond, troffen we Linde, die in tranen met mijn broer aan het telefoneren was. Mijn schoonouders waren net naar huis. Totò lag al in bed. Boven zaten alleen onze vrienden Leo en Adriënne, die, aanvankelijk uitgenodigd om Totò's verjaardag mee te vieren, de middag zelf waren afgezegd, en later toch weer, op mijn aanraden, door Minchen werden ontboden om de triestheid van de avond te helpen verlichten. Een wat beduusd gezelschap onder verjaardagsslingers, die in zware, roerloze bogen in de sigaretterook afhingen en niets meer hadden van de heimelijke aankondiging de vorige avond of van de vrolijke bevestiging die ochtend. De beduusdheid had mogelijk ook te maken met onze nogal luidruchtige, schijnbaar van alle rouw verstoken binnenkomst. Minchen sleepte drank aan. Witbier, en een nog volle literfles vodka van 45%. Linde voegde zich met behuild gezicht bij ons. Ik vertelde, kinderlijk stoer, over de vormelijke vertegenwoordiger van de 'lijkverwerkende industrie' – kortom, het hele, obligate verhaal, dat al bij het verlaten van mijn mond laf smaakte. Telkens wilde ik vragen hoe wij toch aan een *liter* vodka kwamen, en dan ook nog van 45%, het soort fles, in een nylon netje, dat doorgaans alleen taxfree op Schiphol te krijgen is, maar ik kwam er niet toe – te druk doende met hem leeg te schenken. Ik zou ook kunnen zeggen: te druk in de weer met het vaderlijk erfdeel.

Daar, in dat gezelschap, gezeten rond de zwarte uitloper van een reusachtige inktvlek, hield mijn avond, hield de sterfdag van mijn vader op.

John-John's partijtje

Woensdag 16 juni 1993

'Wil je dat *nooit* meer doen.'

'Huh?'

'Wil je dat nooit meer *doen*, zeg ik.'

Op de rand van het bed zat Minchen, die probeerde haar stem zo streng mogelijk te laten klinken. Ik kon haar horen, ik kon haar aanwezigheid voelen, al was het maar door een strakker over me heen spannen van het dekendek; haar *zien* was een heel andere zaak. Ze had me iets gevraagd, bevolen eerder.

'Wat?'

'Een hele liter vodka opdrinken.'

Ik wist me die liter maar voor een deel te herinneren, laten we zeggen het gedeelte uit de hals, maar dat het waar was wat ze zei, kon ik voelen, ook dat ik het 'nooit meer moest doen'.

'Nou, samen met Leo dan toch.'

'Een liter is een liter.'

'Volgens mij is de fles niet leeg.'

'Klopt. Er zit nog een bodempje van drie millimeter in.'

'Wie wat bewaart die heeft wat. Hoe laat is het?'

'Zo meteen begint het partijtje van Totò.'

Echt nijdig kon ze niet zijn, want ik kreeg een ontbijt op bed aangeboden. De krant had ze al voor me meegebracht, maar door een taai, melkachtig vlies, dat ook na herhaaldelijk knipperen over mijn ogen bleef liggen, lukte het me niet er een letter in te lezen. *Samen met Leo.* Ik had er maar een slag naar geslagen, want het verhaal van de avond hield voor mij op toen iedereen er nog was. Marianne en Helmuth, Adriënne en Leo, Minchen, Linde en mezelf – ik zag ons aan de rand van een zwarte slagschaduw zitten, die ons spoedig allemaal tegelijk zou verzwelgen. *Een hele liter vodka.* Dat kon alleen betekenen dat ik, na vertrek van de anderen, met Leo was blijven doordrinken, als wel vaker. Van de keren dat ik me de volgende dag flarden had kunnen herinneren, was me bijgebleven dat er wel degelijk een conversatie tussen hem en mij gaande werd gehouden, en niet zomaar een. Zo moesten we ook nu weer – want we waren in zoverre ideale gesprekspartners dat we elkaar lieten uitpraten – aan een subtiel gesprek hebben geweven. Maar zoals in de bijbel water wijn werd, en in het gewone leven wijn urine, zo veranderde bij Leo en mij heldere vodka in pikzwarte inkt, waarin we eerst nog met geheven pink onze fijne pennetjes doopten, maar waarvan ten slotte met een ongecontroleerde beweging de hele pot werd omgestoten. De inktvlek verspreidde zich razendsnel over het zorgvuldig aangelegde patroon van woorden, ideeën, gebaren, gezichtsuitdrukkingen, en wel zo grondig dat ik me nu, de volgende ochtend, die hele nazit met Leo niet meer kon herinneren. Maar zelfs de langste uitloper van de vlek hield eerbiedig halt bij het Eindhovense gedeelte van de dag, en zo was ik terug bij het lichaam van mijn vader in zijn afdrijvende roeiboot. Ook het vlies over mijn ogen kon aan de scherpte van het beeld niets afdoen.

Om de haverklap ging nu de bel, waarna bij het opengaan van de voordeur luid gejoel van beneden klonk, door Totò een verdieping hoger snerpend beantwoord. Waar was hij nu – nog in de koellade van het mortuarium, of al onderweg naar 'het uitvaartcentrum van Leda, Amundsenlaan 2 te Eindhoven, rouwbezoek donderdag van 18.00 tot 19.00 uur'? Minchen bracht me mijn ontbijt. Een *grand' crème* precies zoals ik het lekker vond, met een beetje melkschuim. Sinaasappelsap. Een croissant met eiersalade. En nog iets achter haar rug verborgen, ter verkrijging waarvan ik eerst een cryptogram moest oplossen.

'Ik ben de vrucht van tweetaligheid.'

'Wie? Wat? Waar?'

'Warm.'

Het was een Frans ontbijt, dus dat kon zelfs voor mijn gehavende hoofd niet moeilijk zijn.

'Wat... *quoi*?'

De zoetekauw in mij dacht eerst nog aan een reep van Kwatta, maar een kiwi was natuurlijk veel gezonder. Het ontbijt had voorlopig een heel andere functie dan me te voeden: het was, op z'n minst, het bewijs dat ik na het omstoten van de inktpot niet uit de gratie was, en aan die gedachte laafde ik me. Het gejoel in de huiskamer beneden me werd, net als het geweld van rennende kindervoetjes, na elke bel heviger. Ik probeerde me op mijn toespraak voor vrijdag te concentreren, maar werd telkens tot zwetens toe opgeschrikt en afgeleid door harde knallen, die ik pas later wist te duiden als het klappen van ballonnen.

Geliefden, ouders en hun kinderen – het lijkt alsof ze altijd bij elkaar zijn, een eenheid vormen, vergroeid zijn... maar ze zijn onafgebroken bezig van elkaar weg te lopen, van elkaar weg te kijken. Er is voortdurend: de rug. De liefde is een draad die honderd keer per dag knapt.

Liefde: het vertrouwen dat wie na een lange blik op jou in

zijn boek kijkt, daar vroeg of laat weer uit op zal kijken. Maar altijd schampt dit vertrouwen langs de afgrond: wie *verzekert* mij dat hij weer op zal kijken, en op dezelfde manier? Zo heeft elke afgewende blik, elke deur die men achter zich sluit iets definitiefs, iets onherroepelijks. Zo krijgen alle gebaren van de geliefde ander een schaduw, die is als een laagje ijs. Liefde is... een bevriezingsproces, maar heel dunnetjes gaat dat toe, fijn knisperend. Zij kijkt na een glimlach dwars over tafel weer in haar bord met kervelsoep, maar wie zegt mij dat die glimlach daar niet voorgoed in zal verdrinken, tussen de uiteendrijvende wolkjes merg? Zij laat haar lepel rusten, en de ogen waarmee ze schuin over je heen kijkt, of, nog erger, dwars door je heen, zijn bedekt met een flintertje ochtendijs. Natuurlijk, er is een hoge waarschijnlijkheid, nagenoeg een zekerheid, dat de ander weer terug zal komen, terug zal kijken als voorheen, maar iets, *iets* in jou blijft hardnekkig rekening houden met het definitieve. Het is geweest. Het komt niet meer terug. Zo veroorzaakt elke vanzelfsprekende, onsensationele gebeurtenis – 'De suiker vergeten' – een duizeling boven de afgrond. Zo duizelen we, meestal zonder het onszelf bewust te zijn, de dag door, ons leven door. Dagelijks afgronden – zo verslijt onze ziel. Zelfs de held in een cliffhanger vindt nog wel eens rust. Onze ziel nooit. Het is de prijs die we betalen om zelfs in de gewoonste uitspraken en gebaren de spanning te laten voortbestaan. Spruitjeslucht is altijd ook de zwavellucht uit de afgrond.

Toen ik een verdieping lager voor de huiskamerdeur stond, aarzelend om naar binnen te gaan, bleek het gejoel verstomd. Minchen kwam uit de keuken, en legde een vinger over haar lippen.

‘Nee, echt, je *moet* even kijken.’

Ik stak mijn hoofd om de deur, en daar zaten alle met crêpepapier en goudkarton gekroonde koppetjes over de lange tafel gebogen. Er werd met vorkjes in gebak gehakt onder het toeziend oog van M., Totò’s vaste oppas. Meisjes waren in de meerderheid. Yoeri, Yayo, Merel, Iris, Isoude... meest blonde schoonheden. Ik bewonderde mijn zoon. Alle hoofdjes draaiden alert mijn kant op, maar met glazige blik, zonder echt te zien, onderworpen als ze waren aan de roes van het collectieve gebak spitten.

Ik ging op de bank zitten bij C., moeder van de onbetwiste *belle* van het kinderbal, Isoude. Ik schonk haar een glas wijn in, en probeerde zelf wat meer mens te worden met een Hoegaarden. C. vertelde over de dood van haar vader, en daar begon het weer: het gezeul. Beroering op de bodem van mijn maag. Een schurend geluid. Ik kon voelen hoe er aan hem getrokken werd, hoe ze hem versleepten. Hij was echt dood, en hij was wel degelijk mijn vader geweest.

Na nog een Hoegaarden excuseerde ik me. ‘Ik stond erop zelf een toespraakje te houden bij de crematie... maar ik moet het *wel* nog even schrijven.’

Het gegil en het geren waren weer op gang gekomen, in schijnbaar doelloze achternazitpartijen. In volle vlucht keerde een meisje, met een bijna geroutineerd gebaar, een emmer vol Lego om, die in alle richtingen over het parket spatte. Nee, hier zou ik geen letter op papier krijgen.

‘Ik ga wel ergens in een coffeeshop zitten.’

Druilerig weer. Ik stak de straat over, en ging het café op de hoek binnen. Niet meteen al tussen de vaste jongens aan de bar gaan zitten. Eerst maar eens achterin, op de verhoging, met mijn schrijfgerei, en zien wat ervan kwam. De eigenaar bracht me een glas bier.

'Genoeg licht zo?'

Het was er eigenlijk te schemerig om te schrijven, maar ik vond het best zo. Alsjeblieft geen verblindend papier onder mijn neus nu. 'Prima. Dank je, Ron.'

Ik schreef die middag geen tekst voor een toespraak. Ik schreef een brief aan een aangetrouwde tante, wat ik al van plan was sinds ik wist dat mijn vader het ziekenhuis niet levend zou verlaten. Zij had, een halfjaar na de geboorte van de mijne, haar oudste zoon verloren bij een verkeersongeval, en dat onbegrijpelijke, zinloze ongeluk had ik in een verhaal verwerkt, met een paar voor haar herkenbare situaties, die haar van haar stuk hadden gebracht – al gold het belangrijkste verwijt natuurlijk weer de *niet* herkenbare.

'Ik had op z'n minst een brief van hem verwacht,' zei ze tegen mijn moeder op de begrafenis van een gemeenschappelijke schoonzuster.

De gedachte haar op de crematieplechtigheid te moeten treffen zonder de tussenkomst van zo'n brief was onverdraaglijk voor me; de dood zou anders te massief vertegenwoordigd zijn. Als zij dan zo nodig alles in de novelle letterlijk wilde nemen, zo hield ik haar voor, waarom het verhaal dan niet opgevat als een klein heldendicht ter ere van haar zoon, als een handvol welgekozen woorden om de gedachte aan hem levend te houden. Zijn dood werd er misschien iets minder zinloos door. Ik merkte dat ik, met mijn vergiftigde brein, mijn door gif gestuurde hand, andere woorden koos dan ik al weken in gedachten had. Mijn handschrift paste zich daarbij aan: het was niet helemaal van mij. De datum liet ik tot 't laatst toe open. Vlak voor het dichtplakken van de envelop antedateerde ik de brief. *Maandag 14 juni 1993*. Ik wilde hem geschreven hebben voordat mijn vader stierf, om er het obligate karakter in verband met een ontmoeting bij de crematie aan te ontnemen. Ik likte langs de gegomde randen van de envelop, en had de indruk dat mijn speeksel stonk van schaamte. Ik had getornd aan de tijd, en daarmee aan leven en dood. Ik schaamde me.

De gom was lichtelijk geparfumeerd, kennelijk om de tong tegemoet te komen. Om de vieze smaak uit mijn mond te spoelen, dronk ik aan de bar nog een glas bier, met een oog op de klok gericht: ik wilde de brief voor zes uur op de bus hebben. Ik postte hem om tien voor zes, in de regen, overigens zonder de zekerheid dat hij mijn tante zou bereiken. Door een gevaarlijke hobby van haar buurman, iets met gasflessen, was onlangs een deel van haar huis de lucht in gevlogen. Zij woonde nu bij haar dochter.

Bij het verlaten van het café had ik in de regen nog even omhoog staan kijken naar de eerste verdieping van mijn huis, naar de wirwar van slingers aan het plafond, de langs het raam voorbij schietende kinderhoofdjes, afhalende moeders met een glas wijn in de hand. Nog twee moeders stonden in de portiek te wachten op het openspringen van de deur. Mogelijk was boven in het lawaai de bel niet gehoord. Ik wachtte tot zij naar binnen konden, draaide me toen om, en begon in de richting van de brievenbus te lopen. De kennismaking hernieuwen met de moeders van Totò's speelkameraadjes, praten over de kinderen, hun school... ik kon het nu niet. Wel had ik een grote, vooral fysieke behoefte aan gezelschap, maar dan in de ruwe omgeving van een kroeg. De rake opmerkingen voorbij de derde of vierde herenpils. Het harde gelach dat uit een heel gezelschap tegelijk kon opstijgen, soms voelbaar tot in de grond. O, het mocht er naar dampende regenjassen stinken, graag zelfs. Na het posten van de brief liep ik meteen door naar de halte van lijn 2 aan de Willemsparkweg. Bellen naar huis deed ik later wel.

Het pakte anders uit. Nadat ik me in het café bij een groepje had gevoegd waar ook de fotograaf deel van uitmaakte, zei die achteloos, langs zijn neus weg, en zonder dat de voorafgaande conversatie daar aanleiding toe gaf: 'Ik lees nooit boeken. Ik heb niets met boeken.'

Nu was het niets nieuws voor mij dat beeldend kunstenaars, fotografen en cineasten onbelezenheid vaak als een deugd beschouwen, maar dit was, zonder dat de man me zelfs maar *aankeek*, tot mij gericht, en betekende zoveel als: 'Oprotten. Geen intellectueel gelul in dit gezelschap.'

Ik had kort tevoren een vraaggesprek met hem gelezen, gepubliceerd bij het uitkomen van zijn fotoboek, en daarin had de interviewster hem de bekentenis ontlokt dat hij leesblind was. Ik had die leesblindheid, plus het feit dat hij daarvoor een lom-school had moeten bezoeken, tegen zijn opmerking over boeken kunnen uitspelen, maar een grote vermoeidheid weerhield me. Het kan ook nederigheid geweest zijn: ik voelde me nog steeds een hondsvot wegens het antedateren van die brief aan m'n tante. Scherp weerwoord of niet, mijn avond was sowieso kapot. Wie een verprutst gerecht in een restaurant terugstuurt, eet ook niet lekker meer, al geven ze hem vervolgens de grootst mogelijke genoegdoening.

Ik ging nog andere groepjes van drinkers langs, waar ik gedoogd werd zonder echt aansluiting te vinden. Het moest aan mij liggen. Het was mijn lot weer bij de leesblinde fotograaf terecht te komen, die inmiddels alleen, en een stuk dronkener, aan de bar zat. Niet langer gehinderd door zijn angst voor vertegenwoordigers van het schrijversgilde begon hij aan een lange tirade. Ik kon eruit opmaken dat hij een goede kennis was van de cameraman die mij drie weken tevoren die vernederende muilpeer had verkocht. Nu moest aangetoond worden dat niet zijn vriendje M. maar ik de agressieve partij was geweest, en dat de mij toegebrachte kaakslag welverdiend was, of laat ons zeggen: preventieve zelfverdediging.

'Volgens mij kun jij ontzettend agressief zijn.'

Toen ik hem uitnodigde daarvan een voorbeeld te geven, begon hij te draaien.

'Nou, die keer, hier op het terras... toen die meisjes voorbij kwamen, en een opmerking maakten... toen heb jij een glas naar ze gegooid.'

'Dat zou ik me dan toch moeten herinneren.'

'Je was toen dronken,' haastte hij zich eraan toe te voegen. 'Echt, ik blijf erbij, jij hebt een enorme agressie in je.'

Zou dat misschien ook zo iets als *synchronisme* zijn: dat je kennissen niet thuis geven, of zich tegen je keren, als op de een of andere manier, eerder onzichtbaar dan zichtbaar, de tegenslag, het ongeluk, de dood je aankleven?

'Alles tot je dienst. Maar ik blijf met een raadsel zitten. Vertel me nou 's, Koen, hoe zit dat... Je hebt de hele aardbol bereisd, en overal, van Zuid-Afrika tot Chili en El Salvador, heb je tekenen van geweld gefotografeerd. Dodelijk geweld. Lijken in San Salvador. Fascisme in Santiago de Chile. De radeloosheid van mensen... Ik ben een groot bewonderaar van je. Jij blijkbaar niet in die mate van mij, maar dat doet er niet toe. Ik bewonder je. Onvoorwaardelijk. Hoe komt het nou dat iemand die ontelbare keren, met z'n cameraoog, het geweld recht in de muil heeft gekeken... dat zo iemand, na al die reizen langs de haarden van het fascisme, bij de stadspomp op het Spui terugkeert, en daar een vredige bierdrinker van *agressie* beticht?'

Op zijn gezicht was een brede grijns verschenen. Hij liet zijn hoofd voorover zakken tot vlak boven zijn lege jeneverkelkje, en sliep al. Het bood een mooie aanblik, want recht boven zijn kruin rees hoog het bloemboeket op dat bij De Z. altijd op de tap staat. Het had iets devoots, van met gebogen hoofd bidden voor een altaar of een graf.

De twee kinderen van Daphni en haar assyrioloog, buurtgenoten, zijn in dezelfde week jarig. Je zou denken dat de slingers dan mooi kunnen blijven hangen, maar nee: de laatst jarige zal nooit tolereren dat niet speciaal voor haar opnieuw slingers worden opgehangen – en niet dezelfde, nee, *andere* slingers, in afwijkende vorm en kleuren. Een geheel nieuw feest.

Kinderen hebben altijd het puurste gelijk aan hun kant. Het feestelijke zit 'm eerder in de intentie (ophangen) dan in de materialisering (slingers). De slingers hangen er vooral als roerloze terugverwijzing naar een liefdevol gebaar. Ik vond het als kind naargeestig wanneer ze tot na een verjaardag bleven hangen, alsof voor elke dag dat ze er langer hingen met terugwerkende kracht iets aan het voorbije feest werd afgedaan. (Hetzelfde gold voor de kerstboom na Driekoningen.) Ik had er daarom de afgelopen jaren op toegezien dat Totò's slingers geen dag langer, of vroeger, in de kamer waren dan de vijftiende juni. Zijn verjaardag mocht zich niet als een leeg, naargeestig iets voorbij die datum uitstrekken, met guirlandes die niets anders meer waren dan kleurige, snel dof wordende webben, die zwaar op de atmosfeer drukten.

Bij mijn thuiskomst bleek alle rommel van het verjaarsfeest opgeruimd, maar de slingers hingen er nog. Ik vervloekte ze hartgrondig, maar haalde ze niet weg, en dat niet omdat ik bang was van het trapje te lazeren, vergeefs houvast zoekend aan de dunne touwtjes die het crêpepapier bijeenhielden. Integendeel, het zou een mooie start zijn geweest voor de legende als zou ik me hebben willen verhangen aan een verjaardagsslinger. Ik keek omhoog in de guirlandes, en merkte dat het er nog was: het fundamentele gevoel dat de dood op mij, dat ene uitzonderingsgeval, geen vat zou krijgen. Een gewaarwording van immuniteit? Nee, van diep ongeloof eerder. *Ik kan niet dood.*

Ik hoefde toch maar zelfmoord te plegen, en dan met iets stevigers dan een papieren slinger, om mijn vermogen dood te kunnen gaan te demonstreren? Het feit dat ik het niet deed, was misschien wel het bewijs dat ik niet door eigen hand zou kunnen sterven, dat ik überhaupt niet dood kon.

Chapelle ardente

Donderdag 17 juni 1993

In de zitruimte tegenover het kamertje waar hij lag opgebaard, zat mijn moeder, ingehouden huilend en zacht jammerend, bescheiden tot in haar verdriet. Haar bevende hand rustte op haar stok, en de stok, met z'n punt op de grond, beefde mee.

'Och, Adri...' zei ze hoofdschuddend, en op een toon of ze het sterfgeval zojuist pas had ontdekt. Een tante maakte plaats voor mij naast mijn moeder. Ik probeerde haar te troosten, maar het was zo weinig wat ik in mijn armen hield. Nog geen vijf jaar terug was zij bang om te dik te worden. Het was vaak niet meer dan een kwestie van tijd, tot de natuur met de een of andere onverwachte ingreep de spot dreef met alle diëten, kuren, calorietellerij. In juli '89 zou zij met ons meegaan naar een gehuurd huis in de Dordogne. Kort daarvoor kreeg mijn vader een longbloeding; hij moest in het ziekenhuis worden opgenomen. Ook toen al: mijn woede, omdat hij met zijn waaier van bloed plannen van ons uitwiste. Woede, omdat hij tegenover de opofferingen van mijn moeder zelfs niet een poging stelde met roken op te houden. Zij kwam pas na zijn ontslag, in augustus, naar Monpazier – met een bezwaard hart natuurlijk, want hij was bij haar vertrek nog zwak. Maar achter haar tobberigheid hierover vermoedde ik een diepere depressiviteit. Ik had mijn vader al eens de spot horen drijven met haar nachtelijke kreten. (Met zijn nachtelijke motregens van opgehoest bloed, en de bijbehorende kreet 'Ik ga dood!', daarmee viel natuurlijk *niet* te spotten.) Ik kon ze nu zelf, vanuit de aangrenzende kamer waar ook Totò sliep, door de nacht horen klinken. Smartelijke kreten. Het waren symptomen van een verandering in haar: Parkinson trof z'n voorbereidingen. De kleine werd er wakker van, en zette het op een brullen, wat op haar beurt mijn moeder deed ontwaken. Aandoenlijk om aan te horen, haar pogingen het angstige verdriet te sussen. 'Oma zal het nooit meer doen.' Zij was zich bewust van haar eigen gegil, voelde zich er schuldig over, ging met grote tegenzin naar bed. Ondertussen ging ook het Eindhovense onheil voort. Regelmatig daalde ik met mijn moeder, die, gekromder dan voorheen, Totò in zijn wandelwagentje voor zich uit duwde, af naar het zwemmeertje, waar een telefooncel was. Toen er op een avond niet werd opgenomen, wisten we het allebei: ziekenhuisopname. Bij mij kwam de woede vanzelf.

'Hij kan je zelfs hier niet met rust laten. Veertig jaar lang heb je gratis met hem mogen meeroken, en nu moet je ervoor betalen.'

'Wat zullen ze me een slecht mens vinden... dat ik hier ben.'

Ik had erop gestaan dat zij haar twee weken vakantie zou volmaken, terwijl de familie zorg droeg voor de zieke. Zij sleepte zich erdoorheen alsof het een straf was.

In de rouwkamer (afmetingen: kleinste logeerkamer van het huis) trof ik mijn broer en mijn schoonzusje. Ik bespeurde een lichte opgewektheid bij ze, als wel vaker bij mensen die de moed hebben getoond van heel dichtbij een dode te bekijken. Rondom de baar stonden (op speciale standaards) en lagen de bloemstukken die wij twee dagen tevoren aan de hand van foto's hadden uitgekozen. Zo precies leken ze op de foto's dat het was of *deze* boeketten gefotografeerd waren, terwijl ze nog besteld moesten worden. De linten waren zo neergelegd dat men de teksten duidelijk kon lezen. *Rust zacht, lieve opa. Totò.* De kist bleek niet afgedekt met glas, maar met gaas, wit gaas als van een bruidssluier. Het rustte op het puntje van zijn neus, die spitser dan ik me herinnerde kaarsrecht uit het magere gezicht de hoogte in stak. Hij zag er beter uit dan twee uur na zijn dood. De mond zorgvuldig gesloten. Lippen, wimpers en wenkbrauwen waren zichtbaar geschminkt, maar dat werd weer gecompenseerd door een korreligheid in de aanblik, veroorzaakt door het gaas. Hierdoor leek hij, voor 't eerst sinds heel lang geleden, weer op zijn jeugdportret van drieëntwintigjarige uit '49, in tropenuniform; hij had de foto twee maanden voor zijn repatriëring in Djakarta laten maken. Daarop waren, ondanks de scherpe lijnen die de jeugd al van zichzelf leverde, wimpers en wenkbrauwen met een fijn penseeltje aangezet. De mond stond een tikje zinnelijk opengekruld, maar verder gaf de foto een angeliek gezicht te zien. Ik was nu bijna tweeënveertig. Als ik dacht aan mijn herhaalde onvoorzichtigheid, als achttienjarige, bij een zestienjarig vriendinnetje, dat niets liever wilde dan zwanger raken en met mij naar Schotland vluchten om in het geheim te trouwen, dan had die drieëntwintigjarige van de foto mijn zoon kunnen zijn. Zo bezien was de dode, die zo moeiteloos op zijn eigen jeugdportret leek, ook een beetje mijn zoon. Hij was oneindig veel verder van het leven verwijderd dan de twee dagen die sinds zijn sterven verstreken waren. Bijna had ik het hardop gezegd: 'Je bent knap veranderd, pa, in de paar dagen dat we elkaar niet gezien hebben.'

'Ja, waar doet hij me zo nou aan denken,' zei Linde. 'Iets

van een gedistingeerde Poolse concertpianist of zo...'

Ze kon niet weten van mijn voorgenomen toespraak over de vingers van Chopin, die ik die middag had geschreven, en waarvan ik de gefotocopieerde tekst bij me droeg om die voor de uitvaartverzorger achter te laten. Ze had gelijk. Er scholen, ondanks alles, aristocratie en distinctie in die kop.

Mijn broer en schoonzus lieten me alleen met de dode en zijn jeugdportret. Ik was alweer aan het rekenen. Als de foto twee maanden voor zijn vertrek uit Indonesië gemaakt was, dan moest hij ergens eind mei '49 in een studio hebben gezeten. De scheepsreis duurde zes weken, en werd met drie dagen verlengd, toen men dacht dat er een besmettelijke ziekte aan boord was uitgebroken. Ik bezit twee radiobrieftelegrammen, allebei aangeboden aan boord van de Waterman, en ontvangen door SCHEVENINGEN RADIO, 'kuststation voor radiotelegrafie, gevestigd te IJmuiden'; ze zijn gericht aan *Mej T vdGraft Poemastr 38 Eindhoven.* Het ene werd op 30 augustus 1949 om drie uur 's middags verzonden, en bereikte IJmuiden op dezelfde dag te zes uur 's avonds. '*Zijn van Portsaid vertrokken post ontvangen hebben goed weer aankomst vermoedeljk 9/9 tot spoedig weerzien hartelijk gegroet en veel liefs van je Piet.*' Het andere dateert van 6 september, werd 'aangeboden aan boord van het MS/SS Waterman/ pimx' om twee uur 's middags, en werd 's avonds 'ontvangen te IJmuiden Radio 18.35'. '*Gibraltar gepasseerd einde der reis in 't zicht indien alles normaal verloopt arriveeren we 9.9 tot spoedig weerzien hartelijk gegroet en veel liefs van je Piet.*' Via die plaatsen en data was hij dus op weg naar 'Mej T vdGraft', naar hun huwelijk, naar mijn verwekking.

Ik keek neer op de gestalte onder het gaas. 'Daar ligt mijn verwekker – voor eeuwig stil.' Door die gedachte brak een obsceen moment aan: of ik wilde of niet, ik moest me voorstellen met wat voor heupbeweging, met wat voor wufte schommelbeweging van zijn kont hij mij de wereld in geslingerd had.

Leer mij de geslachtsdaad kennen... De coïtus is bij uitstek de metafoor voor alles wat *afbreekt.* Misschien moet ik zeggen: voor alles wat vroegtijdig afbreekt. Of draagt afbreken het voortijdige al in zich? De paring kleeft de schijn aan van het streven naar een doel, een einddoel: het orgasme, op z'n minst het mannelijk orgasme. Voor mij is de kern van de coitus het afbreken. Elke coïtus is een coïtus interruptus.

In de paringsdaad wordt het leven zelf afgebroken.

Alle Lust will Ewigkeit, will tiefe, tiefe Ewigkeit... precies, maar: mooi niet! Kan willen wat hij wil, de lust, maar hoe meer hij op zijn wenken bediend wordt, des te dichter is hij bij het breekpunt. De lust wordt afgeknepen. De lust knakt. Alle lust is geknakte lust.

Tijdens het postcoïtum kan de lustbelever zich triest, gedesillusioneerd afvragen waar al die drukte, die opwinding, die heftigheid die tot deze matheid leidden, nu eigenlijk goed voor waren. Ik heb niets met goedkope Duitse kerkhofpornografie, het geneuk op grafstenen, al dan niet bemost. Ik gruw van de al te lichtvaardige, op goedkoop effectbejag gerichte koppeling van sex en dood. Maar moeilijk te negeren valt dat in het orgiastische breekpunt van de geslachtsdaad de dood zich weerspiegelt, of nou ja, op z'n minst zich kan herkennen. Het leven is een druk, opgewonden streven naar schijnbaar hogere, heiliger, materieel of geestelijk betere doelen, terwijl het *altijd* afgeknepen wordt, afbreekt, knakt in de dood. Op z'n best is de dood net zo'n zoete, bittere, nutteloos op ons neerdalende wolk als het orgasme.

Ook vanuit het postcoïtum van de dood kan de vraag worden gesteld waar al dat krakeel, al die *fuzz* voor nodig waren. Alle leven wil eeuwigheid, wil diepe, diepe eeuwigheid... ja, m'n neus! Gaat niet door. Kan willen wat het wil, het leven, maar daar verschijnt beenderman al om de hoek. 'De dood geeft zin aan het leven.' Populair gezegde. Het is met evenveel recht omkeerbaar. De dood maakt het leven, met terugwerkende kracht, ongeldig. Net als het orgasme de coïtus ongeldig maakt, want het volgende moment, het moment na de zucht, rest er niets meer van dat veelgeroemde orgasme, laat staan van de daad die eraan voorafging.

Juist toen ik, zonder bewuste laatste blik op mijn vader, het logeerkamertje wilde verlaten, verscheen Bernti in de deuropening, de schenker van de meikersen. Ik zou hem nooit kunnen uitleggen hoe dankbaar ik hem was voor zijn schenking, die het laatste gesprek tussen vader en zoon mogelijk had gemaakt. Als kinderen die kersen met samengegroeide steeltjes over hun oorschelpen hangen, zo hadden we gepraat. Ik was blij met dat eenzijdige gesprek, dat ondanks alles een gesprek tussen twee mensen was geweest. Ik voelde me Baron von Münchhausen, die in een opwelling zijn geweer met kersepitten laadde en op een edelhert leegschoot; later groeide er uit het hoofd van het dier een jonge kerseboom.

In de gang achter Bernti verschenen zijn ouders, wier chauffeur hij die avond was. Mijn altijd aandoenlijke tante O., die een beetje schommelde, en mijn vaders oudere broer, oom H., met witte stok. Op de drempel van het rouwkamertje condoleerden ze me. Het duurde even eer ik ze, tegen hun protesten in, had uitgelegd dat ik me niet door ze liet verjagen, maar dat ik bij hun binnenkomst al op weg was geweest naar mijn moeder, aan de overkant.

Hebben laatste woorden geen betekenis omdat ze in de stervende verdwijnen als in een put zonder echo, dan geldt dat voor *alles* in een mensenleven, want vroeg of laat neem je het mee het bodemloze in. Elk zogenaamd leerzaam feit, elk zogenaamd nuttig feit, elk zogenaamd prettig feit is al bij voorbaat levend begraven in iemands bestaan, dus morsdood. Het 'ergens wat aan hebben voor later', het 'leuk voor later' – het heeft geen enkele betekenis.

En het veelgehoorde '*nu* genieten', wat is daarvan de waarde? Genot *nu* wordt nooit verduurzaamd; het moet na vluchtig gebruik mee het graf in.

Alles wat er voorvalt, alles wat er gezegd wordt, ricocheert binnen de zes wanden van het persoonlijk leven. Niets treedt buiten die hermetische kamer. Alles blijft tot aan de krachteloosheid en de nietszeggendheid toe weerkaatsen in dat ene bestaan, dat geen enkele kans maakt.

'Ergens op terugkomen...' – ja, maar alleen zolang als het duurt. Ook als het herhaald wordt, is alles wat men doet en zegt op voorhand aangetast door de dood. Mensen kunnen zichzelf wijsmaken dat ze bij wat ze ondernemen in de toekomst kijken, zodat het ondernomene een soort voorbereiding zou zijn. Mis. Ze kijken in een spiegel. Al hun handelingen worden onmiddellijk teruggekaatst, teruggeworpen op het oorspronkelijke motief, dat zo sterft bij gebrek aan perspectief.

Ons bestaan kent geen apotheose. Wij leiden een leven van laatste woorden en laatste daden. De totaliteit van het door mij gesprokene, dat is allemaal 'laatste woord'. Hetzelfde geldt voor al het gedane. Ik ben de put. Ik ben het graf.

Schrijven voor de eeuwigheid? Wat betekent het dat het nageslacht (voorgeslacht van latere, ten dode opgeschreven geslachten) na mijn overlijden kennis neemt van mijn woorden? Ze vallen daar net zo goed in een echoloze put. Handelen voor de eeuwigheid? Maakt het Napoleon onsterfelijk dat ik over hem heb moeten leren op school? Het was niet meer dan een onderdeel van alle dode kennis die in mij gestort is; ik vorm het graf van al die zogeheten wetenswaardigheden, dus ook van Bonapartes veroveringen.

Als iemand jou, bij wijze van levensvervulling, tot studieobject gaat maken, dan ben je pas echt in de aap gelogeerd, dat wil zeggen in een graf beland. Het is er de geleerde ook maar om begonnen een *dam* op te werpen tegen de zinloosheid van zo'n leven – een dam die daarmee precies de bevestiging van die zinloosheid is.

Het probleem is: het leven *heeft* geen toekomst. Wat wij, bij gebrek aan beter, 'toekomst' noemen, is niets anders dan netto tijd – de tijd die ons nog rest tot aan de dood. Toekomst, met andere woorden, is de resterende ruimte van de kamer waarin alles van ons leven hangen blijft, de uitspraken, de daden... Naarmate de kamer meer volgepropt raakt, geeft het ricocheren van woorden en feiten minder valse galm. Ze klinken er dof. De echo verdwijnt vanzelf. De woorden maken er zo steeds minder een geheim van dat ze 'laatste woorden' zijn.

Een almaar groter deel van de ruimte wordt afgeschoten, tot ons een kamertje ter grootte van een toilet rest. Daar zitten we dan, in het schijthuis, met de broek op de enkels klaar voor de definitieve ontspanning, één oog samengeknepen boven het sleutelgat naar gindse zijde. Klaar om ons onder te dompelen in onze eigen stank, de enige waar we niet vies van zijn, omdat hij ons garandeert dat ons afval in een bodemloze put is gestort. De ruimte omsluit ons: een rechtopstaande kist. ('Wat is het toppunt van properheid?' 'Doodgaan op de wc, met de trekker in je hand.')

Samenvattend: elk geluid dat, bij de gratie Gods, *buiten* het kamertje van ons leven dringt, wordt hooguit opgevangen in de aanpalende kamertjes, waar ze net zo goed zullen verstikken, of doorgetrokken worden. Het maakt geen verschil. Het leven is zelfgenoegzaam gemurmel. Wij zijn holle tonnen waaruit dat gemurmel opstijgt – ongenuanceerd. Een gemompel dat zichzelf genereert en in stand houdt.

Als het dan zo gesteld is met een mensenleven, op grond waarvan – en vooral: *ten opzichte waarvan* – raken wij dan ontroerd door zo iets prils, opens, weerloos als een kind?

Is het misschien zo dat wij die ontroering – onbewust dan wel moedwillig, uit gezichtsbehoud – verkeerd duiden? Dat het in werkelijkheid gaat om de *vergeefsheid* van zo'n kind in plaats van om de 'mogelijkheden' die er, nog onaangetast, in huizen...?

Waar halen de mensen hun hoop, dat wil zeggen hun zelfvoordegekhouderij, vandaan? Is 'hoop' misschien iets *blinds* in de trant van lijfsbehoud, voortplantingsdrift, soortbehoud? Behoort hoop, als aandoening, misschien gewoon tot de hele mallemolen van instandhouding-en-herstel, waarvan we het waarom niet kennen? We zouden ook kunnen zeggen: de mallemolen van zelfinstandhouding is zelf blind, en zonder logische ontstaansgeschiedenis.

Wij blijven handelen, misschien omdat handelen net iets pijnverzachtender is dan nietsdoen. Handelen is daarmee het tegenovergestelde van het leven tegemoet treden 'met open vizier'.

Ik zou het cliché willen aanpassen. 'De dood geeft zin aan het leven *zolang het leven er nog is en de dood, dreigend in de verte, dat leven onder druk zet.*' Ja, in zoverre geeft de dood zin aan het leven, dat wil zeggen: zolang als het duurt.

Heb ik er bij terugkeer in de wachtruimte mijn moeder op durven wijzen hoezeer mijn vader, daarbinnen, weer leek op het jeugdportret dat zij, net als ik, altijd gekoesterd had? Ik kan me de woorden niet herinneren. Ik heb er een hekel aan als ze zeggen hoe mooi een dode er wel niet bij ligt. Toch moet ik op z'n minst iets in die trant tegen mijn moeder hebben gezegd, want haar antwoord staat me helder bij.

'Ja, wat dacht je? Ik heb niet een of ander lelijk *menneke* uitgekozen.'

De stok wiebelde onder haar hand, die geen moment tot rust kwam.

De meeste filosofen worden gedreven door een *waarom*. Waarom zijn wij in dit leven? Waarom zijn wij hier op aarde? Waarom moeten wij sterven?

Voor mij, als filosoof van alledag, geldt als eerste vraag: *hoe*?

Hoe moet ik leven?

Er is een gemakkelijke redenering mogelijk: wat voor zin hebben een woord, een gedachte, een gebaar bij iemand die het volgende moment onder de tram stapt en op slag dood is? Concluderen we dat die zin totaal ontbreekt (omdat woord, gedachte, gebaar in de dood worden meegesleept, en daar ontkracht), dan geldt dat bij uitbreiding voor *alle* in het leven uitgesproken woorden, opgekomen gedachten, voltooide en onvoltooide gebaren... Hun lot is te worden meegesleurd in de dood, te worden vermalen door de dood. Ze zullen te zijner tijd oplossen in het Niets als in ongebluste kalk.

Laatste woorden van een stervende hebben geen echo, geen waarde. *Al* onze woorden en gebaren zijn laatste woorden en gebaren, en dus waardeloos, zinloos. Beter dus stoicijns de dood af te wachten?

In theorie wel.

Het geheim is dat het leven, in dadenloosheid en afwachten doorgebracht, er alleen maar zinlozer en leger op wordt, paradoxaal genoeg. Hoe dus het leven door te brengen? Hoe de zinloosheid onder ogen zien en alle eer gunnen, en tegelijkertijd deze 'natuurlijke' zinloosheid niet nog groter maken door haar een karikatuur van zichzelf voor te houden. Dan rijst pas echt de vraag: *hoe* te leven? Hoe het leven in te richten? Wat te doen, wat te laten? En: welke handelingen maken het bestaan er alleen maar zinlozer op, en welke handelingen 'neutraliseren' de zinloosheid? Want dat het leven niet *zinvoller* gemaakt kan worden, door wat voor daad ook, staat buiten kijf. Het gaat er uitsluitend om de zinloosheid haar plaats te gunnen en niet – ontregelend – groter te maken.

Blijft de vraag: *hoe* te leven?

Vaststaat dat als er aldus gehandeld wordt, het leven een complex van overbodige daden wordt, van schijnhandelingen, een schimmig spel, waaraan iedere noodzaak ontbreekt. In die zin kunnen moord, oorlog, afpersing, verrijking, onderdrukking et cetera tijddodende, bestaansdodende handelingen zijn, enkel en alleen uitgevoerd om de grenzen van onontkoombare, fundamentele zinloosheid af te bakenen. We verwekken zelfs kinderen, voeden ze op, om het schimmige spel van schijnhandelingen te kunnen blijven opvoeren.

Deze vrijbrief om geen zin aan onze handelingen te hoeven opdringen, maakt onze gebaren licht, maakt ons leven ijl: we *zijn* al in een schimmenrijk – althans, in een antichambre daarvan. En hoe gaat dat in antichambres? Men houdt, half schertsend, een generale repetitie voor wat men daarbinnen te doen heeft.

Nog een paradox:

absolute lethargie als antwoord op de fundamentele zinloosheid van het bestaan, van het leven, vergroot die zinloosheid tot zulke proporties dat zij in zekere zin wordt opgeheven. ('Oneindige zinloosheid' bestaat niet.) Dus: de lethargie, als opheffer van de zinloosheid, vernietigt de *grond* van diezelfde lethargie.

Alleen door een leven van schijnhandelingen kan men de zinloosheid recht doen. Ergo: de zinloosheid, voortgekomen uit de dood, is de motor van ons handelen. Dus produktief – maar alleen in zoverre als zij vorm geeft aan ons leven. Want ons leven, voor zover in beweging, is pure *vorm*; het heeft geen inhoud. Daarom houd ik ook niet van spelletjes, van gezelschapsspelen en kansspelen. Het bestaan *is* al spel, en leeg als een spel. Binnen het spel ook nog eens een afgeleid spel opvoeren, is me altijd voorgekomen als een overbodige metafoor. Het leven zelf, als schimmenspel, als bijna-Niets, is al een metafoor – voor het waarachtige Niets. Alleen voor wie het bestaan serieus neemt, dus voor zinvol houdt, kan het spelletje kaart aangename ontspanning betekenen; hij bevindt zich daarmee aan de *keerzijde* van het leven. Gelukkig, ook hier, de onwetenden, de simpele zielen.

Geheel tegen de afspraken en de regels in, maar ze hingen er die donderdagavond nog, de slingers. Totò had op mijn verzoek, al wijzend, hun kleuren kunnen benoemen, maar voor mij zouden ze de aanblik van geblakerd papier zijn blijven bieden, dat bij de minste aanraking in een wolk assnippers kon oplossen. Sinds dinsdagmiddag vormden de guirlandes een chapelle ardente, en vervingen ze de rouwconfectie van zwarte kleden met zilveren franje. Ik walgde ervan ze te zien hangen. Ik walgde nog meer bij de gedachte ze te moeten weghalen, en de koppen van de punaises onder mijn nagels te voelen dringen.

Asbestemming

Maandag 30 augustus 1993

Toen we uit Frankrijk terugkwamen, midden augustus, lag het er nog net zo, op een hoek van mijn bureau, alleen wat meer vergeeld, zelfs een beetje bruinig geworden, door de zon, want ik had verzuimd de gordijnen dicht te trekken: het oningevulde formulier voor de 'asbestemming'. Het was mij die middag van de vijftiende juni, toen mijn vader nog als lichaam bestond, heel vanzelfsprekend toevertrouwd, maar zonder dat iemand – moeder, broer, zus – zich had afgevraagd wat er met de as diende te gebeuren. Sinds de crematie heb ik er mijn moeder regelmatig over gebeld. Wilden wij mijn vaders as, die voorlopig in een 'algemene nis' (gewoon een bezemhok natuurlijk) bewaard werd, laten bijzetten dan wel laten verstrooien? Ingeval van bijzetting, moest de – te kopen of te huren – sierurn dan in een gehuurde nis van het bij het crematorium aanwezige columbarium worden geplaatst, in een familiegraf, in een urnentuin, of gewoon thuis op de schoorsteenmantel? In het laatste geval moest rekening worden gehouden met de wettelijke termijn van een maand na 'berging in de urn', waarschijnlijk omdat de wetgever had vastgesteld dat de geest in de fles dan definitief dood was, waarmee de veiligheid in de huiskamers van de nabestaanden gewaarborgd werd. En in geval van verstrooiing, moest dat bij het crematorium gebeuren, of boven de Noordzee, en dan per schip of per vliegtuig? De keuze aldus gemaakt zijnde, diende het verstrooien van de as te geschieden 'in aanwezigheid van familie' of 'buiten tegenwoordigheid van familie', en in dit laatste geval 'met kennisgeving vooraf', 'met kennisgeving achteraf' of 'zonder kennisgeving'?

Prijsopgave op aanvraag.

Een week na de crematie begon ik er voor 't eerst over. 'Het bijzetten in die urnengalerij geldt voor drie jaar. Kan altijd verlengd worden. Zie je er binnen een halfjaar vanaf, geld terug. – Mama, luister je?'

'Niemand vraagt naar iets van papa,' zei ze met bevende stem. Ze bedoelde: een aandenken. Ze begon over mijn vaders fiets. 'Een hele goeie nog. Die kun je toch mooi met de trein meenemen?'

De mythe van de erfenis in milieus waar niets te erven valt. Een erfenis was er nooit, maar dat betekende niet dat er geen verzonnen kon worden. Ruzies over nietbestaande erfenissen, ze konden generaties lang blijven woeden. Mijn grootmoeder was een half mensenleven gebrouilleerd geweest met driekwart van haar familie over een papieren rijksdaalder, die haar broer Sjef, Onze Gek, die bezoekers altijd een rijpe tomaat voorzette zodat het slijm in hun mouw droop, achter het dekseltje van de schoorsteenopening verstopt zou hebben.

'Heeft iemand het horloge geclaimd?'

'Het staat nog steeds stil op tien over zes. Ik zal het wegbrengen.' En na een korte stilte: 'In dat liedje bleef grootvaders klok ook stilstaan. Ik zou het die maandag... na die zondag, weet je wel... toen zou ik het naar de juwelier brengen. Het is er niet van gekomen.'

Toen ik het een week of wat later ophaalde, waren de wijzers nog steeds niet verder gekomen dan tien over zes. Voorzichtig begon ik weer over de asbestemming. 'Dat columbarium is elke dag open. Het geeft je toch iets te herdenken. In zo'n nis is ook plaats voor een bloemetje... een foto in een lijstje...'

'Ze hebben potdomme papa z'n girorekening geblokkeerd. Ik wilde er met zijn pasje wat huishoudgeld afhalen. Niks. Geblokkeerd. Ik erover aan 't bellen. Wat denk je? Je raadt 't nooit. Geblokkeerd totdat de verdeelsleutel van de erfenis vaststaat. Zo zeiden ze 't. Geblokkeerd, die paar honderd broodnodige guldens. Is het niet om je kapot te schamen?'

Ondanks de blokkade stond mijn moeder erop mij een tientje te geven 'voor een nieuw batterijtje'. 'Anders heb ik het gevoel dat ik je iets halfs meegeef... iets kapots, als aandenken aan papa. Iets onvolledigs. Een kapotte band van zijn fiets zou ik ook hebben laten plakken.'

Ik stak het horloge bij me. Bij aankomst in Amsterdam bleek het in mijn borstzakje nog anderhalf uur te hebben gelopen – exact de lengte van de treinreis. Het was opnieuw, en nu definitief, stil blijven staan op tien over halfacht: het tijdstip waarop wij, naar later bleek voorgoed, die zondagavond afscheid van mijn vader hadden genomen. 'Wat een laf soort opgedrongen symboliek,' zei ik chagrijnig tegen Minchen.

'Je moet het onderhand wel zeggen, mama. Ik heb de kleurenfolder nog eens doorgekeken. Ze hebben ook zo iets als een gedenktegelgalerij in dat columbarium. Daar kun je een soort miniatuurgrafsteen laten aanbrengen. Met inscriptie en een bakje voor een piepklein tuiltje bloemen.'

'Ik heb een anonieme beller.'

'Hoe lang al?'

'Het is begonnen in die nacht voor de crematie.'

‘Midden in de nacht?’

‘Meestal ’s nachts, ja. Ik weet niet wat ik ervan denken moet.’

‘Staat jullie... jouw nummer in het telefoonboek?’

‘Natuurlijk.’

‘Zo natuurlijk is dat niet. Als het doorgaat, vragen we een geheim nummer aan.’

‘Wat voor lol kan zo iemand eraan hebben? ’t Is geen hijger, of hoe noem je dat?’

‘Iemand heeft je naam en adres onder de rouwadvertentie zien staan. Er zijn mensen die ervan genieten de stem te horen van een vrouw die net weduwe geworden is... of die van een kersverse weduwnaar. Vooral ’s nachts, als het verdriet ’t zwaarst weegt. Ze slorpen het verdriet uit die stem op. Het geeft ze een kick.’

‘Ik wist niet dat zulke mensen bestonden. Wat kun je ertegen doen?’

‘Als ’s nachts de telefoon gaat, neem je niet op met “Mevrouw Van der Heijden”, je zegt meteen: “Ik weet wie u bent.” En als die ander niet meteen de hoorn op de haak gooit, zeg je er nog bij: “Het is uitgezocht.” In eerste instantie gelooft hij het. Of zij. Dan komt de twijfel, want je hebt geen naam genoemd. Maar je zult niet zo gauw meer gebeld worden. Ze hebben het gevoel dat ze hun anonimiteit kwijt zijn.’

Ik vertelde haar het verhaal van onze eerste anonieme beller, uit de tijd dat we nog geen geheim nummer hadden. Tien jaar terug werkte ik in een gehuurde cel van het verlaten Huis van Bewaring aan de Havenstraat. Ik ging er ’s morgens heen, en keerde pas in de loop van de avond terug naar onze woning in de Pijp, waar Minchen overdag dus meestal alleen was. Met grote regelmaat ging de telefoon – drie van de vier keer werd er aan de andere kant geen naam genoemd. Meteen opgooien gebeurde ook niet: geruime tijd ruisende stilte, soms wat straatgeluiden. Meestal was het Minchen die de verbinding verbrak, in toenemende vertwijfeling. Toen ik op een avond thuiskwam, was zij echt in paniek. Bij de anonieme beller had zij duidelijk Duitse marsliederen op de achtergrond gehoord. Vanaf dat moment bracht zij de telefoontjes in verband met haar joodse afkomst. Ik herinnerde me mijn zus, jaren geleden, te hebben horen vertellen over een verjaardagsfeestje bij een collega van de school waar zij Engels gaf. Een andere collega, een leraar Maatschappijleer, had geklaagd over de muziek. Hij woonde vlakbij, en was thuis zijn eigen platen gaan halen. Hij bleek, tot ieders verbazing, een hele collectie Duitse marsmuziek uit de jaren dertig bij zich te hebben. Grote hilariteit, maar de leraar Maatschappijleer was later ontslagen wegens nazistische sympathieën en contacten met neo-nazistische bewegingen. Een halfjaar later was hij bij de gemeenteraadsverkiezingen verkiesbaar op de lijst van de Nederlandse Volksunie. In de Pijp verspreidde hij, wist ik, anonieme pamfletten vol citaten uit de antisemitische geschriften van Céline. 's Nachts, na cafébezoek (in zijn stamcafé droeg hij soms een uniformblouse van de Viking-Jugend), speelde hij soms in z'n eentje Kristallnachtje door bij joodse winkeliers in de buurt winkelruiten in te trappen. Ik wist genoeg. De volgende dag bleef ik thuis bij de telefoon zitten. Het duurde tot vier uur 's middags eer hij overging. Ik nam op.

'Zeg 't maar, Van W.,' zei ik.

Het was natuurlijk mijn broer.

'Sinds wanneer heet ik Van W.?'

‘Vandaag heet iedereen die belt Van W. – totdat Van W. zelf belt.’

Een halfuur later: de telefoon.

‘Zeg ’t maar, Van W.’

Stilte. Er werd niet meteen opgehangen, maar wel eerder dan anders, en aarzelend, zo leek het wel.

‘Als hij niet nog ’s belt, is het raak geweest,’ zei ik tegen Minchen.

Natuurlijk was onze tegenstander intelligent genoeg om mij mijn vergissing in te peperen door nog twee, drie keer te bellen, maar toen was het, na al die enerverende weken, dan ook voorbij – waarmee Van W. nu juist zijn identiteit, en de ontmaskering daarvan, bevestigde.

Pas zeven, acht jaar later las ik in de krant dat hij tot acht maanden celstraf veroordeeld was wegens het verspreiden van antisemitische pamfletten en nazistisch propagandamateriaal. De Tweede Wereldoorlog, nee, die was bij lange na nog niet voorbij, dat had ik ook bij de crematieplechtigheid weer kunnen vaststellen.

‘Jongen, pas toch op met dergelijke figuren,’ zei mijn moeder.

‘Herhaal nog ’n keer wat je gaat zeggen, als er ’s nachts gebeld wordt.’

‘“We weten wie u bent, hoor. De PTT heeft het uitgezocht.”’

Mijn moeder en ik, wij waren allang bezig, nog zonder het te beseffen, met onze eigen asbestemming. Het had voor de hand gelegen dat ik haar vaker zou opzoeken, in de weken volgend op de crematie. Wat allerlei hulpverleners en dominees en dagsluiters aanduiden met ‘rouwverwerking’ doorstond ik op mijn manier, met een pen in de hand, bijna verstrooid schrijvend. ‘Heijdeniana’ noemde ik de bonte verzameling brokstukjes tekst die zo ontstond: kreten van verdriet, afkeer, heimwee, woede, schaamte, vertedering, doodsangst, schuldbesef – vaak rechtstreeks tot de gestorvene gericht, hem als het ware in het gezicht geslingerd. Naarmate de weken vorderden, ontstond er wat meer afstand, zodat ik ook wel in de derde persoon over mijn vader kon schrijven. De ‘Heijdeniana’ werden los opgetekende herinneringen en gedachten, al wat minder onbesuisd gekenmerkt door de wisseling van rouwverwerkende humeuren. Het kwam allemaal in de plaats van die twee simpele kruisjes en een handtekening op het formulier voor de asbestemming. Mijn rituele, monomane geschrijf hield me bij mijn moeder weg. Telkens beloofde ik aan de telefoon spoedig ‘een hele dag’ te komen, maar toen het na veelvuldig uitstel eindelijk zover was, arriveerde ik pas om drie uur ’s middags, moe en katterig van het cafébezoek de avond tevoren. Haar moet bij een dergelijke bekentenis ook iets door het hoofd gegaan zijn als: *hij is druk met zijn erfenis in de weer*.

‘Nog last gehad van die beller?’

‘Nu alweer weken niet. Ik had laatst wel een andere beller.’

‘Anoniem?’

‘Kees C. Zegt die naam jou iets?’

‘Een vage echo. Oude collega van papa?’

‘Bijna. Een oude strijdmakker uit Indië. Hij is al anderhalf jaar bezig een reünie voor die jongens van toen te organiseren. Maar hij wist aldoor niet achter ons adres te komen. Nu, met dat gedoe rond die Poncke Princen, wilde Kees er haast mee maken. Eindelijk had hij ons telefoonnummer te pakken. Ik zeg: "Helaas te laat, Kees. Piet is er niet meer." Hij zegt: "Ochgottegot, wat is dat nou, onze Piet hoort er toch ook bij. Weet je wat... ik kom meteen naar je toe." Nou, toen is-ie langs geweest. Met zijn vrouw. Hij kon er maar niet over uit dat z'n ouwe medestrijder dood was. Terwijl, dat medestrijden, dat heeft niet zo lang geduurd... en daar heeft-ie me nou 's 't fijne van verteld. Papa heeft nooit gezegd *waarom* hij toen, voor de rest van z'n tijd, naar Java is overgeplaatst.'

'...het was alsof de schaamte hem moest overleven.' Zo staat het aan het slot van *Het proces* van Kafka. Had de schaamte mijn vader overleefd? Speelde schaamte dan nog een andere dan een kortstondige rol in zijn leven? Er was altijd de afgepaste schaamte geweest, op zondagmorgen, door de aangevreten herinnering aan het nachtelijk gebral. Hij waste die weg door eitjes voor ons te koken, en zich nauwgezet met de vaat bezig te houden, waarbij hij met de haren van de borstel langdurig tussen twee opeenvolgende tanden van een vork poetste. Zij herleefde hooguit nog even, de schaamte, wanneer mijn vader tijdens de stroeve zondagmiddagwandeling met zijn gezin misselijk werd, en zich in de bosjes moest terugtrekken om te braken, waarbij de kinderen dan met hun rug naar hem toe op de uitkijk stonden.

Maar een *duurzame* schaamte? Een die verder reikte dan de kater, en waarmee hij opstond en naar bed ging, en nu mee gestorven was?

Op Sumatra, waar hij tot de stoottroepen van de 7 december-divisie behoorde, had hij vriendschap gesloten met een kampongburgemeester, tevens timmerman van het dorp. Ik had als kind de fraai bewerkte kist nog gekend die hij voor mijn vader gemaakt had. Geschenken voor de familie waren erin naar Nederland vervoerd, om vervolgens plaats te bieden aan de drie jaar omvattende correspondentie tussen de twee gelieven. Onbegrijpelijk, nog steeds, dat mijn moeder die honderden brieven nog maar enkele jaren later in de kachel verbrandde. (Het was toen al duidelijk dat een erfenis in geld er nooit in zou zitten, maar *deze* erfenis hadden ze me toch niet hoeven te ontzeggen?) 'We hadden er geen ruimte voor,' heeft zij altijd volgehouden. Toegegeven, het gezin van vier personen bewoonde een kamertje van drie bij vier in het huis van haar ouders; elke kubieke decimeter telde. Maar had bij de verbranding van de brieven waarin ik werd voorbereid, van het boek van mijn verwekking dus, niet nog iets anders meegespeeld? Kon zij de aanwezigheid van die kist vol illusies, vol voorgespiegelde toekomst, vol leugens dus, in dat hok niet langer verdragen? De 'Indische' kist verdween naar het schuurtje van mijn grootvader, en werd bergplaats voor vettig gereedschap, zelf vettig en zwart wordend, en almaar Nederlandser. Des te merkwaardiger, deze neergang van een souvenir uit Indië, omdat het alles te maken had met mijn vaders geheim, met zijn levenslange, de dood overlevende schaamte.

Uit de schoenendoos met foto's herinner ik me een aantal op het eerste gezicht onschuldig ogende, vierkante kiekjes met kartelrandjes. Ik bekeek ze als kind zoals ik de andere foto's van mijn vader als militair bekeek. Het had met 'ver weg' te maken. Pas lang nadat mijn vader de kiekjes aan Kees C., de latere organisator van de oudstrijdersreünie, had overgedaan, is de gruwelijkheid van het afgebeelde tot me doorgedrongen. Een berg slachtafval, met onder de bovenrand van de foto's nog net zichtbaar de rij kistjes van toekijkende soldaten. Losse lichaamsdelen, wolken darmen, afgehakte hoofden, wel vijf of zes. Op een andere foto een kind, schijnbaar slapend, maar met het hoofd veel te ver weg van de romp. Wat daar binnenstebuiten gekeerd, in plakken gehakt, ontleed, versnipperd te kijk lag voor de amateurfotograaf, was het gezin van de *toean kampong*, inclusief de *toean kampong* zelf. Met kapmessen uitgemoord door opstandelingen, 'revolutionairen'. De soldaten die de slachtpartij in ogenschouw kwamen nemen, hadden nog een jongetje van een jaar of tien hoog in de hanebalken van het burgemeestershuis aangetroffen – levend, maar overnight in een schuw, sidderend diertje veranderd. Hij had daar een goed heenkomen gezocht, maar moest toezien, op z'n minst aanhoren, hoe zijn ouders en broertjes en zusjes werden afgeslacht, omdat de vader heulde met de Nederlanders. Ik denk nog vaak aan die jongen (als hij nog leeft, moet hij nu achter in de vijftig zijn), en aan de gruwelbeelden die hij nu al bijna een halve eeuw in zijn ransel meedraagt.

Goed, dat is allemaal ouwe koek. Al in '78 verwerkte ik het in een verhaal ('Een gondel in de Herengracht'). Maar wat ik toen nog niet wist, en nu door Kees C. weet, is dat mijn vader die nacht van de slachtpartij bij de kampong van zijn vriend op wacht stond.

Ik probeer me hem voor te stellen, wakend in de tropennacht, die nog nieuw voor hem is. Geen maan. Hoge bomen, dunne stammen. Aan vliegende honden, die van de waslijn losgeraakte zwarte lappen, is hij al gewend geraakt. Mag hij roken? Hij doet het achter zijn hand, om zich niet door de vuurrode punt te verraden; de palm reflecteert – zwakjes – het licht. En bovendien, roken verspreidt ook een geur. De duisternis is vol scherpe ogen en verfijnde neuzen. Hij trapt zijn half opgerookte sigaret uit in het zand, houdt de peuk onder zijn zool, want het streepje wit in het donker zou hem kunnen verraden. De sierkist, vanmorgen door het kamponghoofd opgeleverd, heeft hem maar een paar gulden gekost – alleen materiaalkosten. Vanmiddag twee brieven uit Eindhoven, de ene voorzichtig, de andere vrijmoediger. Zij klaagt dat haar jongere zusje, M., haar van achteren besluipt om over haar schouder mee te lezen. Pikante zinsneden leest zij, triomfantelijk en honend, hardop voor, waar hun ouders bij zijn. 'Mijn mevrouw was vandaag de stad uit. Zij had de middagboterham al voor me klaargezet onder een omgekeerde schaal. Stel je voor, zij had met de boterstempel botersterretjes op broodsneden gedaan en zij had met de jamlepel aardbeienjam erop gelegd, maar wat denk je, Piet? Rijk is rijk, zij had de laai met het zilverbestek op slot gedaan, ik weet nu tenminste dat het mens me niet vertrouwt, voor geen cent. Dus nergens een mes te vinden om de boter en de jam uit te smeren. Affijn, met een vinger kom je ook 'n heel end. Maar het blijft vies zo'n klont boter ineens.' Hij hoort een dier door het gras glijden, dan houdt het zich weer stil. Later een korte, krijsende twist tussen dieren in een boom, snel dovend, zonder kans om een vete te worden. Hij loopt naar de andere wacht. 'Wat was dat?' 'Niks. Beesten.' Ze worden afgelost. Door de klamboe gaat hij Nederland binnen. Onder de dunne deken wacht Eindhoven.

De ironische soldatenkistjes op de achtergrond van de fotografietjes, allemaal ongetwijfeld steun biedend aan lichamen uit één stuk – waren daar ook de zijne bij? Ik denk dat hij als wachtpost wel degelijk geconfronteerd is met wat er 's nachts misging. Uit de afvalhoop viel niet eens meer op te maken welke de lichaamsdelen waren geweest van zijn vriend de *toean kampong*, welke van de uit de vaalt stekende armen het zorgvuldige schrijnwerk voor de kist hadden verricht. Al eens eerder was een soldaat uit het Zevende Regiment Stoottroepen door oorlogshandelingen in psychische nood geraakt (Kees C. had het, geloof ik, over het sneuvelen van een kameraad). Zijn superieuren hadden hem, om bij te komen, voor drie weken naar Java gestuurd, waar het Nederlandse leger in de heuvels buiten Batavia een geconfisqueerde villa beheerde, speciaal voor 'dat soort gevallen'. Nu was het mijn vaders beurt om, met de psychische knauw die hij had opgelopen, de villa te bezoeken. Hij verliet Sumatra en zijn regiment voor drie weken of een maand, maar keerde er niet meer terug.

Ik weet hoe die villa eruitzag. Er zijn foto's van mijn vader, in zijn onderhemd een brief schrijvend, gezeten aan een tafel op het terras. Natuurstenen muren. Het soort huis waarin de heel rijken wonen, met weelderige vegetatie omgeven. Hij maakte later wel eens toespelingen op amoureuze avonturen, daar hoog in de heuvels, maar hij scheen toch vooral geïmponeerd door de in de ruime bedden aanwezige zweetkussens, voor tussen de benen.

Door zijn plotselinge vertrek raakte een telegram betreffende de dood van zijn moeder vertraagd. Eerder al had de huisarts van de familie, kennelijk een hartstochtelijk voorstander van de politionele acties, geweigerd een briefje te ondertekenen dat kon zorgen voor een snelle overtocht van mijn vader, gezien de ernst van haar toestand: zij leed aan leverkanker, en zou daar zeker spoedig aan sterven. 'Soldaten moeten hun plicht doen, en tegen een stootje kunnen.' Uiteindelijk vernam hij over zijn moeders dood uit een brief, eveneens vertraagd, van zijn verloofde, geruime tijd na de begrafenis. Zij ging er in haar brief van uit dat hij op de hoogte was. Nog overspannen door de gebeurtenissen op Sumatra raakte hij nu pas echt door het dolle heen. Ik weet niet hoe apocrief het verhaal is van zijn schuimbekkend binnendringen, met gevelde karabijn, in het hoofdkwartier te Batavia, maar zijn gemoedstoestand moet ernaar geweest zijn. Opheldering! Ik wil me hem graag zo voorstellen. Niet alleen kwam er geen krijgsraad aan te pas, zijn psychische gesteldheid werd ernstig genoeg bevonden om zijn verblijf op Java voor onbepaalde tijd te verlengen.

Twee maanden later – de post ging inmiddels niet meer via Sumatra – ontving hij een telegram met de mededeling dat zijn vader gestorven was, maar hij ontving het te laat om nog tijdig op de begrafenis te kunnen verschijnen. De autoriteiten kregen iets in de gaten. Om hem niet geheel te laten bezwijken onder alle onheil, onder de veelvuldige dood, waartegen hij zo vergeefs op wacht had gestaan, besloten ze hem in de luwte van Batavia te houden, en hem een 'luizebaantje' te bezorgen. Ze lieten hem zijn rijbewijs halen, wat hij in korte tijd voor elkaar had. Hij werd chauffeur van een truck die de verbinding verzorgde tussen het vliegveld en de studio's van Radio Batavia. Hij vervoerde radiosprekers, artiesten, officieren, raakte bevriend met Siebe van der Zee. In zijn cabine hield hij een tamme klapperrat, die meisjes van het VHK, als ze met hem meereden, de stuipen op het lijf joeg door met zijn pluimstaart langs hun kuiten te strijken.

Eens, uitwijkend voor een riksja, sloeg hij met zijn truck vol passagiers over de kop. Niemand raakte gewond, maar de klapperrat vluchtte tot onvindbaarheid weg uit de cabine, waar het plafond de vloer geworden was.

Als chauffeur, in een officierssociëteit wachtend op zijn vrachtje, was hij getuige van een moord uit minnenijd. De officier die plotseling binnenkwam had in elke hand een revolver, als in een western. Een van de aanwezigen sprong het raam uit, en liet zich, achtervolgd door de man met de revolvers, koppeltjeduikelend de heuvel afrollen. Hij bleef pas liggen toen alle kogels verbruikt waren. Een vriend van mijn vader, luitenant Van O., had de moordenaar later bij Port Saïd van boord zien springen. Hij kwam tussen de bootjes met tapijthandelaren en muntduikers terecht. Die laatsten waren gewend naar beneden geworpen muntstukken met hun tanden op te duiken, maar wat daar tussen ze in viel, konden ze met hun gebit niet naar boven dragen. De eenpersoonsbootjes deinden heftig na de duik, maar lagen al gauw weer rustig en aaneengesloten – een beetje te eensgezind voor concurrerende parlevinkers, alsof ze iets te verbergen hadden. Ze vormden met z'n allen, in de woorden van Van O., 'een uitgestreken gezicht'.

Ik zou het graag zo willen voorstellen dat zijn wederwaardigheden op Java, en zijn gebrekkige verslagen daarvan, met elkaar zijn zelfgeschapen requiem vormen voor zijn ouders, en voor de *toean kampong* en diens gezin. De dood op Sumatra dreef hem naar Batavia, het ver weg sterven van zijn vader en moeder hield hem daar. Alles wat hij er meemaakte, beleefde hij door en voor hen, in de schaduw van hun dood. Ik meen namens hem te spreken, als ik zeg dat het aan ze is opgedragen.

Het is op de een of andere manier een troost voor me te beseffen dat hij op net zo'n verwarde, dubbelzinnige wijze om zijn vader heeft gerouwd als ik nu om de mijne doe. 's Avonds dronk hij rode port met zijn vrienden, maakte ruzie, werd door de militaire politie in een cel gesmeten, wentelde zich door bloed en braaksel en stof tot zijn gezicht geheel schuilging achter een klonterig masker, dat 's morgens de inlandse bewaarder zo aan het lachen maakte dat hij mijn vader deelgenoot wilde maken van zijn vrolijkheid: hij haakte de spiegel van de wand, en hield hem die voor.

Het was dit masker dat hij had moeten wegkrabben om op de valreep het angelieke portret in tropenuniform te kunnen laten maken.

Vanmorgen kreeg ik door mijn moeder een brief van crematorium Essenbroek toegestuurd, gedateerd 13 augustus 1993. Een aanmaning met betrekking tot de asbestemming. Het woord *deadline* komt in het schrijven niet voor, maar er wordt wel een deadline gesteld: 1 september a.s. Ook overigens is de discretie niet langer vol te houden geweest: er zat een prijslijst bij, waaruit ik kon opmaken dat verstrooiing van de as boven de Noordzee per schip f 25,– kost, en vanuit het vliegtuig f 85,–. Van BTW wordt niet gerept.

Vanmiddag heb ik mijn moeder gebeld.

'Ik ga het nu invullen en posten. Morgen moeten ze 't hebben. Ik ga het lijstje even met je langs. Wil je dat de as wordt verstrooid, of bijgezet?'

'In zo'n urn? Nee, dan is 't toch geen echt graf.'

'Verstrooiing dus. Boven de Noordzee?'

'Och... dertig jaar geleden dachten we nog dat de as van Eichmann boven de Middellandse Zee werd uitgestrooid vanwege... nou ja, om 't God moeilijk te maken de resten bij elkaar te zoeken, tegen die tijd. Als 't zover is.'

'Als wat zover is?'

'Het opstaan van de doden.'

'O, dat illusionistische kermisnummer. Geen Noordzee dan maar?'

'Nou, neu.'

'Blijft over: verstrooiing bij het crematorium. Wil je daarbij aanwezig zijn?'

'Ik hoef daar niet bij te zijn. Geen tweede begrafenis. Ik zou het niet aankunnen.'

'Dan zet ik een kruisje bij: *buiten tegenwoordigheid van familie.*'

Hoe verdorven was ik dat ik, denkend aan de knappe assistente van uitvaartleider Moeskops, met pijn in het hart dat 'buiten tegenwoordigheid van familie' aankruiste? Terwijl ik met een half oor luisterde naar wat mijn moeder verder nog te vertellen had, zag ik 'mejuffrouw Van Lieshout' uit een soort aluminium beschuitbus, die ze zo ver mogelijk van zich afhield om niet bepoederd te raken, een lang en recht spoor van witte as door het gras trekken. Bij de hoek van het gazon gekomen, ging zij haaks op de oorspronkelijke lijn verder. Zij liep, zelfverzekerd, in achterwaartse richting, zonder ook maar een keer om te kijken. Zij trok ook de middenlijn, de cirkel, de doelvakken. De as raakte op, zij was bijna klaar. Het werd tijd om geluidloos het veld op te sluipen, en me zo op te stellen dat zij met haar zachte achterkant tegen me op kon botsen.

Heijdeniana

Een selectie

Inwonertal

Als ik hoor: dat en dat land heeft 42 miljoen inwoners, weet ik dat men bedoelt: 42 miljoen levenden.

Maar wat te denken van alle miljoenen van wie ze afstammen en zo nog steeds *in hen* zijn? En wat te denken van allen die nog uit de huidige levenden zullen voortkomen? Een complete volksverhuizing *in potentie*, een volksverhuizing die zich al binnen de grenzen bevindt.

Wat betekent 42 miljoen? Door nieuwgeborenen wordt het aantal (dat veel hoger ligt dan 42 miljoen) uitgebreid, maar ook door hen die sterven. Bevolkingsaanwas aan twee kanten.

De levenden vormen niet meer dan een tamelijk willekeurige, ietwat variabele *kern* van de wereldbevolking. Iedereen die ooit geweest is, zal er altijd zijn. En deze gemeenschap van doden + levenden zal ook nog eens overspoeld worden door de – nu nog – ongeborenen.

Als we de doden als volwaardige bewoners van deze planeet zouden miskennen, zouden we onszelf miskennen. Zij hebben de gebruiken geïntroduceerd op grond waarvan we voortleven.

En dan, als hij er niet meer is, blijkt hoe *vol* iemand de wereld heeft gemaakt – niet toen, maar nú, terwijl we op die wereld terugkijken. Hoe bescheiden en onnadrukkelijk iemand ook aanwezig was, destijds, *nu* loopt de wereld – alsnog – vol met hem. In steeds meer hoeken en nissen ontdekken we hem, in steeds meer situaties en houdingen. Kortom, de wereld barst uit haar voegen van zijn aanwezigheid. Wie wat bewaart die heeft wat! – al is 't postuum.

Dat is dus ons voorland: waar we in oneindig veel gedaanten te voorschijn kruipen, als wormen uit een omgelegde plag – op het alomtegenwoordige af! De nabestaanden schrikken telkens, keren zich van de verschijning af, in tranen, en staan dan alweer voor een nieuwe verschijning van dezelfde persoon, uit een andere deur gekomen. Hij zit overal, telkens weer anders gekleed, in wisselend humeur. Hij doorwoekert, overwoekert ons bestaan, dat het al moeilijk genoeg heeft na zijn verscheiden.

Een groot mysterie is dat de herinnering aan veel dingen – ook die het leven de moeite waard hebben gemaakt – gedoemd is nog *tijdens* ons bestaan te sterven, of op z'n minst verminkt te raken, bloedeloos te worden, onbereikbaar voor de zintuigen, zelfs voor het inbeeldingsvermogen van de zintuigen... Een onrechtvaardigheid te meer bij de onrechtvaardigheid die het eindige leven al is. Beknotting binnen de eindigheid. Het minste wat de Schepper ons had kunnen bieden, was een leven dat, hoe eindig ook, van de aanvang af in al z'n facetten zou blijven stralen, en wel met behulp van de herinnering. Nu maken wij nog springlevend het verdonkeremanen van ons leven mee.

'Ruikt naar Scheepers.' Dat zeiden wij van nieuw goed, ook als het toevallig eens niet uit de textielzaak van Scheepers afkomstig was. Het ging om de scherpe geur van een middel, een soort stijfsel, dat in goedkope kleren en minderwaardige stoffen verwerkt werd om ze, zo lang als het duurde, in model te houden. 'Mijn sporthemd ruikt naar Scheepers.' 'Jouw plooirok ruikt naar Scheepers.' 'Deze zakdoek ruikt nog naar Scheepers.' Nieuwe gordijnen in het klaslokaal: 'Het ruikt hier naar Scheepers.' Een lucht van nieuwigheid, en daarmee een onheilsgeur, want na de eerste keer wassen was een kledingstuk definitief niet nieuw meer, uit model, een nog lang te gebruiken vod.

De kleerkast op de slaapkamer van mijn ouders rook sterk 'naar Scheepers', al kwam de beige overall die er hing niet uit die winkel. Hij vormde samen met een paar donkergrijze kistjes en een houten tropenhelm, die eruitzag als een kromgetrokken, bol stuk parket, mijn vaders uniform van de Bescherming Burgerbevolking. Net als hij op zijn vaste oefenavond eens in de twee weken, trok ik het, met opgerolde mouwen en broekspijpen, op woensdagmiddag soms aan, mijn middel omgordend met een bijbehorend kort touw voor het oefenen van knopen. Zolang ik me herinner is de overall naar Scheepers blijven ruiken, omdat het nauwelijks nodig was hem te wassen, en als hij pas gebruikt was, hing er bovendien een caféIucht van bier en rook omheen. Het was zijn kroeguniform.

Toen ik, op weg naar mijn grootouders, eens bij hem achterop over de Puttense Dreef reed, wees hij me trots op een soort filmspookstad, die daar in het weiland verrezen was – een complex van lege, houten torens met nepvensters... klimstellages... touwconstructies. 'Daar oefen ik met de BB.'

Nooit rook het uniform naar aarde, zweet of het carbolineum van de schuttingen. De Bescherming Burgerbevolking vormde zijn excuus om zijn gezin onbeschermd thuis te laten zitten. Bij thuiskomst, 's avonds laat, hing de platte helm scheef op zijn hoofd, als na gevechtshandelingen. Het oefentouw hing in lussen uit de zak van zijn overjas.

Het huis en de schuur

Ik las in een Engels tijdschrift een keer een verslag van een bijeenkomst van de AA. Hoe de – tijdelijk of voorgoed – niet meer praktiserende alcoholisten elkaar moed inspraken, al was het de moed der wanhoop:

'Ik heb, als je het zou uitrekenen, een heel huis opgezopen.'

'Nou, laten we zeggen: een goede schuur.'

'Een huis – bijna.'

'Zullen we het afmaken op een ruime schuur?'

Goed, pa, jij de schuur, ik het huis, voor minder doe ik het niet.

Niet alleen trots op, en opschepperig over, de 'mooie resultaten' op school (een misdaad op zichzelf, die opsnijderij!), maar ook op/over de 'vrienden uit de goede buurt'.

Op Oudejaarsavond kwamen ze in drommen uit de Skandiawijk opzetten, de 'vrienden en vriendinnen van stand', of liever: na middernacht pas. Ik was onder hen; op zoek naar een adres om nog even bijeen te zitten. Ik kwam er niet onderuit ze mee naar ons huis te nemen. Ik was nerveus: mijn ouders hadden er niet op gerekend, er was waarschijnlijk nauwelijks iets in huis. In mijn zenuwachtigheid loodste ik de bent meteen de trap op. Mijn zus stond er om de een of andere reden op het gezelschap te laten plaatsnemen in haar kamer, de ongezelligste van het huis, en naast die van mijn ouders gelegen. 'Nu eens een keer op mijn kamer.'

Schamen deed ik me – over de onaanzienlijkheid van de kamer, de schamelheid van de ontvangst.

Daar ging de deur open: mijn vader stak zijn duidelijk dronken kop naar binnen, met zijn gemeenste dronken trek erop. Het ergst was dat hij probeerde zijn dronken kwaadheid *waardig* te laten klinken, beheerst, en daardoor des te trefzekerder. Het was duidelijk dat hij zijn uitval beneden, in toenemende dronkenschap, had zitten repeteren, met mijn moeder als (steeds afwijzender) klankbord. Zijn bekende dronken lafheid beletto hem op primitieve wijze uit te vallen, wat natuurlijker zou zijn geweest. Dit was erger.

'Adri (*Adderi* – waarom geeft een vader zijn zoon een naam, toch al weinig fraai, en spreekt hem vervolgens ook nog eens verminkt uit?), bedankt voor het Zalig Nieuwjaar wensen, he.'

Het was rampzalig. Het hatelijke geslis dat van die eindeloos gerepeteerde, 'waardig' bedoelde sneer overbleef! En dan dat *Zalig*... Wij wensten elkaar nooit een 'Zalig' Nieuwjaar. Hij probeerde, dat was duidelijk, vanwege het gezelschap, ABN te spreken, maar het werd toch Nieuw*joar*. De uitspraak bleef in een wolk alcohol in de stilte van de kamer hangen. Vervolggeluiden: meneer ging nadrukkelijk naar zijn nest. Geen *slaande* deuren, wel, met korte klapjes, nadrukkelijk dichtgetrokken deuren.

Ongemakkelijk geschuifel in de kamer. De vrienden van stand maakten aanstalten de 'deftige' Skandiawijk (waar mijn moeder haar werkhuizen had gehad, om zijn cafêrekeningen aan te kunnen zuiveren) weer op te zoeken.

Tot overmaat van ramp was ook mijn moeder nijdig. 'Had je dat nou niet even kunnen doen? *Ik* zit ermee. Ik zit met een kwaaie vent.'

Onverdroten ging mijn vader door zich op de borst te kloppen, tegenover derden, over de studieresultaten en de 'goeie vrienden' van zijn kinderen. Behalve in dronkenschap, dan kon het heel anders klinken. Ergens begin jaren zeventig viel zijn verjaardag op een zaterdagavond, en Marianne en ik waren naar de 'soos' (vier hele uren open, van 8 tot 12, bij gratie van politie en brandweer). Dronken wordend verkondigde hij, volgens mijn moeder, plotseling tot de aanwezigen: 'Onze'n'Adderi en ons M'rjan zijn allebei verdoofd aan de stuff.'

Ach, niet de domheid en de brutaliteit van die opmerking

maken dat ik er vaak aan moet denken – nee, ik vraag me in verbijstering af waar hij het aan verdiend had dat wij, zijn kinderen, bléven proberen er iets van te maken. Engels, filosofie, gymnasium. Studeren, boeken lezen. Het was toch logischer geweest dat wij inderdaad 'verdoofd aan de stuff' waren geraakt? En erger? Er is heel wat minder voor nodig om een vader tot zondebok te maken in de voorgeschiedenis van een crimineel.

Vriendinnetjes uit de villawijk... nog zo'n mooie uitdrukking. Er hoorde een bepaalde gezichtsuitdrukking bij. Onderlip vooruitgestoken, mondhoeken ietwat naar beneden getrokken. Een prijzende trek, doortrokken van gesimuleerde jaloezie die in feite trots is. 'Nou, hittet ver geschopt. In 'ne fila wònen ze.'

Het verhaal van Sita. De eerste keer dat ik haar mee naar huis nam. Grijnzend, absoluut niet wetend hoe zich een houding te geven, verscheen hij in de deuropening naar de gang. Hij stelde zich niet voor, hij gaf haar geen hand, hij grijnsde alleen. Zijn grijns was zo ondoorgrondelijk en afstotend dat hij me verlamde. Ik, zeventien jaar oud, op mijn beurt, verzuimde Sita aan mijn vader voor te stellen. Ik haatte hem op dat moment diep, maar toen zij later op mijn kamer heel stellig zei: 'Ik ben bang voor jouw vader. Wat stond-ie daar nou naar me te grijnzen?' voelde ik toch de behoefte hem te verdedigen, maar ik kon de woorden niet vinden.

'Jah, goed zo, Piet...!'

Zijn discipline van directe pijnverwerking: als kind wist ik niet of ik het nou bewonderenswaardig dan wel beangstigend moest vinden.

'Goed zo, Piet! Nou nog 's!'

Het was een verbale manier om de steen, de boom, de hamer, de kachel, de hoek van de tafel, alles waaraan men zich maar bezeren kon, de andere wang toe te keren. In die woorden, die klonken als een gestileerd soort kreun, werd de pijn met opeengeklemde kaken aangemoedigd, opgehitst.

'En nou *nog* 'ne keer!'

Hij was er klaar voor. Het was bijna het misnoegde, tegelijk aanvaardende gegrom van een dier, waarin men, door een akoestische vertekening, menselijke woorden meent te herkennen. '*Grr... goff.. wà'doe'k nou-wou-wow...!*' Maar mijn vader blafte, huilde, kreunde ze echt: 'Jah, goed zo, Piet! Nog 'ne keer!'

Had hij aan die discipline iets gehad in zijn laatste jaren, wanneer hij zijn fontein van bloed voortbracht?

Hij was steeds bezig zijn bloed naar buiten te persen, als een sluier, als een masker over zich heen te trekken... te laten stollen tot een pantser... Donkerrood asfalt, net zo glanzend en donker en afstotend als het asfalt waarop hij zijn kop had stukgebeukt.

Voor een kind: niets erger dan bloed, ik merk het aan Totò.

'Een paar maanden nadat zijn ouders hadden besloten om oud te zijn en beiden tegelijk hun tanden hadden laten trekken zag de kroonprins het schilderij voor het eerst.'

Over deze beginzin van Frans Kellendonks novelle *Bouwval* ontstond een paar jaar terug in *de Volkskrant* een kleine polemiek. Battus prees de zin, Hans van Straten verketterde hem. Hoe konden mensen nou zo rigoureus *besluiten* om oud te zijn? vroeg de laatste zich geërgerd af.

Bij eerste lezing, en bij elke latere, begreep ik de zin – helaas – maar al te goed. Daar stond precies, op een nog net draaglijk luchtige toon, de tragiek geformuleerd van de generatie van wie de Prodent-glimlach het eenzijdige oorlogsvoer niet overleefd had, en voor wie de Wederopbouw niet het eigen gebit gold: het werd gips happen. Rond hun dertigste besloten mijn ouders om oud te zijn. Ze lieten kort na elkaar al hun resterende tanden en kiezen trekken, en wachtten gelaten, met lege mond, hun kunstgebit af.

In dezelfde tijd, nazomer 1956, ik was bijna vijf, begon voor mij het boodschappen doen. Met de bakker raakte ik al gauw vertrouwd: op de terugweg nam ik, zo symmetrisch mogelijk, happen uit de korst van het grote brood, en dreef met mijn vinger in elk stukje blootgekomen wit een krent van het handjevol dat de bakkersvrouw me altijd toestopte, totdat mijn moeder me verbood nog eens op die manier een 'krentenbrood' voor haar mee te brengen. Mijn eerste zelfstandige bezoek aan de slager, op een zaterdagmiddag, zal me voorgoed bijblijven.

De mensen uit Braakhuizen-Zuid, die dichter bij het abattoir en de oude tijden woonden, noemden een slager nog 'slachter'. Ik zou die benaming hier willen handhaven, vanwege de dubbelheid die al zijn gewone slagershandelingen onbedoeld voor mij kregen. De meegebrachte muntstukken zaten verpakt in het briefje waarop mijn moeder de bestelling genoteerd had. De slachter wikkelde het papiertje los, en las hardop: 'Een half pond soepvlees. Een mergpijpje. Vier schouderkarbonaadjes niet te dik.'

Alles bij de slachter was rood en wit, maar het rood en het wit veranderden voortdurend van vorm ten opzichte van elkaar. Het rood had de neiging het wit te verdringen. Tegen de witte tegels hingen, aan haken, rode runderrompen, waar witte banen vet doorheen liepen. Het witte voorschoot van de slachter was met bloed bevlekt en bespat, en er kwamen vijf rode banen bij toen hij er na het in blokjes snijden van het soepvlees zijn vingers langs haalde. De rode wijzerpunt sidderde onder het gewicht van de dood tegen het witte fond van de weegschaal.

'Een klein half pond.'

De slachter sleepte een grote, witte vleeshomp naar zijn hakblok, en begon er met zijn kapmes op in te slaan. Bij elke slag spatte bloed tegen zijn schort en de tegels en spoot er onder het scherp van zijn bijltje een fonteintje van hagelwitte beensplinters op.

'Hoeveel ook weer?'

De slachter liep naar het briefje van mijn moeder, dat ook al bloedbevlekt op het witte marmer van de toonbank lag. Hij zegelde het ten overvloede met de afdruk van zijn vingertop.

'Vier. Mooi zo.'

Zonder zijn verdere gehak te onderbreken, wees hij met een hoofdknik naar buiten, waar een fietser tegen de wind optornde. 'Is dat jullie vader?' (Fonetisch weergegeven klonk het ongeveer zo: 'Is dè ullie vadder? Is dè ull'je pap?') Ik verbeeld me dat het volgende moment de slachter zijn hoofd achterover wierp tegen een striemende hagel van versplinterend bot. Zelfs het korte timmermanspotlood achter zijn oor wil ik me hardnekkig als *rood* herinneren. Door de onverhoedse hoofdbeweging veranderde het van stand ten opzichte van het nog smetteloze slagerskalotje.

Ik keek. Inderdaad ging daar, moeizaam, mijn vader op de fiets voorbij, sturend met zijn ene hand, en met de andere een verkreukelde roos tegen zijn mond en neus drukkend. Ondanks de aanwezigheid van een bloem was er iets in zijn houding, de erbarmelijk gebogen rug misschien, het slingerend fietsen, dat me een prikkeling in de neus gaf, een vaag verlangen te huilen.

'Hij heeft beneden en boven al zijn tanden laten trekken, is 't niet?' De slachter liet het hakmes nog eens met kracht neerkomen, en wrikte de laatste karbonade los. 'Tenminste, dat vertelde jullie buurvrouw.'

Ik gaf geen antwoord. Misschien knikte ik bleekjes. Ik keek mijn vader na, die langzaam uit het zicht verdween. Mijn plotselinge angst was niet in staat de rode roos, die hij zo wuft onder zijn neus had gehouden, zomaar in een bloeddoordrenkte zakdoek te veranderen. Ook nu nog valt het me moeilijk hem daar te zien fietsen zonder die verwelkte bloem, die door de wind werd platgedrukt tegen zijn bovenlip. Ik laat het maar zo. De karbonades lagen in vetvrij papier op de weegschaal. De naaldpunt sidderde in de buurt van het pond.

'Iets meer dan een ons het stuk.'

Het moet rond zijn eenendertigste verjaardag zijn geweest. Hoe was het om op die leeftijd met een lege mond bij je jonge vrouw thuis te komen, met letterlijk een zwart gapend gat van het al donker geworden bloed? (Vaak had hij in verhalen het beeld opgeroepen van vrouwen in 'Indië', met zwarte tandstompjes 'van het sirih kauwen'. Hij had het aldoor over zichzelf gehad.) Ik zie hem daar tegenover mijn moeder staan, zoals ik zelf wel tegenover haar stond, wanneer ik mijn hand opende om haar de gekregen krenten te laten zien. 'Hier, een handvol, al de jaren van mijn jeugd. Tel maar na. Een voor een met wortel en al uitgerukt. Nu jij.'

Hier begon, zoals ik het zelf later ben gaan noemen, de 'tandeloze tijd' van ons familietje. Het was onvermijdelijk dat ik het incident bij de slager, of slachter, later in een of andere vorm in een deel van de gelijknamige cyclus zou opnemen. Ik verwerkte de scéne in *Vallende ouders*, maar sneed hem er op het laatste moment weer uit. De passage gedroeg zich te serviel jegens de titel. Te illustratief. Te particulier voor het doel ook, deze kleine geschiedenis van het begin van zijn verval. Te waar gebeurd. Maar dat daar, bij de 'slachter', een titel werd geboren, die later ook heel andere betekenissen kreeg, staat voor mij buiten kijf.

Met het zelfverzekerde woord 'Indië' op de lippen waren ze vertrokken, met een hakkelend 'Indonesië' kwamen ze terug. Mijn vader had die naamsverandering zich onder zijn ogen, en door zijn toedoen, zien voltrekken. Hoe ze, ieder voor zichzelf, ook tegen de nederlaag aankeken, in hun spraakgebruik zouden ze er geen van allen overheen komen. Tientallen jaren bleven ze nog 'Indië' zeggen, hooguit met de aarzelende toevoeging: 'Nou ja, Indonesië dus eigenlijk, tegenwoordig...' Hun Indië stond voorgoed tussen aanhalingstekens geklonken... eraan opgehangen, als aan twee wasknijpers...

In de verbeelding van mijn moeder was hij in die drie jaar natuurlijk uitgegroeid tot een held, een veldheer, een met medailles en eretekenen behangene. Bij zijn terugkeer was het haar, bij zoveel fanfaregeschitter, niet meteen opgevallen, maar toen hij haar de volgende dag van haar werk op kwam halen, en zij met haar vriendinnen op de fabriekspoort afliep, stond daar een kale soldaat.

'Alleen legergroen. Zelfs geen speldje, niets. Stiekem schaamde ik me toch wel een beetje. Verdorie, drie jaar weggeweest, en dan geen enkele onderscheiding...'

Maar toen hij zijn mond opendeed, konden de vriendinnen horen, en daar was zij weer trots op, dat hij zijn erekruis op de tong droeg. Door zijn omgang met officieren en radiomensen, meest bovenmoerdijkers, had hij zich vanzelf hun manier van spreken eigen gemaakt, die in de buurt kwam van algemeen beschaafd Nederlands. Zij nam het binnen de kortste keren van hem over, als was het een geschenk, terwijl hij, door zijn broers als 'verwaand' gehoond, zich er weer zo gauw mogelijk van ontdeed. Zij op haar beurt bleef het 'bovenriviers' koesteren, en gebruikte het later om overdag, als zij met ze alleen was, op haar kinderen in te praten. Zo ben ik in zekere zin, dat wil zeggen in het geheim, tweetalig grootgebracht, waarbij Nederlands letterlijk mijn moedertaal was. Als kind schrok ik soms van de knetterende manier waarop mijn moeder 's avonds, na een dag van monter gebabbel, mijn vader in onversneden dialect van repliek kon dienen. De avond- en weekendwoorden waren me vreemder dan die van overdag en door de week.

Als ik zo al jong, thuis, met de woorden leefde die op straat niet gebruikt werden, heb ik ze indirect toch van mijn vader. Ik ben ze trouw gebleven, ik heb ze bewaard. Ik neem de gelegenheid te baat ze hem op te spelden. Indertijd waren voor zijn daden nog geen medailles gemunt.

Het was één van zijn omzichtige manieren om tegenover mij ten minste 'iets' te laten doorschemeren – in dit geval over de gevaren van de sexualiteit. Hij had het geheimzinnig over een Indonesisch eiland waarop kameraden waren achtergebleven, die 'niet helemaal netjes waren geweest' (later: 'die niet goed hadden opgepast', en nog weer later: 'die iets hadden opgelopen'). Ik stelde me daar vaag een klein eiland bij voor met een wolk zwarte vogels erboven, een beeld dat ik later, toen ik Couperus begon te lezen, in *De stille kracht* tegenkwam. Zo'n achtergebleven kameraad had mijn vader een pakketje meegegeven voor zijn jonge vrouw in Amsterdam. Kort na zijn terugkeer ging hij het bezorgen. Hij reisde per trein.

'Het was op de Prins Hendrikkade,' wist hij zich te herinneren. 'Vlak bij het station. Ik hoefde er geeneens diep de stad voor in.'

En zo stond hij met zijn pakje voor de donkergroene deur. De jonge vrouw was weer bij haar ouders ingetrokken. Hoog boven hem hing een zwarte wolk vogels. Het was een hete nazomerse dag in '49. Uit de brede marmeren gang sloeg hem koelte tegemoet.

'En huilen, dat vrouwtje – huilen!'

Loterij der microben. Realiseerde hij zich dat haar man heel wel, schoorvoetend, op dat moment voor een deur in Eindhoven had kunnen staan?

'En schrûwwen, dè vrouwke – schrûwwen!'

Als was hij een Jack London, aan boord van het schip dat hem naar de Japans-Russische oorlog bracht, zo fanatiek deed hij zelf op de Waterman aan de rauwe behendigheidsspelletjes van de rusteloze soldaten mee. Van Jack London raakte een deel van zijn voet verbrijzeld, bij een roekeloze sprong van dek naar dek. Mijn vader sloeg bijna een geoefend bokser ongelukkig in een op het dek opgestelde ring, juist omdat hij zelf geen enkele ervaring met de sport had.

'Ik wist helemaal niet hoe dat moest. Nou, jongen, ik liet hem alle hoeken van het dek zien. Ze hebben me van hem af moeten halen.'

'Je kunt van 'm zeggen wat je wilt,' zei mijn moeder soms, in een poging wat schaduw te verjagen en het beeld te nuanceren. 'Dat gezuip van 'm... Maar hij heeft nooit achter andere vrouwen aan gezeten. Dat moet je 'm nageven.'

Aan dit vertwijfelde eerherstel was vaak een dubieus wapenfeit gekoppeld. 'Ja, op 'n keer, toen zat er zo'n homo in het café, die dacht: Hij heeft wat op, ik kan het wel 's bij 'm proberen. Nou, dat heeft-ie geweten. Die homo stond buiten op 'm te wachten. Toen-ie ons pa begon aan te halen, nou, toen *heeft*-ie 'm toch geschopt' (*geschupt*, zei ze, een woord dat voor mij scherpere schoenpunten suggereerde) 'van hot naar her. "Vuile flikker dit en dat."'

Ze vertelde dit achter haar hand, met opgetrokken schouders. De eerste keer dat er bij mij thuis over homosexualiteit gesproken werd, was het via deze anekdote. Het ergste was dat er, hoewel besmuikt, een lichte trots in doorklonk: zo immers kwam hij voor zijn eer op, en indirect voor de hare. Dit incident, door hemzelf als enige getuige naverteld, was paradoxaal genoeg het enige 'bewijs' van zijn trouw. God weet hoeveel frustratie over het 'thuis verwacht worden' hij in zijn kruisgerichte trappen legde. God weet wat dit luchten van woede op een cafénicht haar die avond voor klappen bespaarde.

Ik reken het je niet te zeer aan. Het was in de tijd dat ze nog vogelvrij waren. (Hij dacht, ergens in de diepte van zijn dronkenschap, dat hij een goede daad stelde, iets goors uitbande.)

Toch voel ik me, zeker nu ik het heb opgeschreven, verantwoordelijk. Ik heb er behoefte aan om, namens jou, een daad te stellen sterk genoeg om elke schop uit te wissen. Ik ken nauwelijks een andere daad dan schrijven. Hoewel ik, behalve in de geest, geen homosexuele ervaringen heb opgedaan, zal ik met behulp van de verbeeldingskracht een zo groot mogelijke tederheid en een zo bevrijdend mogelijke obsceniteit proberen te bereiken. Ik hoop daarmee elke welgemikte trap met mijn blote handen te hebben afgeweerd. Ik weet dat ik ver moet gaan. Ik offer me op. Het is het waard.

'Na zich er helemaal zat aan te hebben gekeken, wilde hij de jongen zijn zaad zien plengen, maar dan vanuit een andere positie. Snel stond hij op, en ging zitten op de punt van een stoel. Danny keek nu weer, snuivend, met blaasjes speeksel in de mondhoeken, op de over zijn geslacht rijdende hand neer. Als de handeling op melken leek, dan toch vooral op het wanhopige, wringende kolven van een uitgeputte moederborst. Geen ononderbroken straal die zong tegen het zink, geen melken naar de aarde, naar het gras gericht, maar een melken richting hemel, met geen ander resultaat dan een witte, diffuse stippellijn, die fijntjes de lucht perforeerde. Dik zog dat niemand voedde.'

Enzovoort. Ad infinitum.

Zoals hij 'klootzak' uitsprak. Zo iets als 'clottsack'.

Of dat andere woord, dat ik nooit iemand anders dan hem en zijn drinkmaat Jules heb horen gebruiken: lulhoer, uitgesproken als 'lulloer' of 'lul'oer', eventueel in de combinatie 'verrekte lul'oer' of 'godverrekte lul'oer' – en altijd aan het adres van mannen gericht.

Op de een of andere manier wist hij de scheldwoorden, en dat niet alleen door zijn dialect, naar zijn hand te zetten, passend te maken, bij te slijpen, te wetten, tot een geheime maar niet direct thuis te brengen onomatopee om te vormen.

'Clottsack', op zijn manier uitgesproken, was eer geluid dan woord. De tong en het speeksel deden hun werk.

Maandstond

Altijd wanneer zijn vrouw weerspannig was:

'Hedde de *mont* soms?' – *Heb je de maand?*

Het werd meer en meer een refrein waarmee hij *elke* tegenwerping of weerspannigheid van haar pareerde.

'Ge het de *mont*, zeker?'

'Och halve gek.'

'Dè'k 't mar wit.'

'Hedde de *mont* soms?' – Het klonk als één gruwelijke snauw. Zo heel anders dan het lieflijke woord 'maandstond' dat ik spoedig leerde kennen. Vanaf die kennismaking was 'mont' niet zozeer dialect voor 'maand', maar een geniepige, bewust beledigende samentrekking van *maandstond*. Ik associeerde het ook veel meer met 'volle maan' (maanstand), die voor meer mensen een stemmingwisseling betekende, dan met de badstof lapjes die eens in de zoveel weken als witte stropdassen op een rij aan de waslijn hingen.

Nee, hij suggereerde dat mijn moeder de maan in haar kop had. Bij de speciale smaak en geur van die woorden hoort een smartlap die de buren vaak draaiden in hun platenmeubel: *In der mondhellen Nacht...*

Woorden kunnen dodelijk zijn. Was het, en dan ook nog als refrein, uitstoten van dat woord, waarmee hij mijn moeder letterlijk verwondde, zijn gruwelijkste wapenfeit?

We zijn er nog niet.

Toen ze er niet meer tegen kon, en ze erbij was gaan liggen, en mij bij zich riep:

'Haal je vader. Zeg dattie hier komt.'

Ik ging hem verwittigen.

'Dat ze verrekt.' ('Dasse nou maar verrekt.')

Erger dan die keer dat hij mij persoonlijk afwees. Hoe moest ik zo'n boodschap, die uit weinig meer dan giftig speeksel bestond, nou overbrengen? Ik moest terug naar de slaapkamer. Zij wachtte.

'Wat zei-d-ie?'

'Hij wil niet komen.'

Als het een 'spel' was, zoals men het wel noemt, van toenadering en afstoting, dan was het een loden pingpongspel.

Vaders thuiskomst na werktijd

Hoe mijn moeders vader zijn kinderen niet groette op straat...

Hoe mijn vader zijn kinderen *nauwelijks* groette, wanneer hij de straat of de tuin in reed. Dit was deels de traditie: men groette zijn op straat spelende kinderen ‘nu eenmaal’ niet; en deels zelfrechtvaardiging: zijn vermoeide glimlach (of grijns) anticipeerde op het weekend.

De eigen dood een schande

Wij zijn in een tijdvak beland dat, door verworvenheid of verwatenheid, de medische wetenschap zo ver is gekomen dat dood door ziekte aan de mens zelf te wijten lijkt. 'Dan ligt het aan jezelf...'

Een auto-ongeluk? Niet goed opgelet. Aan de techniek kan het niet liggen. Kijk maar...

Het noodlot lijkt uit kwesties van leven en dood gebannen. De schaamte over een onvermijdelijke dood is toegenomen. De hoon der gezonden is bijna voelbaar. *Eigen schuld, dik gezwel.* Wie met dat hele arsenaal van medicijnen en apparaten om zich heen nog kans ziet te sterven, heeft de dood over zichzelf afgeroepen. Men kan immers zo oud worden als men wil...

Toewijding

Zolang ik me kan herinneren, hadden al zijn houdingen, geluiden, gebaren met zijn aangetaste bronchiën te maken. Niesen, proesten, briesen, hoesten, neussnuiten, piepen, rochelen. Hij liep ook altijd, met iets bocheligs in zijn rug, diep voorover gebogen, hoestend, briesend, slijm opgevend in zijn hol gemaakte hand, en liefst dat alles tegelijk. Het opgeven van fluimen! Een fluimenfabriek, dat was hij. Het nooit te vergeten, nooit uit de herinnering te wissen gebaar van zijn harige handrug die onder zijn neus door gehaald werd; de neus had er iets rafeligs door gekregen, in de loop der jaren.

De laatste sigaret

Hoewel ik nooit een roker ben geworden, was ik als kind al gefascineerd door het fenomeen van de laatste sigaret – niet de U.S., de *ultima sigaretta* van Svevo, niet de 'echtdelaatste' van de verslaafde die wil stoppen, maar het saffie dat de ter dood veroordeelde aangeboden krijgt, vaak rechtstreeks tussen de lippen omdat hij gekneveld is. (Zorgzaam bedekt de beul, bij het aanreiken van vuur, het vlammetje van de lucifer met zijn vrije hand, waarvan de palm oranje oplicht in de dageraad van de terechtstelling.) Misschien was 't het trieste mengsel van gretigheid en vergeefsheid... Maakte de uitgerekende dood het genot van die laatste trekjes niet bij voorbaat ongeldig? Sneed er niet al een valbijl of een touw tussen mondstuk en geïnhaleerde rook? Zichtbaar gemaakte laatste adem, die de ochtendschemering nog marmert als het hoofd al van de romp gescheiden is.

Kwam het doordat die korte, witte strohalm, waar mijn vader zich met gevorkte vingers aan overeind hield, de spil van onze wereld leek? Hij trok zich er elke ochtend aan op, zoog zich vol rook (waarbij de geprikkelde longen een half opstandig, half tevreden gemompel voortbrachten), en zo hees hij zich van sport naar sport door de dag, langs een breekbare ladder van askegels. Elke trek die hij nam, schroeide ook door mij heen, tot diep daar beneden. Acht, negen jaar oud was ik al hartstochtelijk, in de grootste ernst, met roken bezig. Een tante bij wie ik logeerde, zag hoe ik stukjes tak van de heg op maat brak en er, als waren het vloeitjes, heggeblaadjes omheen rolde. Ik rookte alsof mijn leven ervan afhing, diep inhalerend, plukjes shag van mijn lip plukkend, de rook door mijn neusgaten weer naar buiten persend. Uit medelijden, of uit dommigheid, kwam tante vragen 'of ik misschien een echte sigaret wou'. Geschrokken schudde ik nee. Het maakte geen verschil. Het ging om de gebaren, de gravende sensatie in de longen; om het ritueel dat ik met mezelf opvoerde, en dat zich van buiten naar binnen bewoog, en waarvan ik het holle altaar was. Er hoorde een tweestemmig gesprek bij, dat half in rook en hoest gesmoord werd.

Een roker ben ik nooit geworden, maar er was een eerste sigaret. Elf was ik, net als mijn vader. Een fotograaf die in dichtgetimmerde bioscopen deed, heeft er later zijn voordeel mee gedaan, maar toen was het nog in bedrijf, Geldrops Citytheater, zij het alleen voor de matinee op zondagmiddag. Twee kwartjes, en je zag de prachtigste B-films; soms een Elvis. Het harde zondaglicht zou ons na de apotheose van schoten, vuur en kussen vermorzeld hebben, als er niet de verrukkelijke broederschap van het roken geweest was. Eén sigaret ieder, Willy N. en ik, in de steeg tussen bioscoop en sigarenwinkel, meer konden we niet betalen, maar het was genoeg voor een kostbaar verpeste adem, de bleekheid van filmsterplaatjes, de roes van vriendschap, kortom, voor onze redding. Eindelijk werd mijn ritueel ingevuld met echte tabak, echt vuur, echte rook, al spande er boven in mijn luchtpijp nog een soort maagdenvlies, dat zich niet zo gemakkelijk gewonnen gaf.

Niet minder dan een *verraad* was ervoor nodig om mij dat broederlijke roken te laten afzweren. Het moet een wel erg dure eed zijn geweest, want afgezien van een korte periode verplicht hasj dampen en een nog kortere van dandyesk panatellagebruik heb ik nooit meer iets met tabak te maken willen hebben. Willy N. pleegde verraad aan onze grootste intimiteit door er meisjes in te laten delen, onder wie mijn kleine geliefde Tonny de G., die ik als mijn eigen zusje beschermde, en dat betekende onder meer: roken ten strengste afkeuren. Dubbel verraad dus. Met de vriendschap kappen was niet voldoende. Had ik op school niet geleerd dat vlinders, door wat ze afscheidden, een geur, een stof, ook op grote afstand iets intiems met elkaar konden hebben? Ieder apart door blijven roken betekende nog te veel intimiteit. De handeling zelf diende vernietigd, bij mij, door mij, en des te grondiger omdat ik wel wist dat de ander door zou gaan. Ondertussen kon ik niet anders dan met mijn vader, diep en ingewandschroeiend, blijven meeroken. Hij joeg zijn hete rook door me heen.

Ik verbeeld me dus dat niemand beter dan ik de tragiek van de Laatste Sigaret kan navoelen. Mogelijk is mijn eerste romanproeve, in 1972 in huis en tuin van mijn ouders ondernomen, vooral een poging de apotheose van de dodensigaret te bereiken. Een man in cowboyuitrusting door een Hollywoodachtige woestijn op een queeste naar de oermaterie – voor minder deed ik het op m'n twintigste niet. *In the middle of nowhere* staat een roestig kanon, geen kort pijpje op hoge wielen uit de Amerikaanse Burgeroorlog, maar een soort Dikke Bertha, waardoor de avonturier het niet meteen als geschut herkent. Iets zegt hem dicht bij de waarheid te zijn. Voordat hij zich het duister van de geheimzinnige tunnel in laat glijden, rookt hij, staande in de barre zon, wat zijn laatste sigaret zal blijken te zijn. Uit bijgeloof of onbehagen schiet hij met zijn revolver op een gier, die boven zijn hoofd roerloos op de tak van een dode boom zit. Als de warreling van veren is neergedaald, blijkt de roofvogel, nog steeds vastgeklauwd aan de tak, met zijn kop naar beneden te hangen; uit zijn kapotgeschoten lijf puilt stro. Nog heeft de held niets in de gaten. In het woestijnzand trapt hij, tussen fletse veren, nauwgezet zijn peuk uit naast het glazen oog dat uit de kop van de gier is gerold. Hij laat zich in de loop van het mortier zakken. Dat het gezochte brok oermaterie een op scherp staande granaat is, kan hij alleen ontdekken door zelf in duizenden fragmenten uiteen te spatten.

Bij mijn vader moesten de *ultima sigaretta* voor het stoppen en de Laatste Sigaret voor het sterven noodzakelijk samenvallen. Wanneer die gerookt werd, weet ik niet. Toen ik van zijn ziekenhuisopname hoorde, vijzelde ik me tegenover mijn moeder tot grote woede op, omdat hij niet bereid was geweest het roken op te geven. Later stelde ik me voor dat hij het op het eigenste moment van mijn boosheid, die hij niet kon horen maar waarvan hij misschien de gloed kon voelen, had opgegeven. Waarschijnlijker is dat door de vochtaanwas de sigaretten waren verdreven; alleen al technisch kon hij er geen gebruik meer van maken. Sublimeerde hij die laatste weken, in het ziekenhuis, zijn verslaving aan het gebaar door met zijn rokersvingers onophoudelijk de tijd af te lezen? Met de hand waarmee hij gewend was het pakje sigaretten te voorschijn te halen, sleepte hij nu zijn horloge aan. De bruine nagels die vroeger een sigaret lospeuterden, krabden nu een meestal denkbeeldige pyjamamouw opzij. Ogen die hij een leven lang had samengeknepen tegen de rook kneep hij nu samen om de wijzerstand scherp te krijgen. Het was eerder een onzeker tasten naar de tijd dan een aflezen, en hij leek daarmee op de invalide portier aan de ingang tot *Nooit meer slapen*, met zijn blindenhorloge.

Na de ziekenhuisopname had hij mijn moeder gevraagd een pakje Lexington voor hem mee te brengen, en een wegwerpaansteker.

'Je bent gek. Nou nog roken?'

'Niks roken. Om in m'n kastje te leggen.'

Zij protesteerde niet verder, en bracht de volgende dag het gevraagde in haar handtas mee. Hij sloot het pakje, ongeopend, samen met de aansteker in zijn nachtkastje weg. Voor mijn moeder was het verleidelijk te denken dat hij, in zijn wroeging om wat hij bij zichzelf had aangericht, de sigaretten binnen handbereik wilde hebben om zichzelf te tarten, om zichzelf en anderen in die laatste dagen van hoop te bewijzen dat hij – vrijwillig – zonder kon. Ook al was het te laat, dan zou hij ons in ieder geval zijn goede wil nalaten.

Misschien had zij gelijk.

Toen geen middel meer hielp tegen de inwendige overstroming, tegen zijn brakke binnenzee, en hij al had gesuggereerd dat ook zijn mogelijkheden uitgeput waren en het einde onder ogen zag, opende hij zijn kastje. Hij overhandigde mijn moeder het nog steeds ongeopende pakje Lexington en de aansteker.

'Hier, dat heb ik nu niet meer nodig.'

Het is mijn uitleg tegenover die van mijn moeder. *Niet* om alsnog de strijd aan te gaan met de verlokkingen van het tabaksmonster had hij die sigaretten in zijn ziekenhuiskastje gelegd. Wat hem zijn leven lang, vanaf zijn elfde, het intiemst begeleid had, wilde hij in die laatste dagen koesteren – door het dicht bij zich te hebben, samen met het snel te ontsteken vuur waardoor het altijd zijn dampen prijsgegeven had. Dit gold voor mij als een veel groter heldendaad, en liet bovendien, door een kier, opnieuw zien dat in de man poëzie school. Van het middel dat hem langzaam naar de dood had gevoerd, kon hij in zijn laatste weken niet zomaar scheiden. De geruststellende aanwezigheid zo vlakbij... Als het hem dan niet gelukt was zich ervan te ontdoen, het te verstoten, af te zweren, ervan te genezen, dan moest hij zijn liefde maar tot het uiterste rekken.

Daar, in dat kastje, lag ook iets te sterven, samen met hem; iets wat zijn adem bezield had, en zijn adem nodig had gehad om zelf bezield te raken. De man en zijn hartverwarmer – zo waren ze allebei minder eenzaam. Toen hij sterven ging, gaf hij het middel terug aan mijn moeder.

'...dat heb ik nu niet meer nodig.'

Hij wilde niet dat het hem in diezelfde kamer zou overleven.

Zelfmoord wordt ál te vaak gezien als een afrekening met het leven, een wegwerpen, een *af*werpen van het ondraaglijke bestaan. Zelfmoord wordt te weinig gezien als actieve doodsangst, als concreet gemaakte doodsangst.

Ik kan me voorstellen dat iemand zelfmoord pleegt om onder de levenslange *dreiging* van de dood uit te komen. Ik kan me voorstellen dat zo iemand de dood naar voren haalt, naar zich toe lokt (met bepaalde lokmiddelen, een bepaald aas: gas, touw, trein), hem omarmt, d*e dood als een tegoed opneemt*, ten einde hem als die verre vijand daar, dat dreigende silhouet aan de horizon, onschadelijk te maken. 'Jammer van het leven, maar ik offer het liever op dan levenslang gebukt te gaan onder de kadaverdruk van de dood, want dat is ook geen leven.'

Ik zoek naar bevrijding. Ik wil hem van me afschudden. Hoe? Door desnoods zijn gruwelijkste wapenfeit te noemen.

Zijn grootste misdaad misschien: de *afwezigheid* van wapenfeiten in de laatste zestien jaar van zijn leven. Zestien jaar lang aan de huiskamertafel gezeten, pils en koffie drinkend, later alleen nog maar koffie, kettingrokend, later alleen nog maar rokend. Hij zocht zich niet te ontwikkelen, nu er nog tijd voor was. Hij las niets (behalve de kruiswoordraadsels die hij oploste, en de kruiswoordraadselwoordenboeken die hij daarbij raadpleegde); zelfs de krant werd eens in de zoveel tijd, nadat aarzelend weer een abonnement genomen was, schouderophalend – 'Wat staat er nou in' – opgezegd. Zich nergens in verdiept – behalve, gepast, in de 'carrières' van de kinderen, en dan nog alleen de buitenkant daarvan, niet inhoudelijk. Hij schreef nooit een brief.

Hij viel niet of nauwelijks te bewegen een boek van zijn oudste zoon te lezen – misschien uit angst dat iemand hem zou overhoren. Hij was het lezen, dat wil zeggen zodanig lezen dat de samenhang niet uit het oog wordt verloren, verleerd. Mijn moeder las de boeken wel, en verzuimde niet ze hem – nogal tendentieus, met weglating van de korst van fictie – samenvattend na te vertellen.

'Nou, hoe vind je dat nou, als je eigen kinderen zo over die toestanden schrijven?' (In haar handen werden mijn boeken een soort zoutbroden waarmee over oude wonden geschuierd werd.)

Schouderophalen. 'Als het maar goed verkoopt.'

Boeken lezen had voor hem uitsluitend een erotische functie, en dan nog tijdelijk. Na zijn repatriëring uit 'Indië' vond hij zijn verloofde op zich wachten. Om de tijd tot de dag van de bruiloft zo kuis mogelijk door te komen, lazen ze in de huiskamer van haar ouders samen hetzelfde boek, hij gezeten in de grote fauteuil, zij, tegen zijn schouder aan hangend, op de armleuning. Hij hield het boek vast, sloeg de bladzijden om; ze stemden hun leestempo zo goed mogelijk op elkaar af. Als haar ene dij gevoelloos werd, ging zij op de andere leuning zitten, en ten slotte, het gegrom van haar vader trotserend, op zijn schoot. De twee raakten steeds meer verstrengeld, maar altijd was er het boek, als een schuttinkje waar ze zich overheen moesten buigen, naar elkaar toe; een kleine afrastering waar ze hun handen door moesten steken, om ten minste enkele vingers in elkaar te haken. In die houding lazen ze, de een op de ander vooruit lachend, *08/15* van Kirst, over soldatenavonturen zoals zij – soms huiverend – dacht dat hij ze had meegemaakt, en zoals hij ze zich graag herinnerd zou hebben.

Door te trouwen legde hij zijn lectuur af, voorgoed. Boeken waren een voorbehoedmiddel geweest, meer niet.

Geen dieper lezen dan in zijn nabijheid. In het ouderlijk huis was het meegebrachte boek meer dan een kamerscherm: ik *las*. 'Ik viel als een blok in slaap' zegt men. Zo viel ik als een blok in mijn lectuur, zodra hij in de kamer was. Hij eerbiedigde mijn lezen, maar schoffeerde de lezer. Hij zei nooit: 'Zou je dat boek niet 's wegleggen, jongen, als je vader tegen je praat?' Voor boeken had hij het ontzag van de leek, en van de vader die zijn zoon graag ziet afstuderen. Hij bleef eenvoudigweg op me inpraten als was er geen boek tussen ons, of zoals in de film de held onverstoorbaar doorpraat tegen de zich verkledende vrouw achter het kamerscherm, zich schijnbaar niet bewust van het geruis van kant en zijde en van haar pas op de plaats bij de wisseling van kousen en directoire. Terwijl ik me achter mijn boek in alle door de schrijver geregisseerde bochten wrong, steeg er een autonoom geneurie uit mij op, afwisselend bevestigend en ontkennend, ook wel half grinnikend, al naar gelang zijn uiteenzetting daarom leek te vragen. Ziedaar het enig denkbare gesprek tussen ons. Ik zou hem dankbaar moeten zijn om die volhardende monologen: de teksten die ik onder hun terreur las, staan veel dieper in me gegrift dan alles wat ik in afzondering las. Om de zinnen onuitwisbaar tot me door te laten dringen, moest ik kennelijk met geweld andere woorden buitensluiten. Het was lezen met een steen op mijn nek.

Om mij tegemoet te komen in mijn leesmanie, kwam hij met allerlei oudbakken literaire feitjes en weetjes uit kranten en televisieprogramma's aanzetten, waarbij hij vaak, bijna kwijlend van dienstbaarheid, zaken verkeerd citeerde of door elkaar haalde. Eén keer was ik daar niet op verdacht, en heeft hij me, omdat ik hem voor de gelegenheid klakkeloos geloofde, er met zijn informatie zelfs toe aangezet een in memoriamgedicht te schrijven – het verkeerde.

Midden jaren zeventig had ik de gewoonte elk jaar minstens zes weken door Frankrijk, en Spanje of Italië, te zwerven, onbereikbaar voor de familie, en meestal zonder zelf iets van me te laten horen. Het bezorgde me pas een bezwaard hart wanneer ik – berooid – van Geldrops station naar mijn ouderlijk huis liep, waar ik de rest van de zomer de boel hoopte uit te vreten. Waren ze allemaal nog wel in leven? (Ik had in het buitenland geen kranten bijgehouden.) Ze waren altijd allemaal nog in leven. Het eerste wat mijn vader bij zo'n terugkeer tegen me zei, was: 'Zeg, die schrijver, hoe heet hij ook weer... die Franse schrijver van wie ik jou wel boeken heb zien lezen... hoe heet-ie nog 's... die is dood.'

'Sartre.'

Stellig: 'Nee, die niet.'

'Genet.'

Nog stelliger: 'Ja, die. 't Stond vorige week in de krant. 't Was ook op de televisie.'

Dat kwam harder aan dan wanneer het eerstgenoemde was geweest, al was ik Genet door Sartre gaan lezen. Van Genet had ik, in een kerstvakantie, duister geschreven boeken gelezen als *Notre-Dame-des-Fleurs* en *Journal du Voleur* onder de drukkende, sprekende aanwezigheid van mijn vader, en ze zouden me lang heugen. Spoedig bleek dat de gestorven Franse schrijver André Malraux* was, met wie ik geen enkele affiniteit had, maar toen stond het gedicht al op papier – voor iemand die nog ruim tien jaar te leven had.

Zijn onnadenkendheid kwam voort uit zijn diepe, wat hijgerige verlangen mij ooit eens met iets nieuws op mijn eigen

* *Malraux, zie ik nu, kan het niet geweest zijn, want die stierf in november '76, buiten het seizoen dus. Het doet er niet toe. De een of andere Franse schrijver, overleden in de zomer van '74 of '75, en bekend genoeg om met zijn dood de krant en het televisiejournaal te halen.*

terrein tegemoet te komen, en ik kan niet anders dan zijn slordigheid als een onhandige liefdesverklaring opvatten. Wat staat me anders te doen dan hem dat ontijdige in memoriam, dat in zekere zin, wat voor gedrocht het ook moge zijn, onze gezamenlijke schepping was, te retourneren door het hier aan het slot van deze 'Heijdeniana' te zijner ere af te drukken? Misschien niet helemaal toevallig is het gedicht opgehangen aan een naamsvergissing. Jean Genet (zelf de schrijver van het merkwaardigste 'requiem' ooit verschenen, *Pompes funèbres*) hield ervan met de verschillende betekenissen van zijn naam te spelen. Letterlijk, zonder accent circonflexe, betekent die '(Spaans) paardje'. Met enige trots vermeldt Genet in *Journal du Voleur* dat Jean Cocteau hem bij eerste kennismaking 'mon genêt d'Espagne' noemde. Anders dan mijn kleine in memoriam zou kunnen doen vermoeden, was Genet helemaal niet afkerig van verbastering van zijn naam tot Genêt (bremstruik). Integendeel, hij beschouwt de brem als zijn persoonlijke embleem: via de *genêt* heeft hij zijn wortels in het deel van de Franse bodem dat 'gevoed wordt door het verpulverde gebeente van kinderen en jongelingen, aan het mes geregen, afgeslacht en verbrand door Gilles de Rais'.

ACCENT CIRCONFLEXE *In memoriam Jean G.*

(De Grote Illusionistische Show:)

Zó kwetsbaar, zijn naam,
dat ik 'm niet voluit
waag weer te geven hier:

Eén winkelhaak, één haal
van 'n fataal uit de hand
schietende pen voldoet
om 'n volbloed Spaans hitje
terstond te veranderen
in weerbarstige brem.

(Het Kindermatinee:)

Argeloos loopt het lappenpaard
in 't kartonnen zwaard van de clown:
één scheur, één plof – en 't fopdier
bijt leeg en verslapt in 't stof
onder 'n wolk van gele confetti.

(De Grote Illusionistische Show –
Vervolg en Ontknoping:)

Eén ongecontroleerde reflex
van 'n roekeloos gevoerde
kroontjespen – en 't ros wordt
op toverslag van twaalven,
met 'n accent circonflexe
gekroond, tot eenhoorn geslagen.

Eénmalig hoorndrager –
te snel over 't paard getild:
al na één keer steigeren
met flakkerende manen

springen in zijn keurslijf
de gespannen baleinen:
spitsroeden, spichtige takken,
lekkend van gele bloesem.

Berlin, Bleibtreustrasse

Donderdag 4 november 1993

Berlijn, najaar '93, dat was van stonde af aan de Muur. Nu hij versplinterd is, en bij Checkpoint Charlie en de Brandenburger Tor, al dan niet met echtheidscertificaat, in brokstukjes verkocht wordt, en in grotere fragmenten, die complexe graffiti bevatten, in de etalages van de galeries ligt, is hij aanweziger dan ooit, de Muur. Hij doortrekt Berlijn, west en oost, als een onontkoombare hagel.

Het begon al bij mijn aankomst in pension Kitschke, in de Bleibtreustrasse. Terwijl ik in de hal op de *Inhaberin*, Frau Josipovici wachtte, bekeek ik de daar uitgestalde moderne kunst, die zo'n merkwaardig contrast vormde met de verdere inrichting, zo helemaal 1902 nog. Aan de muur hing een betonnen object, beschilderd, waar aan alle kanten roestig ijzerdraad uitstak. Pas bij nadere bestudering drong tot me door dat het een fragment van de Mauer was. In plaats van Frau Josipovici, over wie ik al zo veel gehoord had, verscheen een jongeman, haar plaatsvervanger.

'Frau Josipovici... het is moeilijk uit te leggen. Frau Josipovici is een stuk van de Muur naar Tel Aviv brengen, met het vliegtuig. Op verzoek van het gemeentebestuur daar. Het stuk Muur, ongeveer een meter breed, met graffiti, komt in een plantsoen in Tel Aviv te staan. Over *etwa* een week is ze weer terug, Frau Josipovici.'

Het is al weken de Muur voor en de Muur na. Berlijn is panmuristisch geworden.

Vorige week was Minchen hier voor een paar dagen, net als ik voor het eerst in Berlijn. Ze zou met een taxi van het vliegveld naar de Bleibtreustrasse komen; ik stond in de erker naar haar uit te kijken. Er stopte een taxi. Op de achterbank zat een vrouw in een perzikkleurige jas. Dat kon ze niet zijn. Ik keerde me van het raam af. Even later de bel: de vrouw in de perzikkleurige mantel. Minchen.

Pas de volgende dag, in voormalig Oost-Berlijn, zag ik haar humeur veranderen zoals ik het nog nooit had zien veranderen – het leek nog het meest op een onverwachte bevrijding. Al moest ze ervoor op haar tenen gaan staan, ze wilde waar mogelijk de kogelgaten in de muren van oostelijk Berlijn met haar vingertoppen aanraken. Ze deed het liefkozend. Het werd bijna een dwanghandeling, als het dat niet al was. Ik begreep dat hier een fascinerend rechtstreeks contact met een vijftig jaar oude gebeurtenis mogelijk was, het tastbare reliëf van de geschiedenis – maar dat fanatisme van haar! die opgetogenheid!

'Waarom doe je dat zo vaak?'

'Ik denk dan dat het van mijn vader is... Elk kogelgat kan net zo goed van mijn vader afkomstig zijn. Hier is mijn verwekking begonnen.'

En ik zag het met háár ogen: de inslagen van het loden zaad waarmee een weg gebaand moest worden. Een sproeiregen van gloeiend metaal als dodelijke voorafschaduwing van het zaad dat haar – de 'onbestaanbare' – moest verwekken.

Berlijn als een stenen bruidsbed.

Ik draag zijn dood nog om me heen. Ik leef in zijn dood.

Ik had over zijn sterven willen schrijven, om er enige zin in te kunnen ontdekken, niet over zijn verbranding, want daar leek me geen enkele zin in te ontdekken. Nu heb ik geen andere keus meer dan erover te schrijven. Berlijn roept zijn crematie op, omdat op de plechtigheid ook de oorlog een genodigde bleek.

Vrijdag 18 juni 1993

Onderweg begon het gelukkig te regenen, zodat de ruitewissers hun werk als metronoom konden doen, om zo onze gedachten in een geruststellend ritme te leiden, zonder die onverwachte botsingen in het denken, en plotselinge afgrondelijke gapingen. Ik was vooral blij voor mijn moeder, die voorin naast de bestuurder zat. Ik kon me niet anders voorstellen dan dat bij haar, net als bij mij, de traag bewegende chronometer zelfs de zwartste gedachten veranderde in een langzaam gezang, een soort zelfgeschapen troost. *Kom maar, wissertje*, zei ik zacht bij mezelf, *kam de gedachten van mijn moedertje naar links en naar rechts, met de scheiding secuur in het midden.*

Ik zat met Minchen en Totò op de achterbank van de volgauto.

'Ik wil ook mee naar de begrafenis van opa Piet,' had Totò de voorbije dagen een paar keer heftig uitgeroepen, 'want ik ben nog nooit naar een begrafenis geweest.'

Minchen had het verstandiger geoordeeld hem maar niet tot in detail te vertellen wat een crematie inhield. Onderweg naar de tramhalte, die ochtend, had hij als vanouds, tussen ons in hangend, de Grote Sprong gewaagd, en de Hele Grote Sprong, de Nog Grotere Sprong, en ten slotte bij het oversteken van de Jacob Obrechtstraat de Sprong Helemaal Naar De Overkant. Op Amsterdam Amstel meende ik mijn zus en haar vriend tussen de toestromende reizigers te zien, maar bij aankomst in Eindhoven (ik had ze een plaats in onze taxi willen aanbieden) kon ik die twee nergens ontdekken. Toen we in de La Rochellelaan voorreden, bleken ze er al te zijn, net als mijn broer en schoonzus, en mijn oom en tante uit Dordrecht. Het was of Totò terugdeinsde voor het verdriet, ook zonder tranen zichtbaar, van zijn grootmoeder. Hij verzuimde haar hartelijk te groeten, en bleef haar een poos met een ernstig gezichtje staan bestuderen, zoals ze daar verstard en intens bleek op de bank zat. Toen zij hem in de gaten kreeg – 'Och, m'n kleine Totò' – liet hij zich door die verkrampte armen tegen haar aan trekken, gedwee, tegelijkertijd een beetje angstig. Hij maakte zich snel, niet te hardhandig, weer uit haar omhelzing los. Voor de gelegenheid droeg hij op een zwarte spijkerbroek en een wit overhemd een vest in de kleuren van een bromvlieg waar de zon op valt – paars en groen, al naar de draaiingen van het licht. En rode lakschoenen, zijn hele trots.

Er waren twee auto's van de uitvaartonderneming voorgereden, die iedereen hardnekkig 'volgauto's' bleef noemen, ofschoon er niets te volgen viel: mijn vader lag allang op ons te wachten in het crematorium. We werden opgehaald, dat was alles. Onze volgauto, waarvan de bestuurder de weg naar de Menderesiaan in Helmond niet kende, reed achter de andere aan. Deze afgezant van de Leda was ook alweer zo'n discrete, niet te oude niet te jonge man, met betrouwbaar dik, een beetje grijzend haar. Hij droeg een corduroy jasje in gedempt grijs, en men kon zich hem evengoed in rijbroek bij een landhuis voorstellen, zolang hij zijn mond maar niet opendeed. Het was net of die lui een speciaal soort poeder gebruikten, net als priesters, waardoor ze heel in de verte naar bestorven wierook geurden, of preciezer: naar een kerk die goed is doorgelucht, maar waar, op een bijna frisse manier, een zweem van wierook is blijven hangen. Zo iets moest na te maken zijn, al dan niet in poedervorm.

Achter ons aan reden mijn broer en schoonzus in de rode Fiat van mijn vader, gevolgd door de auto van mijn Dordtse oom en tante, allemaal met een gedachtenregulerende metronoom voor hun neus. Het was net gaan regenen. De voorste volgauto, waarin mijn zus en Helmuth moesten zitten, stopte bij een kruising, de onze stopte, de anderen stopten. Enigszins bedroefd, zonder zijn stem te verheffen, als het ware met omfloerste verontwaardiging, klaagde de chauffeur over de omstandigheid dat een aantal jaren terug de verkeersregels zodanig waren aangepast dat een rouwstoet geen voorrang meer had. (Afgezien daarvan: zagen wij eruit als een rouwstoet?)

'Er vallen doden in het verkeer, dat op z'n beurt geen voorrang meer geeft aan de doden die eenmaal gevallen zijn. Misschien ligt er een verband,' opperde ik.

In de achteruitkijkspiegel zag ik dat hij me grijnzend wilde bijvallen, maar hij hield zich, na een snelle zijwaartse blik op mijn moeder, bijtijds in.

'Mama, zit je goed?'

Ze zat diep weggezakt in de veel te zachte, fluwelige bekleding. Comfort tegen het verdriet.

'Ik? Ja, hoor.'

Zij probeerde over haar schouder te kijken, wat niet lukte.

'Hoe is 't met m'n kleine Totò?'

Op zulke momenten, wanneer hij de ernst van de situatie aanvoelde, probeerde hij zijn stem lager te laten klinken, volwassener, wat hij ook wel in schertsende zin deed, bij voorbeeld aan het eind van de maaltijd, met het plechtige 'Mag ik de tafel verlaten?', waarvan Minchen en ik ons nog steeds afvroegen waar hij het mocht hebben opgestoken.

Diep en mistig: ‘Goed, hoor, oma.’

We reden Helmond binnen, stad van almaar brandende textielfabrieken aan de Zuid-Willemsvaart, een kanaal dat ze bezig waren om te leggen in de hoop van Helmond alsnog iets moois en toonaangevends te maken. In de Mierlose optocht rond de Kersenkoningin was er onder de praalwagens ook altijd wel een die het naburige Helmond vertegenwoordigde. Eenmaal, misschien wel de zondag van het onweer, had de Helmondse wagen de plaatsnaam uitgebeeld. De mond van de hel, waar vlammen in papier-maché uit lekten, mogelijk een verwijzing naar de textielfabriek van Raymakers, die niet voor de eerste keer was afgebrand. Het was in de dagen dat men zich nog liet begraven.

Afslag Brouwhuis. Crematorium Essenbroek verschilde in niets van de andere crematoria die ik gezien had. Een gebouw van roze baksteen met een onmetelijk parkeerterrein eromheen, alles kaal en winderig en onbeschut. Verderop, waar een vermoeden was van een parkje in aanleg, stond een rond, eveneens roze bakstenen bouwwerkje aan een grote regenplas, die misschien wel een vijver moest worden. De gedachteniskapel, ongetwijfeld met columbarium en ‘gedenktegelgalerij’. Het was een goed ding de doden te gedenken. De kapel, zag ik nu, had de vorm van een theelicht.

Het regende. Anders dan me wel eens was voorgehouden (het tuiltje in kerkhofgrond gestoken paraplu’s, zacht bewegend op de wind), had de uitvaartonderneming niets tegen de nattigheid voorhanden. Hulpeloos weggezakt in de kussens van de volgauto, proberend zich op te trekken aan de al op het asfalt geplante stok, waarvan de greep zich boven haar macht bevond, vormde mijn moeder het beste beeld voor haar eigen verdriet. Zelfs met behulp van de bestuurder kostte het me de grootste moeite haar naar buiten te krijgen.

Ik vouwde mijn paraplu uit, die ik had gehoopt niet te hoeven gebruiken, zeker niet op een moment als dit. Het was eerder een parasol, helder rood en wit gestreept, en met in groene letters: *Naiade*, de naam van het meisjesdispuut dat me het ding cadeau had gedaan als dank voor een bijdrage aan hun jubileumboek. Dat ik nu uitgerekend mijn moeder, die zich altijd gegeneerd had voor misplaatste, opzichtige dingen, ermee tegen de regen moest beschermen! Waarom, verdomme, stond er niet de een of andere kraai met een Engelse herenparaplu klaar? Over glimmend asfalt liepen we langzaam op het roze gebouw toe, waarvan de muren witte plekken vertoonden, als was de as van de doden ertegenaan gewaaid. Vanuit mijn ooghoeken zag ik opeens, als in een droomgezicht, een samenraapsel van familieleden die ik in vele jaren niet gezien had. Roerloos, zwijgend stonden ze daar, als poserend voor een groepsportret – geen vrolijk. Ze lieten de regen vrijelijk op hun beste kleren neerstromen; niemand hield een paraplu opgestoken, alsof dat oneerbiedig zou zijn geweest. Door hun welgemeende onbeschermdheid werd de *Naiade* nog meer een ongepast strandattribuut in mijn hand. Mijn moeder en ik werden naar een openstaande deur toegewenkt, die onmogelijk de hoofdingang van het crematorium kon zijn; een nooduitgangetje eerder. Ik klapte mijn paraplu dicht. Personeel bracht ons naar een soort viproom, waar mijn broer en zus al zaten. Ik hielp mijn moeder in een stoel.

Met uitgestoken hand kwam een man op me toe, die uit een boek van Dickens leek gestapt. Hij had opgestopte bleke wangetjes met oranje sproeten, die aan de vlekjes op oude, bemoste grafstenen deden denken. Zijn hand, gezwollen en wit, met een rossige schaduw over de rug, voelde vlokkig aan. Ook door zijn grijze haar schemerde nog de oorspronkelijke rossigheid. Donker- en lichtgrijs gestreepte broek, pandjesjas.

'Moeskops, uw uitvaartleider. Mijn oprechte deelneming.'

Bij het openen van zijn mond kwamen bruine tanden te zien, en, onder de omstandigheden het navrantste detail, bereikte een scherpe nicotineadem mijn neus. Het deed me denken aan lang geleden, toen ik nog wel eens een oud mannetje tegenkwam dat tabak pruimde. Ik schatte de man achter in de vijftig, en ik dacht, kijkend naar zijn oranje mosvlekjes: vast nog gepokt en gemazeld in teraardebestellingen. Pas onlangs om gezondheidsredenen overgeplaatst. Hier kan hij binnen blijven.

Half achter zijn rug was, wat onwennig, een – allerminst Dickensiaanse – jonge vrouw blijven staan.

'Mag ik u mijn assistente voorstellen? Mejuffrouw Van Lieshout.'

'Gecondoleerd,' zei ze, en deed haar best ernstig te kijken. Een glimlach ter afronding.

'Meneer Van der Heijden,' zei Moeskops, 'wij moeten even iets afspreken. Ik heb uw tekst ingezien en bestudeerd, en als u nu zegt: "Ik kan het niet aan..." akkoord, dan doe ik het voor u. Ik ben eraan gewend.'

'Het lukt me wel.'

'Ja, dat zegt u nu wel zo makkelijk. Maar ik heb genoeg mensen, sterker dan u, door de knieën zien gaan. Die zeiden ook: "Laat mij maar even," en konden dan halverwege geen woord meer uitbrengen.'

Nooit had iemand die op ongeveer een meter afstand van mij stond, me een zo tastbare nicotinekegel tegen het gezicht gezet.

‘Ik heb ervaring met voordrachten.’

‘In andere situaties misschien. Goed, meneer Van der Heijden, laat ons dit afspreken. Ik heet de aanwezigen welkom, ik verzorg de inleiding, en dan... kijk ik u even heel strak aan. Zo...’ Hij deed het voor. Strak kijken was niet zijn *fort*, maar hij deed er tenminste even zijn mond bij dicht. ‘Zijn de emoties u te machtig, en denkt u dat u het niet aankunt, dan schudt u gewoon even van nee. Zie ik u dat niet doen, dan kondig ik u aan als spreker. U moet goed begrijpen...’ En hij gaf, geheel gratis, nog een aantal voorbeelden van sprekers die hij ‘door de knieën’ en ‘voor de bijl’ had zien gaan, allemaal mensen van wie hij het lang van tevoren had zien aankomen, en die hij ‘nog zo gewaarschuwd’ had. Konden ze niet gewoon in katzwijm zijn geraakt van de lucht uit die opengewerkte tabakspruim van hem?

Ik verontschuldigde me, en ging naar het toilet dat bij de vip-room hoorde. Bij mijn moeder thuis nog had ik, voor alle zekerheid, Linde om een valiumpje gevraagd, waarvan ik ter plaatse de helft had ingenomen. Moeskops, met zijn slagveld van in onmacht gevallen redenaars, had me waar hij me hebben wilde: boven het fonteintje slikte ik de andere helft van het valiumtablet, hopend dat het spoedig de eerdere dosis zou versterken.

Onder de zoete tonen van het middendeel uit Haydns trompetconcert, waar ik toch hardnekkig *O mein Papa* van Bert Kaempfert doorheen bleef horen, werden we naar onze plaatsen op de voorste rij geleid. Minchen had Totò aan de hand. Frans en ik bekommerden ons om mijn moeder, en gingen ter weerszijden van haar zitten. Per keer dat ik haar aanraakte, ondersteunde, had ik het gevoel dat zij minder was geworden: dunner, kleiner, lichter, ijler. Zij nam een voorschot op mijn vaders verdwijning uit de wereld, verdampte met hem mee. Haar verdriet moest die vorm wel aannemen: luid huilen en misbaar stond zij zichzelf niet toe. (Het enige wat ik haar ooit buiten zichzelf van verdriet had horen uitroepen, op de begrafenis van haar vader, bij het neerdalen van de kist, was een vertwijfeld: 'Daar gaat weer 'n mens die niks aan z'n leven gehad heeft...!')

Rondom de kist, die enigszins schuin ten opzichte van de zitplaatsen was opgesteld, dezelfde bloemstukken van de avond tevoren, aangevuld met die van de broers en zusters en de buren. Achter mij hoorde ik de zaal volschuifelen – gefluister uitsluitend van voeten. Haydn werd weggedraaid, Moeskops beklom het spreekgestoelte, en heette de aanwezigen ernstig welkom. Zijn welkom was natuurlijk geen echt welkom, maar een welkom gedrenkt in 'de noodzaak hier bijeen te zijn, om afscheid te nemen van...'

Toch nog onverwacht keek hij me strak aan, als een strenge, bij voorbaat afkeurende onderwijzer. Ik kreeg een beurt. Ik moest voor het bord komen. Ik knikte, maar dat bracht Moeskops in verwarring; hij had me immers op het hart gedrukt alleen bij een negatieve beslissing een teken te geven. Door vragend terug te knikken, wilde hij aan de weet komen of mijn knikken niet eigenlijk een nee schudden was. Ik knikte. Hij zei: 'Dan geef ik nu het woord aan de oudste zoon van de overledene, voor een korte toespraak...'

Had ik niet al met Moeskops' adem kennisgemaakt, dan zou ik de sterke nicotinelucht rond de katheder zeker aan het lijk hebben toegeschreven. Ruim vijfenvijftig jaren van onafgebroken sigaretten roken die loskwamen, door geen kist tegengehouden... Ik droeg mijn tekst, die al klaar lag, voor alsof ik in een openbare bibliotheek of in een studentensociëteit uit eigen werk voorlas. Dezelfde intonatie, dezelfde maniertjes als bij een verder tot niets verplichtende voordracht. Ik had het over de bloedende vingers van Chopin, de vergeeflijke verdringing van diens kapotte longen. Ik gaf, verkort, de herinnering weer aan de verkiezing van de Kersenkoningin, zoals we die de zondag tevoren samen hadden opgerakeld.

'...We zijn blij dat we je ons ook zo, vol lucht en kracht voor de bui uit fietsend, kunnen blijven herinneren, na alle voorbije weken waarin we je naar adem hebben zien snakken tot je alleen nog naar je laatste adem snakte.'

Hier en daar klonk een plofje gesnik op uit het aaneengesloten koolveld van hoofden.

'...Wel hoop ik dat je nu eindelijk, stilzwijgend uiteraard, wilt toegeven dat het niet de *vingers* van Chopin waren die zijn grootste zwakheid uitmaakten. Dat, en dat alleen, had ik nog met je te verrekenen.'

Door deze laatste zin, die ik zo diepgemeend had opgeschreven, en nu en voorgoed zo graag had *willen* menen (maar ik had nog zo veel met hem te verrekenen), kreeg ik het te kwaad.

'Pa, bedankt voor alles. Dag...'

Het kwam eruit met de door Moeskops zo gretig voorspelde slingersnik. Ik had me voorgenomen de daad bij het woord te voegen en een kus op de kist te drukken, maar ik kreeg het niet voor elkaar. Terwijl ik, half verblind door twee taaie tranen, enigszins slingerend naar mijn plaats terug liep, klapperden de vellen met mijn toespraak in mijn hand alsof ze ervandoor wilden op een verder niet voelbare luchtstroom. Het Larghetto uit Chopins Tweede Pianoconcert zette in. Het snikken om me heen werd luider. Totò, die ik aan het begin van de plechtigheid ongedurig tegen Minchen op had zien klimmen ('Ik wil hier weg'), liet zich nu resoluut van haar afglijden, om enkele stappen in mijn richting te doen. Hij had zijn vaders stem horen falen met een snikkend bijgeluid, en hem met een hand aan zijn ogen naar zijn plaats zien terugkeren. Hier was iets aan de hand. Net als hij die ochtend bij zijn oma had gedaan, bleef hij eerst even, met de meest intense blik ter wereld, van korte afstand toekijken, bezorgd, nieuwsgierig. Hij peilde. Op zijn gezichtje een trillend doorbrekend besef. En daar was het wonder: mijn vochtige ogen maakten zijn ogen vochtig. Voor 't eerst tussen ons de omgekeerde wereld. Hij wierp zich tegen me aan. Ik sloeg een arm om hem heen, en drukte hem (ik had een hoekplaats) nog vaster tegen mijn lichaam. Met mijn neus in zijn overvloedige haar, de levende hoofdhuid ruikend, liet ik me een weinig gaan. Totò maakte zich telkens even los om mijn gezicht te monsteren. Huilt het nog? Zijn ogen waren precies even nat als de mijne. Het was nabootsing. Hij bracht de tederst ingetogen snikjes voort die ik ooit bij een kind had waargenomen. Ingetogen, omdat hij voelde hoe zijn vader het snikken smoorde. Mijn verdriet was zijn verdriet. Hij moest het van me lenen, want zelf had Totò, die weinig van de situatie en alle rituelen begreep, er nog geen vorm voor. Tegelijkertijd voelde hij het als een plicht die papa, die hij nooit zag huilen, te troosten, wat neerkwam op: diens verdriet het zwijgen opleggen. En dat gebeurde door het na te bootsen, en zo terug te kaatsen. Chopin speelde het bloed uit zijn vingers. Onder een hoog gewelf van muziek, heel diep daar beneden, hield ik mijn zoon tegen me aan gedrukt. Ik zeg het niet achteraf, het besef was er op het eigenste moment: daar werd mijn vaderschap geboren. Zelden ben ik zo intiem met een mens geweest als toen, met mijn zoon in de directe nabijheid van mijn vaders dode lichaam, terwijl ik mijn verdriet om de overledene voelde resoneren in het kind. Ik fluisterde woordjes in zijn oor, nietszeggendheden, om hem gerust te stellen...

'Het is al over. Het gaat wel weer.'

...misschien ook om te voorkomen dat hij plotseling van me weg zou lopen. Zelfs op dit misschien wel puurste moment in mijn leven verlieten de dubbelzinnigheid en de doortraptheid me niet. Bij alles wat echt, gemeend en dwingend was aan de situatie, bleken mijn rug en mijn achterhoofd nog poreus genoeg om de ogen van de aanwezigen te voelen. Onze onontkoombare verstrengeling, zo authentiek als ze zijn mocht, was ook, van mijn kant, voor een deel pose tegenover de familie, nu die haar ontroering paraat had. Ik zoog dankbaar, zwellend, al hun tranen op. Toen het geposeerde randje van onze houding tot me doordrong, corrumpeerde dat de zuiverheid van het moment. Ik wilde Totò niet bezoedelen met mijn ranzigheid, en stuurde hem min of meer weg.

'Dat lint daar,' fluisterde ik in zijn oor, 'bij die rode en witte bloemen, daar staat jouw naam op. Ga maar eens kijken.'

Ik liet hem los. Hij deed een paar stapjes in de richting van het bloemstuk, bleef toen aarzelend staan, omkijkend. Ik knikte hem ter aanmoediging toe, maar hij verzette geen voet meer.

'J'entends toujours dans moi le grand orchestre,' zei of schreef Beethoven. Ik hoorde het grote orkest in me. Niet dat van het Larghetto van Chopin, dat in de aula van crematorium Essenbroek de tien minuten 'bezinning' begeleidde. Dwars daardoorheen produceerde ik een veel groter orkest, dat de Piet Hein-Rhapsodie van Peter van Anrooy speelde, nog aangevuld met een groot koor, dat er anders dan in het oorspronkelijk ook *tekst* bij leverde. Maar in plaats van het bekende refrein – 'Piet Hein, Piet Hein... Piet Hein zijn naam is klein' zong het voltallige koor bij het aanzwellen der *tutti* de schunnige variant, zoals ik me die nog van de lagere school herinnerde: 't Was laf, 't was laf... maar de ballen zijn d'r af.'

Het was niet tegen te houden. Het voltrok zich in me, met de soevereiniteit van een slappe lach in de kerk, tijdens de consecratie.

Zeg, heb je 't wel gehoord
van die vreselijke moord,
die vreselijke moord in Lisse?
Daar schoten ze een hond
de ballen van z'n kont,
terwijl-ie stond te pissen.

't Was laf... 't was laf...
maar de ballen zijn d'r af. (*bis*)

Ik *moest* me voorstellen hoe de keurige dames en heren van het koor, in wie ik tot overmaat van ramp de aanwezigen in de aula herkende, met dodernstige gezichten die scabreuze tekst zongen, de vrouwen met zwellende boezem en alsof ze de noten als stof van het papier wilden blazen, de mannen zich rekkend, met de neiging zich even op de tenen te verheffen, vooral bij het '...terwijl-ie stond te pissen'. Ik zag vlinderdasjes die adamsappels baarden, vibrerende brilkettingen, voor muziek ongevoelige permanent wave...

't Was laf... 't was laf...

Mijn slingersnik dreigde door een slingerlach te worden opgevolgd. *Tegelijkertijd* bedacht ik, zonder ook maar een facet van het contrapuntisch uitgewerkte refrein in me verloren te laten gaan, dat ik over deze afscheidsbijeenkomst zou schrijven, en dat ik dan, uit een soort nagekomen eerbied, de obscene koorzang zou verzwijgen, terwijl diezelfde eerbied niet in staat was gebleken om tijdens het afscheid de dames en heren van het koor de mond te snoeren. Goed, ik zou er geen melding van maken, maar ik had op de een of andere manier het gevoel dat deze muziek en deze zang, door mijn vader in de laatste minuten van zijn *full length* fysieke aanwezigheid op aarde bij me losgemaakt, meer bestaansrecht had dan wat voor larghetto, largo of fuga ook. Het visioen was uit het laatste intieme samenzijn van m'n oude en mij voortgekomen, en moest, hoe ontluisterend ook, heel diep met onze verhouding te maken hebben. Het was onze gezamenlijke schepping. Ik zou het koesteren. Het was mijn hoogstpersoonlijke, verder met niemand te delen requiem voor hem.

Uitvaartleider Moeskops beklom andermaal het spreekgestoelte, naar ik dacht om de aanwezigen, namens de directe familie, voor hun komst te bedanken, en de plechtigheid daarmee af te sluiten. Tot mijn verbijstering begon hij, tegen alle afspraken in (*ik* zou spreken, het overige zou tot inleiding en afsluiting beperkt blijven), aan een geheel nieuwe toespraak, een of ander oudbakken standaardverhaal, waarin alleen de naam en de familiale positie van de dierbare overledene behoefden te worden ingevuld. De lucht in de aula was vol stippeltjes en stippellijntjes die, soms een fractie van een adempauze te laat, over de gestorvene werden uitgegooid, als een net, om hem binnen de slechtpassende tekst te trekken.

'Lieve man... vader... opa... broer, eh, Piet...'

Net als ik richtte hij zich, maar dan met een confectierede, rechtstreeks tot mijn vader, en maakte daarmee mijn toespraak in zekere zin ongeldig. Mijn woorden vielen tegen die van hem weg. Op z'n minst werden ze door de zijne beklad, want de wauwelaar wist er, ongetwijfeld tot tevredenheid van enkele familieleden die zo'n wereldse bijeenkomst maar niks vonden, alsnog een christelijke aangelegenheid van te maken. Ik begreep nu ook beter zijn herhaalde waarschuwing voor de overweldiging door emoties: hij had me het spreken van meet af aan onmogelijk willen maken, verslaafd als hijzelf was aan het amateurgepsalmodieer vanaf de kansel. Hij ging maar door.

Toen eindelijk, toch nog veel te zacht, de *Bolero* op kwam zetten, en we naar buiten mochten, liep ik als eerste naar de kist. Ik drukte er alsnog, veel te theatraal, een kus op. Het gaf me meteen een schuldig gevoel, niet omdat ik ermee gewacht had tot er ondoordringbaar hout tussen ons geschoven was, maar hierom: ik was bang dat iedereen na mij zich nu verplicht voelde hetzelfde te doen, en tegelijkertijd bang dat degenen die hetzelfde van plan waren geweest het nu zouden nalaten, uit vrees het bijzondere van mijn handelwijze teniet te doen. Tegen Totò, die nog altijd enigszins in verwarring terzijde stond, zei ik: 'Zwaai maar naar de kist... zwaai maar naar opa... net als je anders zwaait, bij het dagzeggen.'

Totò keek van de kist naar mij, en weer terug, zwaaide kort en stroef en onzeker, niet goed wetend waarnaar, al zou zijn vader wel niet voor niets zijn lippen op het hout gedrukt hebben. Van verlegenheid rende hij weg, naar de uitgang. Ik wilde achter hem aan, maar hij was al opgevangen door Moeskops, die autoritair tegen me zei: 'Zou u zich niet even om uw moeder bekommeren?'

Zij was nog bezig uit haar stoel op te krabbelen. Mijn broer schoot toe. Samen leidden we haar naar de kist. Haar hand, die naar het deksel reikte, schudde zo hevig, dat ik verwachtte een roffel op het hout te zullen horen. De vingers raakten even een hoekpunt; het was of zij er iets af veegden, een stofje, een ongerechtigheid.

In de brede deuropening naar de hal bleek Moeskops, neergeknield bij een huilende Totò met zijn jaspanden op de grond, opeens veranderd in een aardige, sussende, nog steeds Dickensiaanse oom. Door het zwaaien naar de kist, hoe idioot ook, had hij pas echt begrepen wat er gaande was. Van het ene moment op het andere was hij te oud voor dat door volwassenen in hun onverzadigbare behaagzucht afgedwongen wappergebaartje, dat nu eens voor een pop, dan weer voor een opa, of ook wel voor een willekeurig ding bestemd was, maar nooit voor een opa *in* een ding.

In de hal tussen aula en ontvangstruimte stond, met zedig neerwaarts gevouwen handen, meneer Moeskops' assistente mejuffrouw Van Lieshout bij het condoleanceregister om iedereen vriendelijk te manen naam en adres in te vullen. Zij droeg een donkerblauwe deux-pièces en een geel sjaaltje, en zag er zo een beetje als een akela uit. Nadat de uitvaartleider mij Totò weer had overgedragen, stelde hij zich achter haar op, en begon haar met zijn nicotineadem te souffleren.

Altijd dezelfde citroenkleurige cake. Koffie een graad te slap. Voor mijn moeder was het onmogelijk het rouwbeklag staande in ontvangst te nemen, dus gingen we op een rijtje zitten, en lieten de stroom familieleden en kennissen aan ons voorbijtrekken. Weer die gewaarwording van een luguber droombeeld: mensen die ik in geen jaren ontmoet had, afgewisseld door anderen die ik *tien*tallen jaren niet had gezien. De onmiddellijke herkenning gevolgd door het waas van vertrouwdheid. En het was allemaal dezelfde familie. In een witte haardos verscheen even het negatief, het oorspronkelijke zwart of bruin. Dwars door een uitgedijde gestalte stond een moment een slanke jongeman getekend. In uitgebluste ogen vonkte, alleen voor mij zichtbaar, het oude vuur. Zo werd het gezelschap op z'n minst verdubbeld, in die zin dat de oorspronkelijke personen, zoals ik ze gekend had, werkelijker aanwezig waren dan hun veel oudere alter ego. Het aanwezige vlees en bloed en vet vormde een schimmenrijk, een gezelschap van misvormde contouren, een gruwelijk toekomstvisioen dat ik als kleine jongen op familiefeesten verzuimd had te laten oplichten, maar hier was het dan, alsnog.

Behalve dat ik nicht Loetje voor haar oudere zus Martha aanzag, herkende ik iedereen van de familie. Alleen mijn onfortuinlijke aangetrouwde tante, moeder van de verongelukte neef, liet ik aanvankelijk, maar dat moest freudiaanse moedwil zijn, als een onbekende passeren. Toen ik me, nog net voordat het volgende familielid zich van mijn moeder naast me had losgemaakt, realiseerde wie me zojuist had gecondoleerd, veerde ik op, en vroeg: 'Heb je mijn brief ontvangen? Ik bedoel, je huis stond er nog maar half, begreep ik.'

Ik voelde me een idioot.

'Gisteren. Het wordt doorgestuurd.'

'Ik hoop dat je mijn uitleg geaccepteerd hebt.'

Haar antwoord bestond uit een oogknipperen, waardoor een stippellijntje van hele fijne druppels uit de wimpers losraakte, als uit een pipet.

'Als je er 'n keer over wilt praten...'

'Ik wil er nooit meer over praten, dat is 't 'm nu juist.'

'Dan hoop ik dat je begrijpt dat ik niets gemeens in de zin heb gehad.'

Zij schudde haar hoofd, en liep door.

De hele verwrongen, kromgegroeide, geknotte en gesnoeide maar weer uitgelopen stamboom kwam aan bod. Ik stak mijn armen in zijn takken. Buurtgenoten en kennissen waren er ook, oude en nieuwe – maar waar bleven mijn vaders kroegmaten van weleer, van wie hij nooit los kon komen, en voor wie hij vrouw en kinderen met het eten en de liefde liet wachten? Waar was fritesboer Pietje, echtgenoot en demon van Mietje, met zijn zigeunersnorretje en het geplakte, in het midden gescheiden haar van een Italiaanse ijsverkoper? Of had die zich opgeknoopt na het failliet van zijn leeggezopen snackbar? En Dikke Jules? Bezweken, waarschijnlijk, onder de dubbelrol van ober en klant. Maar komaan! ze konden zich toch niet allemaal al doodgezopen hebben... Waar was De Rooie Put, bij voorbeeld, verspreider van putlucht, boodschapper van hoerig nieuws, verrader, matennaaier – de man, kortom, die hem tot pooier had willen slaan? Ach nee, ik wist het alweer, het vlammende haar was gedoofd: ook dood, de krijtwitte Van P. De jonge arbeiders en boerenknechts uit café De Kuster dan? Die konden, beduidend jonger dan mijn vader, toch niet allemaal dood zijn? Wat hij ze, althans volgens De Rooie Put, niet aangeboden had! Zijn hele ziel en zaligheid! En waar bleven ze nu? Ze hadden, alweer volgens De Rooie Put, zijn geste geweigerd, en misschien ontsloeg ze dat van de verplichting hier aanwezig te zijn, om hem te begeleiden naar zijn laatste rustplaats in de baaierd van vuur.

'Jouw vader was mijn lievelingsbroer.' Oom F., vader van de verongelukte jongen. 'Hij heeft nog 's een bekeuring voor me betaald. Ik was wielrenner toen. Ik had er zelf geen geld voor. Mijn lievelingsbroer, echt waar.'

'Ik heb uw man niet gekend,' hoorde ik een stem tegen mijn moeder zeggen. 'Maar door het werk van uw zoon heb ik wel het *gevoel* dat ik hem gekend heb.'

Ik keek opzij. Mijn oude leraar Nederlands. Hij schoof een plaats op, en condoleerde me, dempte toen zijn stem. 'Niet dat het er iets toe doet, maar in juli werd de Kersenkoningin niet *gekozen*. Wel aan den volke getoond. De verkiezing was met carnaval al geweest. Ik weet dat, want ik heb een paar jaar achtereen in de jury gezeten.'

Ik bedankte hem voor zijn komst, en vroeg hem toen, eveneens gedempt, of ik hem nog eens wat nader mocht uithoren over het verkiezingsritueel en de kersenpluk. Ik besefte dat mijn pen en de te beschrijven gebeurtenissen gelijk op gingen.

De rij was op. De mensen stonden in groepjes te praten, sommige met een koffiekop in de hand, een enkeling op een stukje cake knabbelend. Het was me al vaker opgevallen: de ontspannenheid, opgewektheid soms, wanneer de kist was opgeborgen, en men de 'innige deelneming' achter de rug had. Het gebabbel ging dan allang niet meer meewarig over de dode en diens lijdensweg. Een tweede, minstens zo belangrijke functie van de uitvaart trad aan het licht: die van familiereünie. In deze sfeer van hereniging en hernieuwde kennismaking zag ik oom H., bijna blind, *opnieuw* blind, zijn witte stok in de buurt van mijn schoonouders op het vaste tapijt planten. Ik stond vlakbij. Hij herkende mij, want met mijn rode jasje was ik de rode vlek die hij ook op het podium had gezien, en waar de stem van zijn neef bij hoorde. Hij maakte zijn ronde langs de aanwezigen, besnuffelde de mensen noodgedwongen van dichtbij, herkende ze meestal, wisselde een paar woorden met ze, en liep dan weer door. Maar ook na herhaald snuffelen aan mijn schoonouders kon hij ze niet thuisbrengen.

'Heb ik met hun al kennisgemaakt?' vroeg hij in mijn richting, rakelings langs me heen kijkend. Hij sprak nog altijd, wat me nooit onaangenaam was geweest (behalve nu misschien), met opeengeklemde kaken, de woorden tussen zijn tanden door duwend. Wie er oor naar had, beluisterde een licht Duits accent, heel licht: niet voor niets had hij al bijna vijftig jaar een Oostenrijkse echtgenote. De kop was er, met het witte haar, alleen maar aristocratischer op geworden, al aarzel ik dit op te schrijven, want het riep een ongegeneerde uitspraak van mijn eigen vader in herinnering, lang na de oorlog gedaan: 'Als *die* in zijn uniform over de Eindhovense Markt liep, zo knap – nou, jongen, je had al die meiden eens moeten zien kijken.'

'Die mensen... heb ik daar al kennis mee gemaakt?' drong hij aan.

Ik heb een hekel aan de uitdrukking, te pas en te onpas gebruikt: 'Ik ging door de grond.' Voor deze ene keer zal ik haar bezigen, omdat er geen betere is. Ik ging door de grond. Mijn schoonouders, die behalve mijn moeder en de rest van het gezin niemand kenden, stonden wat pijnlijk rond te kijken. Ik wist hoe Lotte, helemaal buiten zichzelf, tekeer kon gaan, midden op straat, tegen elke willekeurige Duitser die haar zelfs maar de *weg* durfde vragen. Niet te temperen hysterisch was zij geworden toen in een vakantieland een Duits echtpaar probeerde voor te dringen bij de doorgang naar het vliegtuig. '*Die* tijd hebben we gehad!' waren nog de menselijkste woorden die zij eruit gooide. En ze had gelijk. Als ze je jonge zusje wegvoerden, *die* tijd hadden we nooit gehad; het gold voor eeuwig. Tot in alle eeuwigheid zou zij Duitsers de weg naar de hel blijven wijzen.

'Wanneer houdt het eindelijk eens op?' had de man van het Duitse echtpaar gevraagd.

'Het houdt op over negenhonderdvijftig jaar,' had Baruch geantwoord (het incident speelde rond '83), 'als het Duizendjarige Rijk ook op de kalender voorbij is.'

'Ach, Mensch, das ist doch alles schon vorbei...!'

'Nee, jullie hebben destijds zoveel voorschotten op die duizend jaar genomen... dat er ook echt pas in 2933 een streep onder staat.'

Ik ging door de grond. Mijn oom aan deze mensen voorstellen? Ook al wisten ze niets van elkaars achtergronden, na afloop van de plechtigheid zouden ze gauw genoeg aan de weet komen wie tegenover wie had gestaan. Wat lette me? Mijn oom was een held: hij had, na leergeld te hebben betaald aan het Oostfront, mijn zeventienjarige vader ervan weten te weerhouden dienst te nemen bij de SS – geen geringe opgaaf zo op afstand, want de jongen, idolaat van zijn oudere broer, scheen vastbesloten. Tegenover zijn ouders, zo pro-Duits als vooral de vader was, had H. voet bij stuk gehouden, wat niet meer nodig bleek toen hij met een kogel in zijn hoofd in een Praags ziekenhuis belandde. Mijn vader is toen maar, omdat een mens nu eenmaal beweging nodig had, na de oorlog als vrijwilliger naar 'Indië' gegaan. De oudere broer verdween in een kamp, waaruit hij alleen even weg mocht om in gezelschap van een gewapende bewaker zijn moeder te gaan begraven, terwijl mijn vader, onwetend van een telegram, in een villa boven Batavia te bed lag, met een zweetkussen tussen zijn benen. In Praag hadden de oorlogschirurgen de Russische kogel noodgedwongen laten zitten; op de inslag werd een zilveren plaatje gehecht. Mijn oom kreeg te horen dat hij er niet op moest rekenen ouder dan vijftig te worden (hij was toen vijfentwintig). Onlangs had hij zijn vijfenzeventigste verjaardag gevierd: hij leefde al vijfentwintig jaar in blessuretijd.

Baruch was geboren in een uithoek van de Donaumonarchie, werd al spoedig Pool, en viel later, na het duivelspact van Hitler en Stalin – ook nu zonder van zijn plaats te zijn gekomen – onder de Russische dienstplicht. *Hij* was het, om zo te zeggen, die mijn oom een kogel in zijn hoofd had gejaagd. Later deed hij mee aan de belegering van Berlijn, keerde naar Polen terug, alleen om te ontdekken dat het antisemitisme er alleen maar fanatieker op geworden was. Onderwijzer van beroep, trok hij naar Nederland als begeleider van een groep joodse weeskinderen, bleef er, trouwde er, werd kleermaker.

Lag hier niet mijn kans hem voor te stellen aan de man die *zijn* kogel door de wereld gedragen had? Ik liet hem liggen. Ik kon het niet. Ik ging door de grond. Met de stok als spil werd daar een soort dansje uitgevoerd. Mijn oom omcirkelde het echtpaar, dat steeds minder goed wist hoe het moest kijken. Zo verliep hun kennismaking. Ik kon het niet langer aanzien. Hier moest onmiddellijk een eind aan komen. Ik ging de uitvaartleider zoeken.

Toen ik oom H. zo zag rondtasten met zijn stok rond het bejaarde joodse echtpaar, moest ik denken aan wat drie pensioengerechtigde Nederlandse schrijvers een halfjaar terug om strijd in een interview hadden verkondigd: 'De jongere generatie schrijvers is jaloers dat ze de oorlog niet hebben meegemaakt.' De suggestie was dat je, om een beetje behoorlijk te kunnen schrijven, de Tweede Wereldoorlog moest hebben meegemaakt. Een soort verplicht rijbewijs dus.

Vreemd. Wat ik daar op de crematie zag, die hele pijnlijke constellatie – zo was mijn jeugd doorwoekerd geweest van de Tweede Wereldoorlog. Van deszelfs dubbelzinnigheid en tegenstrijdigheid. Een dialectiek die tot ver na '45 doorspiraalde. Toen mijn vader zijn zin niet had gekregen inzake een ss-opleiding, ging hij na de oorlog halsoverkop als vrijwilliger naar Indië. De oorlog die mijn vroegste jeugd binnendrong, had geduurd van 1940 tot diep in '49.

De oorlog niet meegemaakt! Als de vraag niet zo irrelevant was, zou ik me kunnen afvragen wat te verkiezen was: een zelfs tijdens de oorlog redelijk beschermd bankemployésmilieu in Heemstede, of de kleine oorlog in een arbeidersgezin jaren vijftig te Eindhoven, waar de Grote Oorlog niet afliet tweedracht te zaaien, mensen verdacht te maken; waar mensen met Tipp-ex in de weer waren om hun tekst van járen uit te wissen; waar mensen met zoutzuur hun jarenlange lijfelijke aanwezigheid tot onherkenbaarheid verminkten, hun daden in vaten ongebluste kalk kieperden. Frustratie, drank.

De 'snee mik' met dun gesmeerde 'rinse appelstroop' zal allicht beter gesmaakt hebben dan de 'kleffe boterham met bietenstroop', maar veel soeps was het ook niet, en ik liep in die jaren vaak met honger in m'n lijf. Wederopbouw, jawel! Volle kracht vooruit! Mijn vader verdiende geloof ik f 25,– per week op een fabriekje in Huishoudelijke Artikelen, waar Canadese militaire blikjes tot kindermokjes werden omgesmeed. Hij, de lakspuiter, moest ze een vrolijk, 'modern' kleurtje geven. Die kindermokjes, met onder hun wederopbouwkleurtje het kaki van de bevrijder, daarmee bleef de oorlog het gewone leven binnendringen. Het leek wel een sanctie voor zijn pro-Duitsheid: voor straf alle oorlogsblikjes oververven. Hij had er een masker bij, een spuitmasker, met een fijn bespikkeld mica venster.

Ik trof Moeskops in de hal, waar hij nog steeds zijn assistente souffleerde, nu om er bij de vertrekkenden op aan te dringen alsnog hun naam en adres in het register te zetten. Ik vroeg hem hoe de aanwezigen het best duidelijk te maken dat zij nog in Son, in café-restaurant De Zwaan, verwacht werden 'voor een drankje en een hapje'.

'Dat wil ik graag op mij nemen. Daar zijn wij voor.'

Terwijl Moeskops, duidelijk in z'n element, met handgeklap om aandacht vroeg, en van zijn mededeling een hele redevoering maakte, schoot ik zijn mooie assistente aan.

'Nou... niet echt zijn assistente, eigenlijk. Ik ben in de opleiding. Ik volg meneer Moeskops over twee maanden op, als hij met de vut gaat.'

Haar Brabantse accent was niet storend. Ik probeerde, merkte ik, iets frivools in haar kleding, gedrag en uitlatingen op het spoor te komen dat niet bij haar functie paste. Zij was ingetogen gekleed, met donkere nylons; in het haar een eenvoudig diadeem van het materiaal – dooraderd roodbruin – waar ook wel kammen van gemaakt worden. Haar handen hingen losjes gevouwen tegen haar schoot. Zij was heel licht, bijna onmerkbaar, opgemaakt. Zou haar frisse gezicht, als ze maar lang genoeg in het vak bleef, ook vlokkig eindigen als dat van Moeskops? Het enige frivole bleef voorlopig dat zij een vrouw was.

'Ik had niet direct een vrouw op zo'n post verwacht.'

'Alleen vrouwen mochten op de functie solliciteren. Prima toch?'

'Wat wordt er zoal van je verwacht?'

'Nou... een hoop verschillende dingen. Ontvangen van de stoet. Leiding geven aan het opstellen van de kist... kaarsen, bloemstukken... Begeleiden van de urnbijzetting... of van de asverstrooiing, natuurlijk.' Zij sprak nog helemaal in de stijl van de personeelsadvertentie, die zij tientallen keren had overgelezen bij het schrijven van haar sollicitatiebrief. 'Maar ook allerhand' nevendingen, zoals schoonmaak en onderhoud. Solderen en graveren van asbussen... Daarvoor volg ik trouwens een nevenopleiding bij iemand die gespecialiseerd is in sporttrofeeën. Bekers en bokalen. 't Is hetzelfde principe.'

'Geen moeite mee? Ik bedoel... op jouw leeftijd.'

Was het mogelijk dat ik hier, weggevlucht van een ontluisterend tafereel bij het rouwbeklag, terwijl mijn vader op weg was naar de verbrandingsoven, stond te flirten met de juffrouw die straks zijn as zou verstrooien?

'Niet in 't minst. Daarbij komt dat ik emoties gevoelsmatig goed kan opvangen en begeleiden.' (Al die verrukkelijke g's in dit cliché!) 'Het meest zie ik op tegen de toespraken. Meneer Moeskops is daar een kei in. Mezelf zie ik daar nog niet zo een, twee, drie staan.'

Moeskops had zich van zijn taak gekweten, en keerde in de hal terug. Ik bedankte hem.

'Daar zijn wij voor.'

Mejuffrouw Van Lieshout had zich alweer zedig half achter haar patroon teruggetrokken, een beetje onzeker glimlachend, als bevroedde ze iets van mijn onzuivere gedachten.

Bij vertrek gaf Moeskops me een envelop met het condoleanceregister en de linten van de bloemstukken. De bloemen zelf begeleidden mijn vader dus langer dan onze summiere boodschappen. *Rust zacht, lieve opa.* Nu wist ik aan wie de vergrijsde, maar nog altijd ietwat rossige Moeskops me aldoor had doen denken, ondanks zijn Dickensvermomming: aan Van P., De Rooie Put, en zo was deze in een wat andere gedaante toch aanwezig geweest.

Wat voor grimmigheid was er in me gevaren? Het gezelschap van Minchen en Totò belette me niet de taxi ter hoogte van mijn stamcafé te laten stoppen – niet pal voor de deur, dat maakte een slechte indruk.

'Lieverds, ik moet... Het moet.'

Ik kuste ze allebei, vluchtig, en stapte uit. Onvergeeflijk, vrouw en kind alleen naar ons huis te laten gaan, dat hen kil en leeg zou ontvangen, met nog altijd de verjaardagsslingers, die nu zo roerloos en zwaar geworden moesten zijn dat de twee er bij het minste zuchtje tocht onder verpletterd konden raken. Onder alle omstandigheden zou ik me voor een dergelijk verraad, zeker achteraf, diep geschaamd hebben, maar nu speelde iets anders een rol. Ik was met de erfenis bezig. Er moest iets volbracht worden.

Halftien. Bij De Z. bleek het happy hour allang uitgewoed, en van zelfs de volhardendste namiddagdrinkers was het merendeel gaan eten. Wat er nog hing, was nauwelijks aanspreekbaar meer. Ze hadden zich over hun honger heen gedronken, of zich tussendoor beholpen met een Kwekkeboomkroket uit de aanpalende snackbar – wat desastreuze gevolgen kon hebben voor de bierglazen, die met een Kwekkeboomvetrand zelfs het massieve schuim van De Z. verwoestten. Goed, van het formele gedoe, het stuurse 'gecondoleerd' mompelen, was ik verlost. Ik merkte dat ik het daarbij niet wilde laten. Ik had behoefte over mijn dag te praten, en me te wentelen in medeleven, als het tenminste een menselijke temperatuur had.

Met een voor zo'n kleine dame reusachtig glas witbier in de hand kwam collega Yvonne naderbij geschuifeld, bezorgd gadegeslagen door haar even grote zus. Ze moest op z'n minst aangeschoten zijn.

'Wat is dat voor lullig rood jasje? Kom je daarmee recht van het casino?'

'Nee, Yvonne, van het crematorium. Vanmiddag is mijn vader gecremeerd.'

Het had sarcastisch moeten klinken, maar ik schrok van de pathetiek in mijn stem. Haar viel het niet op. Ze zette haar glas op de bar, mompelde nog iets over een 'croupiersjasje', en maakte een knoopje van mijn overhemd los. Ze stak een vinger in mijn navel, en even later wandelde haar door het witbier ijskoud geworden kinderhandje vrijmoedig over mijn vetrol, door de lolligerds ook wel 'zwemband' genoemd. Een sexcolumniste had nooit vakantie; deze maakte overuren. Ik zou haar aanraking met mijn middel niet lang verdragen. Niet alleen kwam zij te dicht bij wat ik als mijn vaders erfenis om me heen voelde spannen, zij leek zo'n erfenis ook te *insinueren*. Waarschijnlijk kende ik haar aangeschoten smoeltje op dat moment meer dubbelzinnigheid toe dan er in werkelijkheid van af te lezen viel.

'Hee, Yvonne, doe me 'n lol. Als ik zeg dat ik van de crematie van mijn vader kom, maak ik godverdomme geen grapje. Ik kan dat gefriemel aan m'n lijf nu niet velen.'

Een vriend vertelde me eens hoe een vrouw na het vrijen een hand op zijn voorhoofd had gelegd – een heel licht en liefdevol gebaar, dat hem ontroerde. Maar gaandeweg begon de hand in gewicht toe te nemen, en drukte als het ware –

ongeveer die woorden had hij gebruikt – een bijna tastbaar visioen uit zijn hoofd. Langzaam, van onderaf, rees er een kleine jongen boven hem op. Eerst de schoenen en de sokken, toen de schenen en de blote knieën... en zo verder omhoog, gelijk op met het zwaarder worden van die tengere vrouwenhand. Nog voor het gezicht van het jongetje onthuld werd, was de hand zo ondraaglijk in gewicht toegenomen (en zo gloeiend geworden) dat mijn vriend hem met een onbedoeld ruw gebaar van zich afwierp.

Iets dergelijks richtte Yvonnes hand bij mij aan. Ik zag het opgezwollen lichaam van mijn vader voor me, zo scherp en opdringerig en levend als alleen een gestorvene soms aan je kon verschijnen, desnoods midden in een ontspannen gesprek. *Zij streelde het lijf van mijn vader.*

Ik rukte haar hand uit mijn shirt, waardoor nog meer knoopjes lossprongen.

'Ga, als je wilt, op het casino aan mannen zitten plukken. Misschien zit er een leesbaar stukje in. "Goklust sterker dan paardrift", of zo. Kun je nog eer mee inleggen.'

Terwijl ik mijn hemd dichtknoopte, werd Yvonne, een beetje daas, door haar zusje weggeleid. Ik bedekte het lichaam van mijn vader. (Of vreesde hij – of had hij al gezien – dat hijzelf die jongen was, die vanuit zijn majesteitelijke knapendom vol deernis op zijn aan het postcoïtum overgeleverde lichaam neerzag?) Door het gefrunnik aan de kleine knoopjes realiseerde ik me voor 't eerst dat zijn lichaam er niet meer was. In een oven verbrand. In zijn gezwollen staat in het mijne opgegaan. Onomkeerbaar: ik kon de erfenis niet meer weigeren.

Ik kreeg ongevraagd nog wat bijzonderheden te horen over de achtergronden van de vuistslag. Naarmate hij meer verleden tijd was, werd hij steeds welverdiender, leek het, al verzuimden de woordvoerders niet nog enige meewarigheid te betonen. Ook bloed dat zich alleen maar *onder* de huid uitstortte, kon blijkbaar geproefd worden en de bloeddorst verder prikkelen. Zo reageerden dus de lui met wie je altijd gewichtig stond te drinken, als er wérkelijk iets met je aan de hand was; ze zagen plotseling het gat dat er in je geslagen was, en deinsden terug. Ik keek om me heen. Dit was dus de plek waar ik, avond aan avond, mijn erfenis stond te verzilveren, dat wil zeggen: hem stond af te betalen, zoals dat gaat bij erfenissen met een negatief saldo. Naar huis? Nee, er moest iemand te vinden zijn, op een van de bekende plaatsen, voor wie een half woord voldeed, en die met gelijke munt, een ander half woord, terugbetaalde, zodat het voorgoed genoeg geweest was. Geen pathetiek. Ik zou niemand meer een blik in dat afstotelijke gat gunnen.

Het duurde even eer ik in de gaten had dat bij café S., aan het Rembrandtplein, een vriend naast me voor de hoge pisbakken stond. Zelfs La Coupole, in Parijs, had het manshoge porselein laten vervangen door kinderurinoirtjes, maar hier had je nog een halve torentrans om je heen. Hij vroeg me waar ik vandaan kwam... hoe mijn vrijdagavond er had uitgezien... De gewone vragen van het middernachtelijk uur bij S., zelfs niet vreemd met je lul in de hand. Ik zei hem dat mijn vader er kort geleden nog wat voor over had gehad om zo natuurlijk en vanzelfsprekend als wij nu deden zijn vocht te verliezen. Hij was inmiddels in zijn inwendige poel verdronken, en afgelopen middag gecremeerd.

Mijn vriend, de druppels van zich af slaand, stiet een bijna triomfantelijke kreet uit. 'Zo *kil* heb ik nog nooit iemand over de dood van zijn vader horen praten.' Hij nam nauwelijks de moeite zijn gulp naar behoren dicht te doen, en met een gezicht dat uitdrukte 'dát ga ik Tammy vertellen' (zijn vriendin, die aan de bar zat), verliet hij schielijk de toiletruimte.

Ik boog me voorover naar de spiegel die ik daar zo vaak gemeden had uit angst in een onherkenbaar dronken gezicht te kijken. Ik zag er moe uit, vond ikzelf. 'Je ziet er moe uit,' zeiden mijn lippen. De zomer moest nog beginnen.

In de keuken schonk ik mezelf een dubbele vodka in, en liep ermee naar de huiskamer, waar Minchen een lamp aangelaten had. Ik bleef midden in de kamer staan. Ik zette het hoge glas, bijna een reageerbuisje, op de salontafel, maar kwam er niet toe te gaan zitten. Mijn hoofd suisde – niet van volte, maar van leegte; de volte zat bij het middenrif, achter de klem rond mijn borst. Toen ik merkte dat het gevoel van leegte een heel concrete oorzaak had (de slingers waren weggehaald), maakte de beklemming plaats voor opluchting. De lijkverbranding was achter de rug, de chapelle ardente ontmanteld. Ik haalde diep adem. Deze nacht zou ik niet, al was het onder een schoongeveegd plafond, op de bank in slaap vallen. Ik was al onderweg naar de lichtschakelaar, toen mijn oog op het glas vodka viel. Teruggieten in de fles? Laten staan zo, als de stille, rechte getuige van een besluit. Maar niet in het donker. Ik liet de lamp branden, sloot de huiskamerdeur achter me, en ging de trap op naar de slaapverdieping.

De posterijen

Met wat voor rijkdom heb je me bedacht! – opgezadeld, *zou ik bijna zeggen. Wat een scala aan stemmingen, de voorbije maanden! (Mijn leven gaat door met afsterven, het jouwe niet meer.) En de snelle wisseling van humeuren: een schat op zichzelf! Een ongekende werveling, een dans; wat een luxe! Woede, gelatenheid, afkeer, compassie, verongelijktheid, verdriet, nogmaals woede, zelfmedelijden, afgrijzen, droefheid, haat, sympathie, berusting... alles in bonte en zwartwitte afwisseling. Stemmingen over elkaar heen struikelend, parend, bekvechtend, elkaar afstotend en vernietigend en opvretend... Voor een anders zo gelijkmoedig mens niet bij te houden! Wat heb ik gedobberd! Hoorndol en tot kotsens toe zeeziek ben ik ervan!*

Vlug! voordat ik weer nijdig en bitter dreig te worden – nee, geen orgie van sentimentaliteit, maar een zoete snik, nu het nog kan. Nou, vooruit dan: een heel tapijt van zoete snikken, want daaronder gist en bijt de gal alweer...

Door tante M., mijn moeders jongste zuster, had ik dat voorjaar kennis gemaakt met het systeem van de voorschotten. In de Paasvakantie logeerde ik bij mijn grootouders, waar ik haar de laatste keer meemaakte, want zij bereidde zich op haar huwelijk voor (in mijn ogen voornamelijk door stapels veel te mollige badhanddoeken aan te slepen, met bijpassende washandjes te dik zelfs om ermee tussen twee tenen te kunnen). Wanneer ik 's morgens, zoals ik altijd gewend was geweest, bij haar in bed kroop, vertelde zij verhalen – extra spannende dat jaar, wat te maken had met de deelname van haar jongere broer aan de politionele acties in Nieuw-Guinea. Beschietingen over en weer, met blaasroeren, tussen oom J. en de papoea's (munitie: gifpijltjes, maar ook wel harde keutels), alles steeds aanvechtbaarder en scabreuzer. Maar tante M. had me in de tang. Zij wist van mijn verzameling paaseieren, en had, door er een aan barrels te gooien, al laten zien hoezeer ze op handgranaten leken. Bij elke cliffhanger in de vertelling eiste ze op het vervolg een voorschot in de vorm van een of meer scherven chocola.

'Twee. Het zijn kleintjes. Jij mag het gruis.'

Zij was een harde onderhandelaarster. Haar halsstarrigheid hield de voortgang van het verhaal op: ten slotte gaf ik toe.

'...gewoon al van de stank vielen ze uit de boom. Eentje brak z'n toeter.'

In juni trouwde ze, en zo raakte ik haar als bron van exotische historiën kwijt, want de bruidegom kwam uit Dordrecht, en daarheen volgde ze hem ook. Een jaar later, in de zomer, mocht ik voor twee weken bij ze komen logeren. De afspraak was dat mijn vader me in zijn vakantie achter op de NSU 'naar Dordt' zou brengen. De hele nacht voor het vertrek moest ik overgeven, zo ziek was ik van de spanning. Hoe graag ik ook op reis ging, alleen al dat mijn moeder het goed vond mij aan hem mee te geven, en dan nog wel op die bromfiets waarvan de initialen op zichzelf al voor ongeluk en dood stonden, was voor mij onbevattelijk. Hij zou me tot ver buiten de bebouwde kom voeren, en in een afgelegen binnenschipperscafé tot wurgens toe chocomel laten drinken, terwijl ik moest toezien hoe hij twintig glazen bier wegkauwde (hij *kauwde* bier, een gewoonte die ik later van hem heb overgenomen). Vervolgens zouden we in razende vaart tegen de pijler van een viaduct op rijden, en alles zou veel en veel erger zijn dan de laatste keer dat we met diezelfde NSU onderuit waren gegaan. Hoe kon mijn moeder de voortekenen van een dubbele begrafenis over het hoofd zien? Of hield ze zich alleen maar groot bij wat ze allang als het onvermijdelijke had aanvaard? Ik durfde haar niet te waarschuwen, uit angst dat haar eventuele laatste beetje vertrouwen in hem het zou begeven.

De hele nacht was mijn moeder met mij aan het redderen geweest, zonder dat ik me had uitgesproken. 's Morgens, blauw onder haar ogen, zei ze: 'Die gaat niet naar Dordt.'

Hier deed zich, dank zij mijn voorvoelende ingewanden (die niet schroomden om uit overlevingsdrang ziekte te simuleren), de gelegenheid voor de dodenrit te laten schieten. Toch hield ik voet bij stuk, al verzette ik me, leeggekotst en slap, misschien alleen nog tegen mijn eigen dreigende verraad.

'Wel gaan. 't Is al over.'

'Kan toch niet, jongen. Zo ziek als je bent,' zei zelfs mijn vader, die zich anders zo graag honend uitliet over kleinzerigheid.

Ik wist dat ik zou doorzetten, en dat dreef de spanning verder op, met als gevolg dat mijn ontbijt er weer uit kwam.

Mijn ouders overlegden. Tante M. en oom E. hadden geen telefoon. Ze zouden er niets van begrijpen.

'Jij weet zelf 't best hoe je je voelt. Denk je dat je 't aankunt? Nee... *eerlijk* zeggen.'

'Ik wil zo graag.'

'Hij wil zo graag.'

Een jaar of wat eerder had mijn vader me een ritje, samen met hem, op de roetsjbaan aangeboden. Het was de tijd van voor de grote valpartijen. Het magische woord 'achtbaan' deed de rest. Hij nam me in het schuitje, in die bobslee op rolletjes, tussen zijn benen, en toen merkte ik pas wat voor ongeluk we tegemoet gleden. Bij elke nadering van een bocht van negentig graden wist ik zeker dat we rechtdoor zouden vliegen, en in dat rode (of lichtblauwe) projectiel tussen de kermisattracties te pletter zouden vallen. Ik was zeven of acht, en tijdens elke duizeling die anticipeerde op de dodelijke lancering dacht ik: 'Het is gelukkig met mijn vader... we gaan samen...'

Tot voorbij de laatste bocht was ik ervan overtuigd dat ik samen met hem, in hem vastgeklemd, deel van hem, dood zou vallen, en zulks met de vage notie dat we elkaars einde zouden opvangen, verzachten. Na de rit bleef hij me plagen met mijn 'bleke neus', terwijl ik aan de klem van zijn knieën toch gevoeld had dat hij zelf in de rats had gezeten, maar ik kon niets terugzeggen: mijn spraak zat vast. Zijn plagerij zong trouwens van niets anders dan ons gezamenlijke avontuur.

'Nou, vooruit dan. We kunnen altijd nog omkeren.'

Alleen met de beproefde gedachte 'als we van de weg af raken, is het samen' durfde ik, hondsmisselijk als ik nog was, achter op de NSU te klimmen en mijn benen in de verraderlijke fietstassen te steken. Omdat het een julidag was, drukte het vuilgrijze wolkenpak extra zwaar op de af te leggen weg. Ik herinner me dat we er met gebogen rug onderdoor reden. Het hele zwerk draaide met mijn maag mee; het kon zich elk moment ontladen in een groenig braaksel. In de buurt van Breda werden de benen gestrekt, en rustten we uit in een groot café-restaurant. Mijn vader dronk koffie, en ik, gewend aan die ene chocomel tegen vier pils van hem, nam chocomel – en werd prompt weer misselijk.

'Ik moet plassen.'

De porseleinen urinoirs reikten tot boven mijn hoofd. Een man die echt moest plassen, had in het voorbijgaan al een misprijzende opmerking gemaakt over mijn vervuiling van de pisbakken. Hij was gelukkig zonder nog iets te zeggen weer weggegaan, maar nu hoorde ik opnieuw voetstappen naderen over de granito vloer. Galmend ging de deur open naar de hoge toiletruimte. Ik schaamde me voor de bruinige smurrie die ik niet had kunnen wegspoelen. Ik kromp bij voorbaat onder de verwachte berisping. Twee handen streken als vogels zo licht, maar als vogels zo nadrukkelijk ook, op mijn schouders neer, en boven me klonk de stem van een vreemde, die op die van mijn vader leek.

'Het gaat nog niet zo goed, he, *jungske*?'

Op datzelfde moment genas ik van de spanning, die doodsangst was, en vrees voor het snerpende verdriet van mijn moeder. Wat van mijn misselijkheid overbleef, voelde bijna als een weldaad. Mijn vader draaide boven de wasbak een kraan open.

'Hier, drink 'n klein beetje water. 't Is anders zo'n akelige smaak in je mond.'

Ik beet met welbehagen in de harde straal. Achter mijn rug maakte mijn vader het urinoir schoon. Ik meende te horen hoe het water met muzikale tikken van mijn tanden sprong.

'Niet te veel, *jungske*. Anders raakt je maag weer van streek.'

Ik had 'het is al over' gezegd toen de misselijkheid almaar erger werd. Nu hield ik mijn mond. Ik wist dat het voorbij was. Een soort ingewandsgejuich kwam voor het gegist en geborrel in de plaats. Mijn vader waste zijn handen.

'Willen we teruggaan naar huis?'

'Nee.'

'We blijven net zo lang hier tot jij je eigen beter voelt.'

Hij duwde me zacht voor zich uit de caféruimte in, naar het tafeltje waar de fietstassen over een stoelleuning hingen. Ik wilde niets liever dan weer bij hem achterop over de lange wegen suizen, die allemaal naar Dordt leidden, en die in dit café-restaurant hun angstwekkendheid waren kwijtgeraakt. Maar eerst moesten we ons spel opvoeren, ons moment van gelijkwaardigheid uitbuiten. Ik had hem, en mezelf, met mijn eigen ingewanden een ingewikkeld geschenk bereid. De hele nacht had ik met mijn sappen de wegen inktzwart geteerd, met mijn bloed de pijlers van viaducten rood geverfd, en hem zo de gelegenheid geboden een natuurlijk soort vaderlijke zorgzaamheid te hervinden. Nu ik hem, met een opluchting die mij een geheel nieuw en schoon lichaam had geschonken, terug had, moest ik hem zien te behouden: de zieligheid diende nog wat gerekt. Anders zaten we binnen de kortste keren weer 1:4 te drinken. Terwijl mijn vingers op het namaak-Perzische tapijt de harde plekken zochten die de uitsmijters van handelsreizigers daar hadden achtergelaten, voerden we een kostbaar gesprek – over niets, maar de toon (bezorgd, sussend, toegevend) zei alles. Ten slotte: 'Nou, keren we om? Gaan we door? Zeg 't maar.'

'Door.'

Wat volgde had iets van de film. Heroïsche snelheid. De smaak van gezamenlijk avontuur. Muziek in de lucht. De wereld spleet open voor ons wiel. 'Alles goed daar?'

Hij kon het, wat mij betreft, niet vaak genoeg over zijn schouder roepen. 'Alles goed!'

Soms stopte hij even, met een voet in de berm, waarna onder het verder rijden sigaretterook in mijn gezicht woei. De film had ook een geur.

Bij aankomst werd ik door tante M. meteen in het logeerbed gestopt, wat ik me alleen liet welgevallen omdat het braken een stekende vermoeidheid in mijn spieren en botten had achtergelaten. 's Nachts sliep ik naast mijn vader, in het bed van oom en tante, die nu zelf genoegen namen met de logeerkamer. Hij rook niet naar bier, wel naar zware shag, maar ik vond zijn geur niet onaangenaam. Voor het inslapen, bij het intieme licht van een bedlampje, vroeg hij me uit over hoe ik me voelde.

'Gaat het wel weer?'

'Het gaat wel weer.'

'Echt?'

'Echt.'

'Ik vraag dat niet voor niks. Morgen moet ik weer weg. Ik kan jou hier moeilijk ziek achterlaten.'

Zijn bedwarmte. Zijn onvervreemdbare geur, die ik behalve met tabak met vergeelde nagels associeerde. De geluiden die, met het intreden van de slaap in getal toenemend, uit zijn gekromde lijf opstegen. Gierende stormwind in de omgekeerde bomen die zijn longen waren. Taaie branding van slijm. Alles van heel verweg, door dikke muren heen hoorbaar. Ten slotte, daarbovenuit, zijn gesnurk – niet, zoals in tekenfilms, telkens in een fluittoon eindigend, maar in een kreuntje, dat speciale slaapkreuntje van hem, nog het meest lijkend op de keelklank waarmee in de bioscoop de neergeschoten schurk, na het aanvankelijke misbaar, onverwacht subtiel de geest gaf. Het was, bedenk ik nu, de laatste keer dat ik een bed met hem deelde. Ook de volgende ochtend nog was ik vreemd ontroerd.

Brieven – hoe zou mijn leven zonder zijn geweest?

Als je bij je leven al een schim wilt worden, moet je je bij het schrijven van elke brief heel consequent afvragen hoe het resultaat over twee- of driehonderd jaar zal vallen. De onwerkelijke indruk die het epistel zal maken. Zo dichtbij, door z'n handschrift... en toch zal het voor de museumbezoeker, staande bij de vitrine, moeilijk zijn zich de schrijvende, rechtstreeks op het denken aangesloten hand voor te stellen. Een brief van Mozart, *aus einem Guss* neergeschreven en ooit, ruim tweehonderd jaar geleden, nat van inkt geweest, met handwarm zand bestrooid, met levende adem schoongeblazen... Mozart zou onmiddellijk in een schim van zichzelf zijn veranderd, als hij zich had voorgesteld hoe zijn – hogelijk geimproviseerde – tekst van decennium tot decennium, door steeds weer andere generaties musicologen, zou zijn geanalyseerd en aan zijn muziek getoetst. Het zou gelijk staan aan het zich dwangmatig voorstellen hoe de eigen schedel er jaren na overlijden uitziet: uitgehold, bruin, met een craquelé perkamentlaagje overtrokken... Wie zo zijn brieven schrijft, schrijft ze rechtstreeks naar een verre toekomst toe; niet naar de adressant (die is de aanleiding), maar naar een gefascineerde onbekende. Zelf is men zo die toekomstige beschouwer, en daarmee bij leven en welzijn al een geest, een dooie. Iemand die in zijn dode produkten het eigen leven probeert te traceren. Het zou de perfecte manier zijn om aan het drukkende, altijd achterstallige, steeds onvrijwilliger corresponderen een eind te maken. Epistelomanie die zichzelf opheft.

Maar veel eerder, nog in kinderlijke vrijheid, was die obsessie voor de briefwisseling er al. Het blindelings uit handen geven van vers schrift. De onzichtbare nachtelijke ijlbode. De feilloze bezorging. Het vanzelfsprekende antwoord, door dezelfde gevleugelde voeten in tegengestelde richting gedragen... In Dordrecht ontving ik een brief uit Geldrop. Eerder dan dat ik op de envelop het handschrift van mijn moeder herkende, had ik gevoeld, aan hoe warm hij nog was, dat hij alleen van haar kon zijn. De brief was door louter stevig wrijven bezorgd. Dat poststempel, dat was maar schijn, misleiding, hooguit een bevestiging achteraf. Ik wist wel beter. Na voltooiing had zij de brief op haar eigen manier, met moederspog en lichaamswarmte en grote krachtsinspanning, verzegeld en overgemaakt, zonder tussenkomst van derden.

Schreef mijn moeder in de jaren vijftig een brief, dan meestal aan haar zuster in Australië (dat ik als een ver eiland van Nederland beschouwde, een ezelskop en profil). Het zal wel iets in haar toewijding zijn geweest, in haar extreme afwezigheid, dat ik *moest* blijven kijken naar haar scheef gehouden hoofd, haar regelmatig bewegende en soms alert stil liggende hand. Toen ik op school nog niet had leren schrijven, probeerde ik, terwijl zij zo met Australië bezig was, haar schrift na te bootsen. Hele bladzijden van een cahier vulde ik met golflijntjes, die met grote regelmaat, volgens haar ritme, een uitschieter kregen naar boven. Zo zaten we tegenover elkaar aan tafel, en schreven. Als haar brief af was, las ze hem over, waarna het velletje postpapier pijnlijk nauwkeurig, met vinnig gebruik van een nagel, in vieren werd gevouwen. Nu begon een nog geheimzinniger ritueel, waarvoor ik mijn eigen geschrijf onderbrak. Mijn moeder sloeg op een willekeurige plaats een tijdschrift open – de *Margriet* waarschijnlijk – en legde er de dichtgeplakte envelop in. Ze klapte het weer dicht, en begon met beide handen over het omslag te wrijven. Geen geaai, nee, krachtige draaibewegingen. De *Margriet* golfde ervan, er ontstonden spontaan ezelsoren, die zich naar mijn moeders handen toe krulden. Ik keek mijn ogen uit, een beetje angstig. Het was een handeling van dezelfde heftigheid als het uitwringen van natte beddelakens, of het uitboenen van in de was gezette stoelleuningen – alleen betoverender. Met alleen de muizen van haar handen, kleine stoomwalsen, verhoogde ze de druk. De krachtsinspanning deed haar steunen. En nog was het niet genoeg geweest: ze ging erbij staan, wierp haar volle gewicht op het blad. De tafel wiebelde, kraakte. Het leed voor mij geen twijfel, ik hoefde maar naar haar gezicht te kijken, dat dit het zwaarste onderdeel van de briefschrijverij was. Zat de envelop nog wel in de *Margriet*? Tijdens een adempauze, ze hijgde, bladerde mijn moeder woest door het tijdschrift. Ze wierp het lukraak open, nu eens hier, dan weer daar. Onvindbaar, de brief. Ja, toch, daar was hij: ze hield hem kritisch omhoog tegen het licht. Ik verbeeldde me dat hij vliesdun en doorschijnend was geworden. Al halverwege Australië dus. Want dat haar plettende wrijfwerk niet zozeer diende om de envelop overdreven goed dichtgeplakt te krijgen, als wel om de brief, door handoplegging en hitte, naar de plaats van bestemming *over te maken*, stond voor mij vast.

Nog was zij niet tevreden. Er was te veel van wat ze haar zuster te zeggen had hier gebleven, aan deze kant. Het poststuk ging terug de *Margriet* in, het wrijven werd nog een poos hervat. Misschien verloor ik op dat punt mijn belangstelling, en wijdde ik me opnieuw aan mijn eigen schrijfwerk: ik zag de envelop niet nog eens, definitief, te voorschijn komen. Misschien ook liet mijn moeder hem, bij voorbeeld tegen vieze kindervingers, tot 's avonds in het tijdschrift liggen. Zeker is dat ik haar nooit een brief op de aardse manier heb zien posten.

Een brief uit Geldrop... Ik probeerde de envelop, heet als de puntzak van een portie versgebakken frites, met mijn nagels open te maken, maar de hitte noopte me hem telkens van de ene in de andere hand te nemen.

'O, o, wat issie zenuwachtig.' Tante M. opende de envelop voor me, met een haarpin. Zij streek het vel glad. Mijn moeders regelmatige handschrift, waar ergens halverwege het eerste kantje een depressie doorheen trok. Een soort notenschrift, met geen andere balken dan de dunne lijntjes van het postpapier.

Misschien had het te maken met zijn linkshandigheid, die er door de schoolmeesters met de blanke meetlat uitgeranseld was. In later jaren bleef hij rechts schrijven, maar het zo hardhandig aangeleerde schoonschrift, waarin hij nog wel zijn 'Indische' brieven had geschreven, raakte hij kwijt. Het liep eenvoudig uit zijn vingers weg. Sindsdien was zijn hand steeds onzekerder geworden. Mijn vader schreef blokletters, kapitalen, en schoolse schrijfletters van diverse pluimage door elkaar heen binnen hetzelfde woord. Hij tekende de letters, afzonderlijk, eerder dan dat hij ze schreef – langzaam en weifelend. Hij trok de letter met de balpen telkens weer over, tot er een soort eenmalige drukletter ontstond. Met schuingehouden hoofd, een oog half dichtgeknepen, keek hij steeds opnieuw naar het resultaat, waarna het letterteken – geheel overbodig – nog wat werd aangedikt, of sober versierd. Zo werden de d's en de b's bijna dichtgeslibde noten, soms compleet met vlaggetjes. Zelfs zijn handtekening ontstond meer en meer op die manier, zeker voor een handtekening tergend traag. Daags na de gouden bruiloft van de overburen, waar ook mijn ouders te gast waren geweest, kwam hun oudste zoon met het receptieboek langs, waarin mijn vader verzuimd had zijn krabbel te zetten. Al had ikzelf bij lange na nog geen handtekening ontwikkeld, ik wist dat vooral de snelheid erop aankwam. Het was pijnlijk om mee te maken hoe lang mijn vader over de zijne deed, en dat onder de gefronste wenkbrauwen van de zoon van de overburen. Toen die eindelijk het boek weer terug had, begon hij te bladeren. '*Sommige* mensen hebben me toch 'n mooie handtekening. Hier, deze...' Hij wees op een trefzeker gestileerde bliksemschicht binnen een voorgedrukt rechthoekje. 'Zo godsammes mooi.'

Mijn vader knikte, ietwat verbouwereerd en zuur. Ik had er op dat moment wat voor over gehad als de man hém een compliment had gemaakt. Ik wilde zo graag met recht trots op hem zijn. Tegelijkertijd wist ik maar al te goed dat mijn vader niet alleen geen mooie maar *in het geheel geen* handtekening had gezet. Iets ondertekenen was niets anders dan een daad van snelheid. En hoe sneller hoe mooier. Mijn vader zou voor een kruisje nog zijn tijd hebben genomen. (Ik vind dit toch weer te hard klinken. Een kind wil dat zijn vader zich conformeert aan het grauw en aan de eisen van de dag, en tegelijkertijd een graad beter is dan de anderen. Achteraf heb ik er geen moeite mee er trots op te zijn dat hij op *zijn* manier tekens in de wereld kraste, in zijn eigen tempo. Het had welbeschouwd iets heel moois.)

De ouderlijke brief is verloren gegaan, net als al mijn vaders 'Indische' brieven uit de kist van de toean kampong, maar ik heb vooral *zijn* bijdrage in die Dordtse week, en misschien ook later nog, zo vaak herlezen dat ik hem moeiteloos uit de herinnering kan reconstrueren.

'Mama is boven met strijken bezig, zij heeft de brief hier op de tafel op de margriet laten liggen. Ik schrijf er dus stiekum een woordje bij voordat zij weer naar beneden komt om verder te gaan met schrijven. 't Was gezellig op de brommer naar Dordt, jammer dat je zo moest overgeven, maar ik hoop dat je 'n fijne tijd hebt bij tante M. en oom E. Ik was je nog bijna kwijt in dat grote Café Restaurant bij Breda. Nu jongen ik hoor mama's aankomen, ik denk dat het strijkwerk gedaan is dus ik laat haar weer verder gaan met de brief. Daag.

Je vriend en vader
P.W. van der Heijden

Je vriend en vader. Niet eens dat 'vriend', maar de volgorde – eerst vriend, dan vader – bracht me dermate in verwarring dat ik aanvankelijk de ontroering geen enkele kans gaf. Toen drong tot mijn tienjarige breintje door dat voor dat brevet (Vriend & Vader) de gezamenlijke reis naar Dordrecht nodig was geweest. Voordien had hij het zo niet op kunnen schrijven. Hier was sprake van een inzicht, dat leidde tot zijn bevordering, tot mijn bevordering, tot ons beider bevordering. Vriend en vader. Vriend en zoon. Vrienden. Een na al die jaren van angst en schaamte welverdiend soort adelstand. In notenschrift, dus het ging om muziek, om een gezang. En zingen deden ze, zijn woorden, zijn noten, de rest van die Dordtse dagen, zingen en jubelen.

Dat hij de woorden, behalve in mijn hoofd, nooit zou herhalen, was tot daaraan toe, als hij er maar naar *geleefd* had, naar eerst vriend dan vader, in 't vervolg. Toen ik twee weken later, nog licht in het hoofd van dat nooit vervelende refrein, op een zaterdagmiddag door oom E. in de Volkswagen thuis werd afgeleverd, was hij foetsie, mijn vriend en vader. 'Op de brommer de cafés af' – meer viel er over zijn afwezigheid niet te melden.

Toch maakte ik pas een halfjaar later mijn eerste begrafenis mee.

Begraven is, in praktische zin, doorgaans een kwestie van gewicht: hoe krijgen we op een waardige manier dat zware lichaam verhuisd? In dit geval had een volwassene het met zijn pink kunnen doen. Het veel te vroeg gekomen kind van de buurvrouw was meteen na de geboorte overleden. Het zieltje was met de snelheid van een tennisbal neergesuisd, en na de kortst mogelijke aanraking met de aarde even hard weer teruggekaatst. Maar er was sprake geweest van leven, van een bezield bestaan, en dat betekende dat de hele afscheidsceremonie afgewerkt moest worden. Mij werd gevraagd, geboden eerder, om samen met drie leeftijdgenootjes uit de buurt de baar te dragen. Op de ochtend van de begrafenis kregen we, om de volwassenen te ontroeren en God te vermurwen, alle vier een stijve, grijze cape om de schouders gebonden, die met z'n zoom hinderlijk langs mijn kuiten schuurde, want ik droeg gewoon mijn korte broek.

'Recht dragen,' maande ons bars de chagrijnige kraai die 'het kleine spul' moest dirigeren. Hierdoor was ik er voortdurend op bedacht dat het lijfje in het roomwitte, turquoise afgebiesde kistje zou gaan schuiven, met een geluid dat in de stilte, vooral die in de kerk, voor iedereen duidelijk hoorbaar zou zijn. Toen dit ook bij slordig geschommel uitbleef, en ik er bovendien van overtuigd raakte dat wat wij te tillen kregen nooit meer dan het gewicht van baar plus netto kist kon zijn, wist ik zeker dat de boreling, met lichaampje en al, elders was – God mocht weten waar, maar niet hier onder het tuiltje witte rozen. Wat wij opvoerden, was een gewichtig spel, zoals er in en rond de kerk wel vaker een mee te maken viel.

Na de gedisciplineerde uitvaartdienst kwam de plaats van handeling op het kerkhof mij ontluisterend voor, met z'n hoop aarde waarin de schop van een kolenboer stak, met z'n modderbesmeurde balken, z'n gore touwen, z'n vertrapte bloemen... Het lege kistje verdween licht als een veertje in de kuil. Wij, de vier dragers, werden achter een struik gewenkt, waar de norse kraai ons, door een ruk aan het koord dat rond de hals gestrikt zat, van de capes ontdeed, die hij over zijn arm wierp. Hij drukte ons ieder twee kwartjes in de hand, wat mij een grote weerzin bezorgde, want hij droeg een grijze handschoen, die aanvoelde als een muizevelletje. Besmet geld, maar ik was vrij, nu de harde stof niet meer tegen mijn kuiten sloeg. Er snoep voor kopen? Uitgesloten. Niet alleen een kwestie van eerbied: het zou me niet smaken. Iets nuttigs. Vijftig cent, zoveel kostte bij speelgoedwinkel De Win een kleine vlieger van lollystokjeshout. Na de aanschaf kwam, mogelijk nog in de zaak, toch weer de twijfel. De muntstukken waren door een begrafenishandschoen in mijn handpalm neergeteld. Een betaling voor wat ik had gedaan, in die cape, kon het niet zijn, dat sprak vanzelf, laat staan dat er voorwaarden bedongen waren. Nee, ik had de boodschap gemist: het geld had op wat voor wijze dan ook aan het gestorven kindje besteed moeten worden. Een onduidelijke voorstelling van kaarsen, bloemen, een verzegeld missiebusje... Er bleef me weinig anders over dan de vlieger aan de dode baby te offeren – al zal dat 'offeren' eerder als vaag idee dan als woord bij me opgekomen zijn.

De vlieger was citroengeel en had een staart van donkerblauw crêpepapier. Ik bezat nog niet zo'n houten klos met handgrepen en echt vliegertouw, zoals ook bij De Win te koop was, maar mijn moeder had me een nog vol naaimachineklosje met zwart ijzergaren gegeven. Al op het kerkhof moest ik, door de opwaaiende cape, gevoeld hebben dat het ideaal vliegerweer was. Nadat ik met mijn aanwinst klapperend achter me aan zo'n dertig, veertig meter over het Volmolenplein had gerend, greep de wind al in het sterke papier met z'n geraamte van dun hout, dat zich boog en schrap zette. De vlieger werd de hoogte in gestoten, zo leek het. Het klosje tolde razendsnel, tot gloeiendwordens toe, door mijn gesloten hand; de draad, waar geen eind aan kwam, sneed met een verrukkelijke pijn tussen wijs- en middelvinger. Ik maakte vuur in mijn vuist. Elk moment kon een dun sliertje rook de vlammen aankondigen, die het garen door zouden snijden, en waarvan er een ter grootte van een aangestreken lucifer als langs een lont omhoog zou kruipen om de vlieger in lichterlaaie te zetten. Mijn hand brandde, maar ik bleef de onbegrijpelijke kracht van de lollystokjes voelen, tot in mijn schouder, tot in mijn rug en middenrif. De vlieger trok uit alle macht, en deinde daarbij van links naar rechts, als om los te komen. Het was een omgekeerd soort hengelen, een vissen in de lucht; het molentje van mijn werphengel snorde.

Het is verleidelijk te denken dat ik op dat moment begon te vermoeden dat de ruitvormige windvanger met z'n wenkende sleep de vorm, in z'n meest perfecte en kale staat, van een kinderzieltje benaderde, daar hoog in de lucht. Toen die vorm zich verder had geperfectioneerd tot een doorschijnend kikkervisje met een staartje dat donker tegen het lichtgrijs van de hemel sidderde, stopte ik met een ingewikkeld gebaar het afrollen van de draad, en haalde de brief te voorschijn. Deze was min of meer rond, uit stevig papier geknipt. Tot aan het gaatje in het midden had ik met de schaar een inkeping gemaakt, waar ik, ter verzending van het poststuk, de draad doorheen haalde. Het begon onmiddellijk aan zijn reis richting vlieger. Er stonden mogelijk maar een paar woorden op, maar ik zou er vandaag wat voor over hebben om te weten welke tekst ik dat opstijgende zieltje wilde meegeven. (Het kan ook zijn dat het stuk papier blanco was, en dat ik een beproefd natuurkundig foefje nog eens wilde uitproberen, maar dat maakt het gebaar zoals ik het nu wil zien er niet minder om.) Omdat de draad zich om de holle, bolle wind heen rondde, en in een boog verliep, verplaatste mijn boodschap zich eerst een poos bijna horizontaal, om vervolgens schijnbaar zonder wrijving op te gaan naar de hemel.

Toen de brief uit zicht verdwenen was, wilde ik dat ook de vlieger onzichtbaar zou worden, dus liet ik het klosje weer vieren. Het leek nog sneller door mijn hand te tollen dan voorheen, maar plotseling liep het vast tussen mijn vingers: het garen was op. Door de schok brak de draad, die door een soort houtwormgangetje in de spoel was gehaald en daar zat vastgeknoopt. Ik rende achter het uiteinde aan, dat wil zeggen: ik probeerde, al hollend en blindelings om me heen grijpend, iets te achterhalen wat meteen in de lucht was opgelost. Bijna jankend om het verlies van een stuk speelgoed dat ik hoe dan ook had willen afstaan, of 'offeren', zag ik de vlieger snel kleiner worden, kleiner dan een Wybertje, tot in de overgebleven stip zelfs geen ruit meer te herkennen viel. Mijn rechtervuist, waaruit het klosje op de grond rolde, liet zich nog maar half openen, zo pijnlijk strak spande de huid, roodverbrand en doorspikkeld met de fijnst denkbare houtsplinters, in mijn handpalm: het enige bewijs dat er ooit een vlieger was geweest.

Vroeg of laat moest het stuurloos geworden ding omlaag tuimelen. Ik rekende uit dat het in het kleine bos bij de speeltuin zou neerkomen – maar dat had natuurlijk minder met uitrekenen te maken dan met de omstandigheid dat ik daar al eens een neergestorte vlieger in een boom had zien hangen, een rode, beplakt met een fantasiegezicht, onherstelbaar gescheurd, hoewel het lattengeraamte misschien opnieuw te gebruiken zou zijn geweest, en met een door de regen tot kleurloosheid uitgeloogde crêpepapieren staart, het geheel gevangen in een web van eigen touw. Bij de vondst had ik moeten denken aan een verhaal dat mijn vader nooit moede werd te vertellen: hoe hij in de Sonse Bergen (de zandverstuivingen en dennebossen bij Son en Breugel) na de Bevrijding een Engelse parachutist hangend aan zijn valscherm in een boom had aangetroffen. Een detail dat hij geen enkele keer oversloeg, was dat van de snor: boven de dun als perkament geworden bovenlip van de soldaat was het haar, dun en stekelig, nog enige tijd blijven doorgroeien. Hij had het lijk gevonden bij wat daar heette het 'krutjes rapen', het sprokkelen van denappels voor de winter: niet de groene en nog dichte, maar de rijpe en opengebarstene, die knetterend brandden in het fornuis. Zo vaak had hij mij deelgenoot gemaakt van de macabere vondst dat ik de hars en de stoffige jutezak met de *krutjes* kon ruiken, de warmte van de zomerdag teruggekaatst kon voelen worden door het witte zand, en de parachutist roerloos in zijn web van tuig en touw kon zien hangen, met dat verse jongelingssnorretje, dat niemand was komen afscheren.

Ik had gewild dat dit 'requiem' een beetje was als de brief die ik toen langs het vliegertouw omhoog zond, met weinig woorden, door mijn hand vastgehaakt, en verder – eerst nog langs de aarde scherend, dan bijna recht omhoog – op eigen kracht zijn baan volgend. Helaas, mijn hand is niet meer die van een kind.

'Ik heb het begrepen, dat van die huissleutels. Het was niet wat het leek.

Je vriend en zoon,
A.'

Met of zonder ronde brief, ik had mijn vlieger niet teruggevonden. Wel kreeg dit postale avontuur een onverwachte afronding in een gebeurtenis zo'n anderhalve maand later, op dertig april, of eigenlijk midden mei pas.

Serviliteit van de provincie: het gemeentebestuur van Geldrop zou niet rusten eer op Koninginnedag de zon verduisterd was geraakt door hele wolkpartijen van rode, witte, blauwe en oranje ballonnen. Van enige vrijwilligheid was geen sprake. Wij werden 's morgens op school ontboden, waar in de fietsenstalling mannen met kegelvormige gasflessen bezig waren ballonnen te vullen en van een touwtje te voorzien, aan het uiteinde waarvan een briefkaart kwam te hangen met de naam van de scholier, het adres van de school en het voorgedrukte verzoek deze kaart, waar hij ook terechtkwam, van een postzegel voorzien te retourneren. Allemaal met een eigen ballon (ik had een oranje) werden we, even buiten het centrum, bijeengedreven op een braakliggend terrein, waar voor burgemeester, wethouders en overige notabelen een podium was opgericht.

Het was zo'n Koninginnedag zoals je er eens in de tien jaar een meemaakt. Aan de hemel kon je zien dat hij tot aan het einde van de dag zo blauw zou blijven. Het was bladstil. De atmosfeer was zo zuiver dat – in precies dat werkwoord heb ik het onthouden – de kinderstemmen *rinkelden.* Op het terrein golfden twee tapijten over elkaar, een van hoofden, en daarboven een van ballonnen. Strakgetrokken, zonder de minste plooi, wachtte de lucht om met al die kleuren bespat te worden. Vanaf het podium, zo luidden de instructies, zou het sein worden gegeven waarop iedereen z'n ballon moest loslaten. Ondertussen kwamen, als onzichtbare slangen die door de menigte schoten, de fluistercampagnes op gang 'De blauwe eerst.' 'De witte en de rooie moeten samen...' Mij bereikte het bericht: 'De oranje loslaten... nu. De meester zegt het zelf. Daar staat-ie.'

Ongetwijfeld hingen er al een paar ballonnen in de lucht, per ongeluk te vroeg losgelaten, of opzettelijk, na valse informatie – maar in mijn herinnering is de hemel schoon, en daarbij diepblauw, en zuigend en trekkend.

'Ga 't hem zelf vragen. Hij zei 't net. Iedereen met een oranje moet 'm loslaten.'

Mijn gezagsgetrouwheid won het van mijn wantrouwen, al was het in de grootste pijn dat ik het touwtje liet schieten. De ballon steeg recht omhoog, en onmiddellijk wist ik dat het om een leugen ging. De boodschapper stond honend te lachen. Het voelde als een amputatie. Mijn offer was ongeldig. Ik keek omhoog: met het kleiner worden van het oranje bolletje concentreerde zich ook de pijn, die nog indringender werd toen het geldige sein werd gegeven, en er werkelijk even sprake was van een zonsverduistering. De tros ballonnen, even groot als het feestterrein, voerde het gejuich van al die kinderen mee de hoogte in. Hoe doet een kind dat – zijn ontroering 'afknijpen'? Ik kneep mijn ontroering af. Die was er wel, maar ik had er geen recht op. Ik had mijn opgaan in die gezamenlijke wolk verspeeld.

Twee weken later overhandigde meester Meulendijckxs mij, na een korte toespraak, plechtig de briefkaart die aan mijn ballon had gehangen. Ik had hem als enige teruggestuurd gekregen. Het wonder droeg een afgestempelde postzegel, en in bibberig balpenschrift een afzender, een adres in Veghel of Stiphout. De inkt van mijn naam, zelf ingevuld, was door vocht bleek geworden, maar nog net leesbaar. Zwarte vegen vertelden iets over het avontuur van de kaart na het klappen en neerstorten van de ballon. Ik weet niet of ik meteen (later wel) aan de vlieger dacht die er met mijn brief vandoor was gegaan, maar vooralsnog wonnen verwarring en schuldgevoel het van trots en ontroering. Had ik mijn ballon vroegtijdig moeten loslaten om hem zijn eenzame baan te gunnen naar wat nu de afzender was? Konden de dingen alleen door een gelukkig misverstand terugkeren?

'Hier. Moeten we dat niet opsturen? 't Komt helemaal van Zeeland, of daar ergens.'

Zomer '76. Vader en zoon Van der Heijden in de deuropening naar de keuken van het ouderlijk huis in Geldrop. De vader, terugkerend van een lange wandeling over de hei met de 'hondenclub', laat zijn zoon zien wat hij in het bos gevonden heeft. Een vuilwit touwtje met aan het ene eind een rechthoekig stuk papier, en aan het andere het donkergroene restant van een geklapte ballon.

'Dat vond ik op het pad.'

Het stuk papier, waarop de bijna gave afdruk van een schoenzool met profiel gestempeld staat, is een briefkaart met een gedrukte afzender in Zeeland, waar in kinderhand een naam bijgeschreven staat. De ballonwedstrijd, leren de kleine lettertjes, is georganiseerd ter gelegenheid van de opening van een nieuwe jachthaven. Terwijl Bruno, de Duitse staander, ongeduldig om hem heen draait en naar de geheimzinnige vondst hapt, laat de vader het smoezelige touwtje bijna liefkozend door zijn vingers glijden.

'Helemaal van Zeeland hierheen komen drijven... We zullen 't maar terugsturen, niet? Zo'n kind nog...'

Zijn kwijlende toewijding toen, op het hoogtepunt van die zomer – toewijding jegens iets triviaals, iets toevalligs – was de perfecte uiting van een schrijnende, onuitgesproken intimiteit tussen ons, die alleen voor die zomermaanden gold. Om daar meer inzicht in te krijgen, zou ik bij mezelf moeten bestuderen wat incest eigenlijk voor mij betekent.

Dagelijks lezen we in de krant over de gruwelen van incest. De onschuldige, meer poëtische, niet geconsumeerde vormen van 'incest' staan niet in de krant, omdat ze zich in het visionaire afspelen. (Thomas Mann: 'Kan een vader verliefd worden op zijn eigen zoon [Klaus]?')

En het omgekeerde, de *angst* voor elke vorm van incestueuze neigingen? Voor zelfs het meest indirecte lichamelijke contact met een bloedverwant? Schuilt daar poëzie?

In onze Nijmeegse tijd had mijn broer een sprietig vriendinnetje, dat, toen de liefde tanende was, 'naar mij trok'. Zij kwam vaak op bezoek, ging altijd keurig aan het eind van de avond weer naar huis, behalve die ene keer, toen er een noodweer opgestoken was. Ik bood haar de zitbank in mijn kamer als slaapplaats aan, en ging zelf in het buitenproportionele (driepersoons)bed liggen. Zij klaagde voortdurend over 'tocht', die vanonder de deur, waar ze recht tegenover lag, over haar heen kroop – net zo lang tot ik haar in mijn bed nodigde. Ondanks haar sprietigheid kreeg ze nu een meerwaarde, maar dat deed me nog meer op mijn hoede zijn: zij had in de armen van mijn broer gelegen, en dat pakte uit als een soort besmetting. Hier dreigde niet minder dan een bloedschande, als ik haar op wat voor manier dan ook zou liefkozen of beminnen. Naarmate ze aantrekkelijker voor me werd in het donker, kwam er een beschermend vlies tussen haar en mij, waardoorheen ik wel haar vormen kon voelen, maar – verpakt, zonder nuances. Het werd een slapeloze nacht, waarin ik verstard in een pervers evenwicht tussen aantrekking en afstoting de ochtend afwachtte. Om mezelf van alle verdenking van incest te vrijwaren, verried ik haar op luchtige toon aan het ontbijt tegenover de twee vrienden met wie ik het huis deelde.

'En maar klagen over tocht'... net zo lang tot ik zeg "kom maar hier, als je je maar koest houdt"...'

In 1976 bracht ik, tussen mijn Nijmeegse studiejaren en die in Amsterdam, voor de laatste keer een hele zomer bij mijn ouders door. Het was een van de warmste zomers van de eeuw. Hele dagen zat ik, afwisselend in de zon en in de schaduw, te lezen in de kleine tuin. Wat drinken betreft hielden we ons allebei in, mijn vader en ik. Hij, vijftig inmiddels, kwam me minder rusteloos voor, evenwichtiger, terwijl ik er op mijn vierentwintigste, aan de vooravond van een nieuw leven, behoefte aan had me te reinigen door zittend in de brandende zon alle drank van Nijmegen uit te zweten. Mijn vader ging veel met de hond erop uit in het bos dat een straat verder begon, een uitloper van de Strabrechtse hei. Juist die zomer was zich zo iets als een 'hondenclub' aan het vormen, hondenbezitters die elkaar zo vaak tegenkwamen dat ze de neiging hadden elkaar aan het begin van de wandeling al op te wachten, totdat de vaste afspraak een feit was, en ze elkaar na het avondeten op een kruispunt van brandgangen ontmoetten. Zo was er de man met zijn twee teckels, waarover mijn vader later in de kroeg zou zeggen dat het 'eigenlijk geen honden' waren, zodat een ruzie onafwendbaar werd. De 'vrouw met het paard' bleek de eigenaresse van een Deense dog, groot als een pony, maar zij was een ander dan de dame met de 'honderdprocentshond', die later afhaakte, omdat niet iedereen van de club 'honderd procent voor zijn hond kon instaan'. De Duitse herder van het gezelschap behoorde aan twee dertigers met allebei een ringetje in het oor, die meestal samen de hond uitlieten. Een blok aan het been van de club vormde een oudere heer, die zijn volgevreten keesje de helft van de tijd moest dragen. Ik leerde ze aan tafel, uit de verhalen van mijn vader, een voor een kennen. Op een avond eind juni was er opeens sprake van een nieuweling in de club, een jonge vrouw met een bouvier. Mijn vader sprak enigszins spottend, en met regelmatig schouderophalen, over haar, maar ik bespeurde ook iets van onderdrukte opwinding.

'Ze laat zich zomaar, op d'r knieën, voor je in 't zand vallen... geeft ze niks om.'

Natuurlijk kon hij het ook in de hondenclub niet laten hoog over zijn kinderen, en dan vooral over mij, op te geven. Hun studieresultaten en, in mijn geval, de verzamelingen boeken en grammofoonplaten. (Als hij zich wel eens afgevraagd heeft of hij *terecht* op onze vorderingen in de wereld pochte, moet hij welhaast tot de conclusie gekomen zijn dat zijn 'Spartaanse' wijze van opvoeden het pad geëffend had. Kinderen zo'n twee nachten in de week tot het ochtendgloren met dierlijk geschreeuw en gegrom uit de slaap houden, en dan met de angst in hun lijf naar school sturen, ja, dat *moest* natuurlijk wel tot de beste resultaten leiden. Papa had zijn eigen opvatting over waakzaamheid. Maar ik vrees dat hij zich de vraag niet eens gesteld heeft, anders had hij zijn bek wel gehouden, in de hondenclub en overal elders. Zijn kinderen hadden hun verdiensten in de wereld, dus moest dat op de een of andere manier ook zijn verdienste zijn. Punt.) Hij kwam thuis met het opgewonden bericht dat Tanya, het 'meisje van de bouvier', graag platen en boeken met mij wilde uitwisselen; ze had van hem gehoord dat ik mijn hele studentenboedel mee naar Geldrop had gezeuld. De hondenclub, dat was steeds meer: Tanya. Ik weet niet meer of ik haar op een wandeling met mijn vader en Bruno leerde kennen, of dat het die keer was dat hij haar 'na de hondenclub' mee naar huis bracht. De bouvier, Kafka, was een onophoudelijk rondwervelende schuurspons van zwart ijzergaren omwikkeld met taai slijm. Toen ik Tanya zag, begreep ik waarom mijn vader zo vaak over het incident had verteld waarbij zij zich, pardoes, vlak voor zijn voeten in het zand had laten vallen om een ongerechtigheid tussen de nagels van Kafka uit te peuteren. Alleen de hond was in staat haar soms, tijdelijk, uit haar opzichtige inertie te halen. Veel meer dan het werpen van een tak, of het maken van een rondedansje met Kafka, wanneer die zijn voorpoten in haar armholten had gelegd, was er overigens niet bij. Spoedig verviel zij, de blik naar binnen gericht, weer tot passiviteit.

Het was niet uit dweepzucht dat ik haar, naar Picasso's schilderij van een vrouwenhoofd op een bloemstengel, voor mezelf *Femme fleur* noemde. Tanya had een, naar verhouding, groot, rond hoofd, dat via een dunne hals met een uiterst smal lichaam verbonden was. Heupen en borsten waren nagenoeg afwezig, schouders speelden nauwelijks een rol. Het blonde haar, dat steil langs het eironde gezicht afhing, was recht afgeknipt, ook boven de wenkbrauwen. Van onder de pony staarden ogen groot als henneëieren, altijd wijd opengespalkt, de leegte in. Ze deden niets om een immens, onbegrepen verdriet te verhullen, dat haar hele lichaam doortrok, en zich bestendigd had in een duurzame lethargie. Omdat zij zich altijd uiterst traag en stijf, met veel te rechte rug, door een ruimte bewoog, leek het net of zij de grootste moeite deed het buitenproportioneel grote hoofd op het frêle lijf in evenwicht te houden – terwijl dit hoofd tegelijkertijd een indruk van porseleinen lichtheid maakte. *Femme fleur*, kortom. Zij was een jaar of achtentwintig.

Ik kon me voorstellen dat, juist door haar normale passiviteit en onbereikbaarheid, de plotselinge knieval van deze jonge vrouw – een meisje nog, voor hem – indruk op mijn vader had gemaakt, of godweet wat voor ingeslapens bij hem gewekt had. *Plof*, knieën in het rulle zand, bovenbenen ingesnoerd door straktrekkende spijkerbroek, blond meisjeshaar dat over zijn bestofte schoenen streek... Het schouderophalen waarmee hij het ons, mijn moeder en mij, had verteld, kwam me achteraf eerder voor als een poging iets van zich af te schudden dan om onverschilligheid te veinzen. Tevergeefs. Voortaan nam hij snoepjes of koekjes mee 'om uit te delen in de hondenclub'.

Zoals zij al via mijn vader had voorgesteld, wisselden Tanya en ik regelmatig boeken en platen uit, waartoe ze me soms op de thee nodigde. Haar schrikachtigheid moest ik misschien uitleggen als afwachtend gedrag, maar zover kwam ik niet, want al gauw gebeurde er iets wat verdere toenadering in de weg bleef staan. Van Tanya wist ik dat mijn vaders conversatie voor een groot deel over mij ging. Het willig oor dat zij hem daarbij leende – legde hij dat te zeer als belangstelling voor zijn persoon uit? In de roes van zijn verwarring bedronk hij zich op een zaterdagavond, kreeg een kwaaie dronk, en bleef vervolgens een groot deel van de nacht – zoals mijn moeder het van lieverlede was gaan noemen – 'liggen miauwen'. Het ergste was dat ik het refrein van zijn gemiauw letterlijk kon verstaan.

'Ik kan heel andere krijgen.'

Het was als vroeger, in mijn lagere-schooltijd, wanneer ik in bed bezwerende formules prevelde om hem het zwijgen op te leggen, om dan de rest van de nacht, als dat gelukt was, roerloos te blijven liggen; één beweging, wist ik, en de kostbaar bevochten stilte zou met dodelijke kreten worden opgeheven.

'Ik kan heel andere krijgen... als je dat maar weet.'

Zo lag ik als vierentwintigjarige naar de verkapt bronstige kreten van mijn vader te luisteren. *Ik kan heel andere krijgen.* Ja, om haar aandacht te trekken, had hij als gespreksstof *mij* nodig gehad – mijn leven, dat zo interessant was, omdat hij het ontwricht had.

De volgende dag al biechtte hij zijn nachtelijke ontboezemingen, die hij 's morgens door zijn vrouw voor de voeten geworpen had gekregen, tegenover Tanya op. Waarom? Er was geen enkele noodzaak toe. Ik kan er niets anders dan een gruwelijk mismaakte liefdesverklaring in zien. Wat hij 's nachts in diepe dronkenschap uitgekraamd had, en de volgende dag, met een zwart gat in zijn geheugen, ter kennisgeving uit de mond van mijn moeder moest aannemen, hoefde hij alleen nog maar tegenover de derde betrokkene te herhalen, verontschuldigend grijnzend – en de bekentenis was rond, moest hij gedacht hebben. Tanya vertelde me later hoe dat gesprek, door honden belaagd, verlopen was.

'Waarom *doe* je nou zo iets? Ik snap het niet. Er is toch geen enkele reden voor?'

De laatste keer dat ik hem, toen ik een jaar of elf was, met verstikte stem ter verantwoording had geroepen voor zijn nachtelijk 'gemiauw', had hij bars, vanuit een wanhopig soort trots, geantwoord: 'We hebben allemaal onze fouten, jongen.'

Nu, tegenover Tanya, grijnslachte hij als een verlegen schooljongen, en zei met een schouderophalen dat eerder een weifelend schokschouderen was: 'Zomaar.'

Zomaar. Hoe pijnlijk en verkapt en futiel ook, die liefdesverklaring, Tanya werd er voor mij definitief onaanraakbaar door. Ergens, in een door spinrag afgeschoten hoek van zijn brein, had hij haar begeerd, al was het mogelijk alleen maar dat ene moment geweest dat zij uit haar rol en op haar knieen was gevallen – en dat was voldoende om elke toenadering tussen haar en mij een walgingwekkende bijsmaak van bloedschande te geven. Wel ging ik nog regelmatig bij haar op de thee, maar er viel niets voor, evenmin als tussen haar en mijn vader.

Op dit punt zou ik willen dat ik mezelf, zonder aan dit 'requiem' afbreuk te doen, van meet af aan meer vrijheid had toegestaan – de vrijheid, bedoel ik, om met mijn hoofdpersoon, waar dat zo uitkwam, fictie te bedrijven. Ik weet niet meer uit wat voor misplaatste eerbied ik besloot me aan de feiten te houden, en hun weergave hooguit enigszins te stileren. De fictie zat meer in hun ordening dan in hun stilering. Ik had mijzelf samen met mijn vader avonturen kunnen laten beleven die minstens zoveel over onze problematische verhouding zouden hebben verteld als de feiten nu in hun kaalheid moeten doen. Welke rol had zij, Tanya, niet kunnen spelen tussen hem en mij, in die zomer, die laatste grote zomer die we in elkaars nabijheid meemaakten?

Haar manier van uitdagen was: vol overgave de onverschillige partij spelen. Zij had 'zoveel meegemaakt' dat het haar 'allemaal niet meer kon schelen'. Zij was verraden door de liefde, door haar eigen vruchtbaarheid, en zelfs door haar beroep, want als verpleegster had de morfine haar een tijdlang in z'n greep gehad. 'Vrijen of niet vrijen, het kan me allemaal niet meer schelen. Ik ben daar ver voorbij.'

Raadselachtig dat juist deze belijdend lethargische vrouw, die we geen van beiden met een vinger aanraakten, een paar maanden lang het intiemste vertegenwoordigde tussen een vader en zijn volwassen zoon. Er is zo weinig tussen ons geweest dat ik dit dan maar beschouw als het mooiste wat er ooit tussen ons voorviel. Hoe gering ook, deze driehoeksverhouding die uit vage stippellijntjes bestond, feit blijft dat we in elkaars nabijheid al die weken op eieren liepen. Alles kon dienen als bouwstof voor de grote ontkenning. En zo stonden we dan op een dag tegenover elkaar de resten van een door een kinderhand opgelaten ballon te bestuderen, nadat hij uit het schuldige bos was teruggekeerd.

'Moeten we dat niet opsturen? Zo'n kind is er blij mee.'

Zo laat ik hem hier achter, met in zijn ene hand een rafelig stukje gummi, in de andere een besmeurde briefkaart, waarvan hij met samengeknepen ogen de tekst betuurde. 'Yachthavencomité... hm.' Me hem zo herinneren geeft me de illusie dat hij me, onuitgesproken, zijn antwoord kwam brengen, zijn handen verbonden door een touwtje.

De glazen guillotine

FUTUROLOGISCH

Mijn vader was verhuisd, verschoven
door een mij onbekende macht.
Ik zocht hem jaren, lusteloos,
tot ik hem aantrof op mijn knie:
hij was mijn kind geworden.

J. A. Emmens

Nu komt het moeilijkste, de heiligverklaring.

Alvorens zijn ergste wapenfeit te onthullen, heb ik laten zien hoe hij, via zijn kleinzoon, een volle aflaat verdiend heeft. (Ik heb grote moeite met dat woord. Als kind dreef het me tot blasfemische dwanggedachten. Een 'volle aflaat' was zo iets als een *totaalscheet*, een scherp geurende tochtstroom die met kracht het huis van het lichaam verliet, om er nooit in terug te keren. De grondigst denkbare reiniging, maar ten koste van hoeveel stank.) Hij is nu dus vrij van straffen, een schoongewassene, maar daarmee nog niet heilig. Vanwaar die hardnekkige behoefte aan een canonisatie, en dan nog op persoonlijke titel? Ik vermoed dat heiligmaking voor mij de enige manier is zijn gruwelijkste wapenfeit *om* te smeden, het in zijn tegendeel te doen verkeren, opdat we niet alleen de schande te boven komen, maar deze ook kunnen verzilveren – voor een dosis achterstallig geluk, bij voorbeeld, of wat ook maar in ons straatje te pas komt.

De sleutel was van ijzer, gedeeltelijk bedekt met afschilferend chroom, en hing met nog een sleutel, die van de achterdeur, aan een ring – daar valt niet aan te tornen. Het bestaan van de huissleutel zullen we niet ontkennen. Wat we moeten doen is, met inspanning van al onze krachten, al ons vernuft, met de inschakeling van ons hele geheugen, aantonen dat het voorval op z'n minst apocrief is. Om het bijbehorende wapenfeit zijn geldigheid des te beter te kunnen ontnemen, moeten we proberen het in al z'n kaalheid en botheid en platheid te benoemen. Misschien moeten we het zelfs zodanig uitbenen dat het gaat fonkelen van authenticiteit.

Hoe heet iemand die een ander, tegen betaling, een vrouw aanbiedt?

Een souteneur. Een pooier.

Hoe heet iemand die de ander, tegen betaling, zijn eigen vrouw aanbiedt?

Een souteneur, evengoed. Een pooier. Zij zal hem misschien haar 'bikker' noemen.

Zo erg was het niet.

Het was erger.

Wat doet een pooier nog meer behalve geld aannemen van een klant in ruil voor de diensten van de vrouw?

Haar bescherming bieden.

Zo edelmoedig was hij niet.

Hij was edelmoedig in zoverre dat hij geen geld eiste van de klant, die daarmee ophield klant te zijn.

Hij nam geen geld aan. Hij beschermde niet.

Hoe heet zo iemand, die nochtans zijn vrouw aanbiedt?

Het eerste en voor mij zwaarstwegende argument tegen de vermeende schanddaad is onze mislukte samenzwering, eerder diezelfde dag.

Onze samenzweringen waren gering. Op die zaterdagmiddag in de vroege herfst van 1956 was mijn vader, samen met onze huisvrienden 'oom' Albert Egbers (niet Egber*ts*) en 'oom' Wim van P., bijgenaamd De Rooie Put, bezig een deel van het dak te repareren, toen hij mij in de tuin zag spelen.

De mannen stonden op het platte dak van de bijkeuken, een uitbouw, waar een ladder tegenaan stond. Ik zag mijn vader langs de ladder afdalen naar de tegelplaats, en mij wenken, met kortaangebonden gebaren, nadrukkelijk knipogend, om aandacht sissend. Zo was hij niet vaak. Ik ging naar hem toe. Over zijn lippen legde hij een vinger, waarmee hij vervolgens naar boven wees. Hij keek loerend het huis in (geen moeder te zien), en droeg mij toen de ladder op. Ik was waarschijnlijk net vijf geworden, hij moest dus eenendertig zijn. Over de glibberig bemoste kiezelstenen, als eieren zo groot, duwde hij me voor zich uit naar het dakvenster, waarvan de ramen openstonden. De beide ooms herinner ik me knielend in de zinken goot, bij het opengelegde spantwerk. Mijn schoenen bevonden zich op gelijke hoogte met de vensterbank; aan mijn voeten lag groenblauw schemerend de slaapkamer. Mijn vader hurkte bij me neer, en zijn handen knepen de lettergrepen van de opdracht, de ernst van de missie in mijn bovenarmen. Zijn stem was even zacht als zijn vingers hard waren. Hij fluisterde.

'Mama heeft niks in de gaten. Ik zal je over de vensterbank heen tillen, en dan moet je langs de trap naar beneden gaan. Ze zal er niks van snappen, ons mam...'

Ik begreep min of meer wat hij bedoelde: mijn moeder had me zojuist via de achterdeur uitgelaten. De samenzwering bracht me aan het gloeien. Het was niet zomaar een grapje: we gingen de pure tovenarij op mama loslaten. Haar wereld zou nooit meer worden wat ze geweest was. Daar vloog ik al in de klem van mijn vaders handen door het open raam naar binnen, het alles ontregelende avontuur tegemoet. Maar wat was dat? Voordat mijn voeten het vloerzeil hadden kunnen raken, werd ik alweer met een duizelingwekkende zwaai achterwaarts terug de buitenlucht in getrokken. Ik landde op het kiezel.

'Nee, ik zie het al, het kan niet. Kijk die schoenen 's. Vol vulligheid van het platdak. Ons mam zou me nooit meer aankijken. Ze heeft net gepoetst.'

Mijn teleurstelling was te groot om nog ruimte te laten voor allerhande afwegingen, maar iets, voelde ik, *iets* klopte er niet. Hoe de reusachtige schrik die we mijn moeder zouden aanjagen te rijmen met mijn vaders kleinzielige angst voor haar moppers om een paar modderpoten in de slaapkamer? Mama zou bovendien een zo compleet ander mens worden door de nadering van achteren, in de rug, van iemand die in de tuin behoorde te zijn (sloeg toevallig het klokje, dan zou haar gezicht zo, in idiote verbazing, blijven staan) dat vuile voetafdrukken op het zeil haar niet eens meer zouden opvallen. Mijn vader dacht er niet aan mij op kousevoeten binnendoor naar beneden te sturen, misschien omdat de achtergelaten schoenen met hun extra zolen van papperig mos ons ten slotte zouden verraden.

De rest van de middag, de rest van mijn leven, zou ik – vooral onder mijn oksels – de teleurstelling blijven voelen om het niet doorgaan van die fantastische goocheltruc met mij als inzet. Met mijn hele lijf, mijn hele wezen, was ik al vooruit gesneld naar de door ons tweeën afgedwongen ontsteltenis van mijn moeder. Het was met mij als met dat blikken speelgoed waarvan het mechaniek per sleutel moest worden opgewonden: een slagje te veel, en de radertjes zaten vast; de veer zou zich nooit meer ontspannen. Mama's verbijsterde gezicht zou onze gezamenlijke schepping zijn geweest. Het ging niet door. Het zou nooit meer doorgaan.

Toch, nu ik het vervolg van die dag moet vertellen, prijs ik me gelukkig dat de acrobatische zwenking in de tangen van zijn handen nog voelbaar is rond mijn schouders, nog in mijn vlees, mijn spieren, mijn botten wringt. 'Het leven wil maar niet in de kom schieten' is een zinnetje uitgewisseld tussen Elsschot en Carmiggelt, ik weet niet in welke richting. Zo uit z'n verband gerukt ontroert het me op een oneigenlijke, veel te letterlijke manier. Hierom: de blijvende ontwrichting rond mijn oksels vormt een bewijs te meer voor de apocriefheid van mijn vaders optreden die zaterdagavond. (Sowieso ben ik, die zijn dode lichaam niet durfde aan te raken, blij met elke puur fysieke herinnering aan de man.) Als ik mijn ogen dichtdoe, voel ik zijn greep. Hij klampt zich aan me vast: *hier, voel dan – hoe zou ik, 's avonds uitgekreten voor onbezoldigd pooier van jouw moeder, 's middags nog haar toorn gevreesd kunnen hebben wegens moddervoetjes schoenmaat zevenentwintig...?*

Ik schrijf dit niet in zijn taal. Ik schrijf dit recht vanuit de oksel.

Behalve misschien achter hun hand, hebben de jongens uit het café er altijd hun mond over gehouden. De Rooie Put was de enige verslaggever. Heb ik me ooit voldoende in Van P. verdiept? Het is niet uitgesloten dat ons hele kwaaddenken het gevolg is van zijn wel erg vrije vertaling van de situatie, destijds, of van zijn morele bijziendheid.

Zoals elk gezin, kenden wij van die speciale, tot spreekwoordelijkheid bevorderde uitdrukkingen die uit een of andere tragikomische gebeurtenis waren voortgekomen, of uit een van elders aangewaaide anekdote. (In later jaren zouden allerlei radioprogramma's, waarin de luisteraar werd opgebeld, goede sier maken met de publieke ontraadseling van dergelijke particuliere spreekwoorden.) 'Albert, de lepel is in de pap gevallen!' was zo'n huisgezegde bij ons, ontleend aan Albert Egbers' jaloerse echtgenote Net, die het zoekraken van bestek in een pan gloeiendhete rijstepap eens had aangegrepen om haar man van het bezoek in de zitkamer weg te lokken, de keuken in. De uitdrukking kende een grote toepasbaarheid.

De meest pregnante: 'Nee, het komt niet van dat gebakken niertje, het komt van dat rode stiertje,' werd altijd honend gebezigd wanneer iemand uit opportunisme een verkeerde oorzaak, liefst overmacht, voor een ernstig falen aanvoerde. Wim van P. had eens bij zijn aanstaande schoonouders aan het zondagmiddagmaal gezeten, toen zijn meisje Ciska plotseling misselijk van tafel was gerend, en bij terugkeer had geopperd: 'Het was vast dat gebakken niertje', waarop de vader, knikkend naar de verloofde met het vlammende haar, had uitgeroepen: 'Nee, 't was niet 't gebakken *niereke*, 't was 't rooie *stiereke*.'

Het werkte altijd. Voor ons, kinderen zonder sexuele voorlichting, bleef het gezegde tot ver in de puberteit iets bijzonder geheimzinnigs en poëtisch behouden. Ciska had nooit meer gebakken nier gegeten, maar was nog vaak misselijk geworden, nu eens ter aankondiging van een roodharig, dan weer (haar eigen kleur) van een zwartharig katje – een hele mand vol ten slotte. Soms, als een buurvrouw zich over de mand kon ontfermen, kwamen Ciska en Wim van P. 's zaterdagsavonds bij ons op bezoek. De mannen gingen dan na de koffie 'een biljartje leggen' bij café De Kuster, de vrouwen bleven zitten praten, nooit helemaal op hun gemak, omdat ze niet wisten in wat voor alcoholische luimen hun echtgenoten zouden terugkeren. Oom Wim leed bovendien aan die vaak aan roodharigen toegeschreven lichte ontvlambaarheid, die maakte dat tante Ciska regelmatig, het achterlicht fixerend, op een stilzwijgend afgesproken twaalf meter afstand van zijn spatbord naar huis moest fietsen, waar ze dan alsnog de volle laag kon verwachten. Op de middag van de mislukte samenzwering was ze niet meegekomen, Ciska, en ook 's avonds kwam ze niet, hoewel De Rooie Put bleef hangen om na de maaltijd (met gebakken varkenslever en veel in zwarte jus gedoopte sneden witbrood) met mijn vader naar De Kuster te gaan. Albert Egbers was al naar zijn Net vertrokken, om nog tijdig de lepel uit de pap te kunnen vissen. Mijn moeder zat dus alleen, die avond, en dat gaf iets ijzingwekkend geloofwaardigs aan het gebeuren in het café.

Het eerste beeld dat bij me opkomt, is bijna geruststellend zo voor de hand liggend: dat van een incomplete legpuzzel. Er lag er in die dagen altijd wel een op het zeil, naast de kokosmat, voltooid of met ontbrekende hoek, als een aangevreten boterham. Ik herinner me een *jigsaw puzzle* waarvan een onderdeel uit het centrum zoek was geraakt. Sneeuwwitje in haar glazen kist. Haar vergiftigde bovenlichaam ontbrak. Meewarige dwergen, zelf soms half aangetast, bij de kunstig uitgezaagde rondingen in het puzzelhout. Het was of het gif uit de appel dat gat daar gebrand had; het was het meest realistische detail van het tafereel. De tandafdrukken van Sneeuwwitje. Wij hadden er op den duur vrede mee, en legden de stukjes rond het ontbrekende fragment, dat meer en meer het noodzakelijke hart van de voorstelling werd. Als alleen nog het hart ontbrak, was het ding completer dan het bij aanschaf ooit geweest was.

Ik heb die najaarsdag uit 1956 mijn jeugd lang als een puzzel stukje voor stukje kunnen uitleggen, maar altijd rond het giftige hart, dat ontbrak. Het was de grillige bloedspat rond de kogelinslag, de uitwaaierende inktvlek waarachter de duivel verdwenen was. Op een keer, ik was zestien of zeventien, hield mijn moeder het niet langer: bitter opende ze haar hand, en hield mij het ontbrekende puzzelfragment voor. Ik keek, en om mijn onpasselijkheid te bedwingen, had ik bijna om mijn beer gevraagd. Ik onderscheidde het bovenlichaam van mijn vader, de elleboog rustend op het namaakpersje van een cafétafel, de wijsvinger uitgestoken, en daaraan bungelend een ring met twee sleutels. Ik had dringend behoefte aan mijn beer.

De Rooie Put, ook wel kortweg De Put, was die zaterdagavond eerder uit café De Kuster naar ons huis teruggekeerd dan anders, en zonder zijn drinkmaat. Hij was bleek en aangedaan.

'Wat Piet nou aan het klaarmaken is... 't Is te schunnig voor woorden.'

Om hier iets te verzachten, en alvast iets reddend apocriefs te introduceren, heb ik de dansbeer nodig. Ik was hem kwijt, iemand heeft hem voor me opgespoord; hij danste die zaterdagmiddag, 's avonds niet meer.

In 1986 vroeg de hoofdredacteur van *Haagse Post* mij om, voor een artikel in zijn blad, samen met ex-premier Van Agt terug te gaan naar ons gemeenschappelijke geboortedorp Geldrop, dit in verband met de noodzakelijke *human interest.* Ik weigerde ('Over Apollonia van Ravensteyn zou nog te praten zijn geweest') met verwijzing naar het fiasco van een literaire bustour twee jaar tevoren. De organisatie, het studium generale van de Technische Universiteit Eindhoven, had klakkeloos de plekken van mijn jeugd vereenzelvigd met de locaties uit 'De tandeloze tijd'. Zo stond de touringcar het ene moment te ronken in de doodlopende steeg binnen de 'driehoek' van Hulst, en even later in de Poemastraat voor mijn geboortehuis, dat weinig meer met mijn geboortehuis uitstaande had, doodgerenoveerd als het was, met z'n roze baksteen en z'n aluminium kozijnen, en zonder de bomen die er zo'n beklemmend licht in geworpen hadden. Vanaf mijn plaats op de reisleidstersstoel zag ik de nieuwe bewoners angstig, of in ieder geval bevreemd, tussen de ruches van de gordijnen naar dat gevaarte kijken, dat zo hoog op z'n wielen voor hun deur stond te grommen en te schudden, en dat op een doordeweekse dag. Redden wat er te redden valt, moet ik toen gedacht hebben: ik nam de microfoon, en las uit mijn boek de passage voor over het huis in de Lynxstraat, in de hoop dat 'mijn' passagiers over de steriele muren een schaduw zouden willen zien glijden, van klimop bij voorbeeld; dat ze samen met mij de bomen die de woning zo agressief bewaakt hadden, zouden willen laten opschieten, en daarmee de duizend monsters die haar bedreigden. De fanfare die zo onbedaarlijk in de voortuin blies... Vooruit, de schoorsteen moest in brand, net als toen, en mijn vader verliet schielijk de tuinpoort, met onder zijn arm de margarinedoos – '80 STUKS' – waarin de doodgeboren tweeling...

Vergeefse moeite. 'De literaire toeristen', zo schreef ik Jansen van Galen, 'bleven zich hardnekkig vergapen aan zelfs de geringste overeenkomst tussen het voorgelezene en de werkelijkheid, en ik was een roepende in de woestijn van de fictie.' Nooit meer, dit.

Een jaar later stuurde de niet te ontmoedigen hoofdredacteur zijn medewerkster Lieve (zelf geboren in het Belgische Peer, waar die mythische rivier van mijn jeugd, de Dommel, ontspringt, dus dat schept een band) naar Geldrop. Nu is ze beroemd, maar had ik toen al eens een foto van haar onder ogen gehad, ik was beslist meegegaan, roepende in de woestijn van de fictie of geen roepende in de woestijn van de fictie. Ik zal haar eeuwig dankbaar zijn, want in haar reportage vond ik mijn beer terug.

De oude kroegbaas, De Kuster, had haar verteld over de kermisbeer die eens per jaar het dorp aandeed, en er danste, en 's avonds met zijn dompteur in het café verscheen, waar hij verwaterd bier dronk uit een emmertje. De kastelein liet niet onvermeld dat het dier, in navolging van het baasje, met de rug van zijn klauw het schuim van zijn snuit veegde. Zo vaak ik als kind de beer, breeduit zittend op een barkruk, bier drinkend, voor me had gezien, zo totaal vergeten was ik het dier toen ik het, de hele buurt overhoop halend en herscheppend tot de bonte en perverse kermis van *De gevarendriehoek*, 't hardst nodig had. Als ik nu de beer in het café zet, is al veel van het onheil bezworen. Niet dat hij mijn vader alsnog zou kunnen tegenhouden, nee, hij hoeft zelfs geen dans uit te voeren: de aanwezigheid van de massieve, harige rug is al voldoende om van de hele gebeurtenis een fabel te maken. Ik heb mijn vader zo dikwijls, met mijn kleren over mijn pyjama, uit café De Kuster moeten halen dat ik het tafereel kan gadeslaan als was ik zelf in een hoek van de gelagkamer aanwezig. Mogelijk heeft mijn plooibare herinnering met nog iets anders te maken: ik *diende* daar te zijn, het kon niet anders; ik moest mijn moeder, mijn broertje, mijn zusje beschermen. Mijn aanwezigheid moest de man van het ergste weerhouden.

'Wat Piet *nou* aan 't klaarmaken is... 't Is te schunnig voor woorden.'

'Oòò... *wat* dan toch, Wim? Je gaat me toch niet vertellen dat...'

Te schunnig voor woorden. Toch had De Rooie Put mijn moeder het incident geschetst in lijnen even duidelijk en hard als de lijnen die, zo jong als hij nog was, van zijn neusvleugels naar zijn mondhoeken liepen. Lijnen niet minder hard dan er geëtst stonden in de palm van de hand die zij voor me opende toen ik bijna zeventien was, en zij het niet langer voor zich kon houden, en ik het weten moest, of ik wilde of niet.

De Kuster was bezig het biljart af te dekken met het blad van een oude pingpongtafel en een grote lap canvas. De Put en mijn vader, het biljarten moe, zaten te drinken met enkele jongens uit de buurt, boerenknechts en fabrieksarbeiders, die zich tegenover de tien jaar oudere mannen beklaagden over het geringe aantal meisjes in de buurt 'waar iets mee te beleven viel'.

'Piet, Wim, hoe deden jullie dat toch, als jong volk zijnde?'

Een man kwam binnen, en het krassen van nagels over de plavuizen buiten de deur deed vermoeden dat hij een grote hond bij zich had. Met een twijg of een rijzweepje kietelde hij het dier onder de kin, het verhief zich op de achterpoten – en daar stond, de tanden ontbloot, een beer.

'Niks te beleven? Kijk daar maar eens.'

'Zou 't 'n *meske* zijn?'

Nadat ze hadden toegekeken hoe de beer, gedirigeerd door het stokje van zijn baas, was gaan zitten op een kruk, hervatten de jongens hun sexuele weeklacht. De getrouwde mannen hadden er een hele poos geen antwoord op, tot ten slotte Piet (het is moeilijk hier te schrijven 'mijn vader') in zijn zak tastte, en met zacht gerinkel zijn sleutels te voorschijn haalde. Bier, jenever, geld desnoods – als hij met anderen eenmaal broederschap gedronken had, konden ze alles van hem krijgen. Bijna alles. Vandaag beperkte hij zich niet tot zijn gewone vrijgevigheid.

'Hier, ik heb er thuis nog wel een zitten. Van mij mag 't.'

Hij hield de ring met de twee sleutels niemand in het bijzonder voor. In het simpele gebaar kwam zoveel van hemzelf samen dat het een offer werd, voldoende om hem – nu, postuum – zijn heiligheid te garanderen. Het maakte de sleutelring oneindig zwaar. Het was een wonder dat zijn wijsvinger, die dit alles moest torsen, stand hield.

'Aanvatten. Mij kan 't niks *schillen*. Ge doet maar.'

Het zou te gemakkelijk zijn te beweren dat hij zich met zijn aanbod tot pooier van mijn moeder opwierp. Zo erg was het niet. Het was erger. Als hij hierdoor haar souteneur werd, dan een van een curieus soort: *pro Deo*, en zonder de aangeboden waar enige garantie op bescherming te bieden. Door zijn sleutels af te geven, sloot hij zichzelf buiten, ook letterlijk. Geen broederlijk laten meedelen in zijn weelde, zelfs geen toezien hoe anderen zich te goed deden aan zijn rijkdom, nee: hij veroordeelde – verdoemde – zichzelf tot de absolute eenzaamheid, en schiep daarmee de voorwaarden voor zijn heiligverklaring. Het was pooierschap tot het absolute minimum, tot de naakte kern gereduceerd: geen handelstransactie, geen bescherming; slechts eenzijdige bemiddeling, en ook die weer tot het uiterste teruggebracht: overhandiging van de sleutel voor de kuisheidsgordel.

Hij gaf gelegenheid, dat was alles.

En nog iets: door zo te doen werd hij de verwekker van zijn eigen toekomstige jaloezie, terwijl hij op voorhand alle recht op jaloezie verspeelde. De afwezigheid van elke vorm van doortraptheid raakte hier dus aan de absolute onschuld.

De kroegbaas had de aarden pot die onder zijn tapkraan

water en door de spatel afgestreken schuim moest opvangen, voor de beer neergezet. Het dier duwde, door zijn baas met porren daartoe aangespoord, de pul met beide klauwen tegen de in de lucht gestoken snuit. Terwijl de tong zoveel mogelijk van het waterige bier naar binnen probeerde te slaan, gutste het grotendeels over de al kletsnatte vacht van de borst. In de spiegel achter de flessen was zijn tevreden grijns te zien.

'Nou? Doe maar gerust.'

De ring schommelde met de voordeursleutel en de achterdeursleutel aan mijn vaders bruingerookte vinger. Het was dus ons huis dat daar, opgetild uit de gevelrij, boven twee haaks op elkaar smeulende sigaretten hing. Zo hield men ook wel een brandend stuk karton boven een asbak, totdat de vlammen langs de vingers dreigden te gaan lekken, en het snel werd losgelaten. Ik moest, slapend en wel, in mijn bed de duizeling van het optillen hebben ondergaan. Hier werd niet alleen een woning aangeboden, overhandigd bijna, hier werd met een gebaar van aanreiken (een zacht schommelen, als bij een wierookvat) een geborgen huis, waarin kinderen sliepen en een moeder over hen waakte, tot bordeel omgevormd. Het was als in een sprookje: de nederige stulp tot kasteel omgetoverd. De beer veegde met de rug van zijn klauw zijn snuit af. Baasje klopte hem op de rug.

'Nou, komt er nog wat van? Ik krijg kramp in m'n poot.'

De jonge arbeiders, de boerenknechts, die zo hard om een vrouw hadden geroepen, grijnsden verlegen, pijnlijk getroffen.

'We zijn hier niet in Eskimoland,' mompelde de meest ontwikkelde. De rest zweeg. Had De Rooie Put niet geprobeerd zijn maat tegen te houden? Of kwam diens handelwijze, waarvan hij, De Put, de theatrale boodschapper zou zijn, hem wel goed uit? Wim had geen sleutel nodig om binnen te komen. Wim had een *verhaal* over sleutels.

Ze waren tot rust gekomen, de sleutels. Het huis hing stil boven de doodlopende steeg, alleen nog van onderen beschenen door het schamele licht van de enige twee lantaarns – een bordeel roerloos zwevend boven de daken van nette arbeiderswoningen. Geen gordijn werd geopend om een radeloze moeder te tonen. Nietsvermoedend, hooguit een beetje gespannen, wachtte zij het einde van de avond af. De kinderen sliepen door alles heen.

De sleutels aan hun ring: nog kon er een ongehoorde wereld mee geopend worden, van twee kanten tegelijk desnoods.

'Dan niet. Godverrekt stelletje *lulloeren*. Schijtboksen.' Hij stak de kleine sleutelbos bij zich. 'Lig ik me hier een *bietje* uit te sloven voor jullie...'

De Put was al op weg naar ons huis, dat weer naadloos, met onschuldig licht achter de gordijnen, in de gevelrij stond. Oom Wim zou met geen woord over de beer reppen.

Deed cafélicht iets met sleutels waardoor ze van bestemming veranderden? Kruisten hun baarden elkaar op een dubbelzinnige manier?

Na een literatuurfestival in Den Haag nam ik twee studentes Nederlands, die in het Congresgebouw als begeleidster en gids van schrijvers hadden gefungeerd, mee naar Amsterdam om nog wat te eten, terwijl ze eigenlijk in Nijmegen moesten zijn. Na restaurantbezoek kwamen we een vriend van me tegen, met wie we in een nachtcafé belandden. De laatste trein richting Arnhem en Nijmegen was al lang weg. Wat zag mijn vriend, die zich over meisje A ontfermd had, precies toen ik meisje B onder de cafélamp een leren foedraaltje met sleutels voorhield? Of liever: wat voor interieur, en bevolkt door welke mensen, zag hij door die uit hun etuitje gegleden sleutels heen, die begonnen te smelten onder het lamplicht? Wat voor constellatie van personen vertegenwoordigden de vervormde baarden?

Alles wat ik gedaan had (of had willen doen) was meisje B, en via haar meisje A, voor een eenmalige overnachting mijn vlakbij gelegen werkkamer aanbieden, die ik 's nachts toch niet gebruikte. Maar mijn vriend, die optrad als een actief soort Rooie Put, bestreed het door de sleutels opgeroepen visioen te vuur en te zwaard. Hij propte het etui terug in mijn jaszak, terwijl ik hem streng hoorde zeggen: 'Die man is getrouwd.' Even later zat ik, verdoofd eerder door zijn optreden dan door de drank, in een taxi die hij voor me had laten komen, en reed naar mijn woning in Zuid. Meisje A, vernam ik later, was bij mijn vriend blijven slapen; meisje B, dat om negen uur haar rijexamen moest doen, was op de trein van twaalf voor halfzeven naar Nijmegen gestapt.

Hoe futiel ook, deze anekdote, ik draag haar postuum aan jou op. Zij geeft me – achteraf – het gevoel dat ik jouw optreden met mijn eigen middelen heb nagespeeld, of gereconstrueerd, als om te laten zien dat er geen kwaad in school. Geslaagd of niet, het ging om het ritueel.

Als ik een dichter was, zou ik alles indikken tot een sonnet, en dan liep hier de witregel. Op de voorafgaande acht donkere regels zou ik zes lichtere laten volgen, waarin de somberheid Hegeliaans zou worden 'opgeheven', naar een hoger plan gehesen om daar, verduurzaamd, te worden bewaard. Langs zes sporten zou ik mijn vader omhoog laten klimmen, en op de bovenste zou ik hem ten val brengen.

Uiteindelijk kwamen ze toch, met z'n allen – maar niet om het huis tot bordeel te verbouwen. De sleutel gaf toegang tot een geïmproviseerd café, een café zonder vergunning. Ik moet al door het rumoer op straat wakker zijn geworden, want ik herinner me vanaf de overloop gezien te hebben dat twee van de jonge mannen (die ik van gezicht kende) een krat bier tussen zich in droegen, waaruit regenwater of de inhoud van een kapotte fles op de gangloper droop. Ik wachtte een geschikt moment af om naar beneden te gaan, en warmde intussen de zool van mijn ene blote voet op de wreef van de andere, en wisselde van voet, en nog eens.

'Toen ik ze allemaal binnen zag komen... ik wist niet wat ik ervan moest denken.' Zo ingetogen formuleerde mijn moeder jaren later haar schrik en verwarring. Het relaas van De Put hing nog in obscene tinten in de huiskamer. Hij had de komst van de bende daarmee al aangekondigd. Als ze al niet waren gekomen om haar kwaad te doen, dan toch voor iets minstens even ergs: ze kwamen haar besnuffelen. Hoe zag die vrouw eruit, die hun zo agressief gul was aangeboden? Hoe keek ze, hoe rook ze? Ze kwamen een *mogelijkheid* bestuderen, die nog openstond. Ze kwamen hun ongelimiteerde krediet checken... De vrouw, op haar beurt, wist wat de jongens was aangeboden, en de jongens, op hun beurt weer, vroegen zich af *of* zij het wist, met andere woorden of De Rooie Put uit de school had geklapt... Zo werd er wederzijds gesnuffeld. En aldoor was – huiveringwekkend dichtbij, want sleutels waren niet meer nodig – die *mogelijkheid* daar, open als een wond.

Chaos, stemmenrumoer in de huiskamer: dat trok je in een ademloze struikeling langs de traptreden naar beneden, of het nu verboden was of niet. Ik hield me stug afzijdig, maar mijn zusje ging al gauw van hand tot hand de tafel rond, om alle drinkers te behagen. Op elke mannenschoot zong zij een liedje. Een cent voor eentje van school, maar dat was 'nonnenwerk'. Een stuiver voor *In de bus van Bussum naar Naarden (gaf je mij een zoen)*, een dubbeltje voor *Waarom staat hij* (hij...) *zo scheef, dat torentje van Pisa?* – liedjes die zij van de radio kende, en die mijn moeder soms met heldere stem meezong. Opeens vlogen er door de deuropening naar het keukentje, waar mijn vader met stromend water en ploffend gas in de weer was geweest, eieren de kamer in. Kletsnat nog van het koken kwamen ze in een waaier van hete druppels op en naast de tafel terecht, voor mijn moeder het sein om kleine M.'s hobbelrit over mannenknieëen te onderbreken, en haar zelf op schoot te nemen. Ik rilde van het geweld waarmee, te midden van graaiende en misgrijpende mannenknuisten, de schalen braken op het houten blad. Wie ving, vloekte – zo gloeiendheet waren de hardgekookte eieren nog. Ze bleven komen.

Toen de twee pannen leeg waren, kwam mijn vader de kamer weer in, en begon aan de knop van de radio te draaien. Ik wist wat hij zocht: de Amerikaanse zender, te ontvangen vanuit Duitsland. Het toestel stond op het door 'oom' Albert Egbers tot onverplaatsbaar dressoir omgebouwde aanrecht, want de huiskamer was vroeger een woonkeuken geweest. Het granito had hij met gootsteen en al weggewerkt onder een eikenhouten plaat, afgezet met sierstrips van machinaal houtsnijwerk. Voor de kastjes, waarvan de ontwrichte deurtjes waren verwijderd, hingen velours gordijnen, behalve rechtsonder, waar een grote lade had gezeten en nu de boeken stonden, normaal achter glas, maar vanavond waren de twee schuifruitjes weggenomen, waarschijnlijk als voorzorgsmaatregel tegen de onzekere voetstappen van mijn vader op zaterdag: hij had er al eens een stukgetrapt.

In de Oudemanhuispoort worden ze nog wel, in kartonnen dozen bijeengeworpen, voor een gulden per stuk te koop aangeboden: altijd dezelfde boeken van begin jaren vijftig, die toen als één pakket huis aan huis werden gesleten. De handelsreizigers moeten geweten hebben wat ze deden, zo aan de vooravond van de Wederopbouw: weinigen durfden die krakend nieuwe boeken te weigeren.* Ze hebben, ongelezen, hele generaties in de weg gezeten – en nog, want zelfs voor die ene gulden wil vandaag niemand ze hebben. Gebruind op snee, met besproet schutblad, blazen ze je bij het openen hun slechte adem in het gezicht, omdat ze hun tekst zo lang voor zich hebben moeten houden; je legt ze gauw het zwijgen weer op: oud stof is je deel. Van toen ik, achter het spiegelende glas, de titels op de ruggen had leren ontcijferen, herinner ik me *Wij leven maar eens*, wat me altijd treurig maakte, want ik las het als: 'Wij leven – maar eens... ééns...' *Janneke* van K. van der Geest had zo'n ongelukkige typografie dat ik het las als *Geest Janneke*: wat mocht dat wel voor naar wicht zijn.

Mijn vader, met een elleboog zwaar op het ingepakte aanrecht leunend, had gevonden wat hij zocht. Ik herkende de deun: *Rock around the Clock* van Bill Haley & his Comets. O, hij was er nog jong genoeg voor. Hij draaide het volume hoger. Hij probeerde greep te krijgen op de woorden en mee te

* *'Een van de geruststellende aspecten van de na-oorlogse jaren was dat iedereen dezelfde boeken in de kast had.' Zo begint vanmiddag (18 februari '94) John Jansen van Galen een artikel in* Het Parool.

zingen, maar het nummer was al zo ver gevorderd dat het vocale gedeelte plaats maakte voor een instrumentaal intermezzo. In een bioscoopjournaal had hij gezien hoe het publiek van de groep zich juist door dit strak ritmische gedeelte, waarbij de bassist zijn staande bas beklom en zo verder speelde, had laten opzwepen en uitzinnig was geraakt. De brandweer had de concertzaal krachtig spuitend moeten ontruimen; de camera registreerde een blank staande vloer vol omvergelopen en kapotgeslagen stoelen. Door een keukenstoel onder de tafel uit te trekken en hem een kwartslag te draaien, kreeg mijn vader zijn eigen contrabas. Zijn vingers roffelden langs de verticale spijlen van de rugleuning, en nu dreunde de baspartij uit de stoel op. Een eenmansorkest in zijn eigen hoerenkast. Hij wist precies op welk moment hij zijn voet in de inham, het opstapje, van zijn instrument moest zetten. Het publiek joelde, strooide met verkruimelde eierschalen. Terwijl hij op de stoelzitting ging staan, liet hij de houten snaren geen ogenblik met rust. De buurtjongens applaudisseerden. Bijna dubbelgeklapt, zodat we zijn bronchitis konden horen gieren, bleef hij over de rugleuning gebogen aan de spijlen staan plukken, totdat de zang van Bill Haley weer inzette, en de bassist, terwijl de stoel vervaarlijk onder hem wiebelde, een dikbuikje Heineken van tafel griste. Hij richtte zich op, en probeerde – hijgend – weer mee te zingen, zijn longen hoorbaar vol van de corruptie die hem uiteindelijk zou slopen.

Simeon de Styliet uit Syrië kon er ook wat van: een houten kont voor het gewijde doel. Geen groter ijdeltuit, huichelaar en schijnheilige onder de kluizenaars dan de pilaarheilige, die boven op een hoge zuil in levenden lijve zijn plaatsje als toekomstig marmeren beeld bezet zat te houden ('opgestaan is plaats vergaan'), met misschien als eigenlijk streven die pilaar vroeg of laat hard en kaarsrecht het rectum binnen te voelen dringen: de ware heiligmaking, waar geen proces aan te pas kwam. Het verschil met het wereldrecord paalzitten is dat daarvoor wel degelijk een canonisatie is vereist: die van het *Guinness Book of Records*.

Marmer versus hout: waarom zou die schamele keukenstoel niet het voetstuk kunnen zijn waarop ik voor eeuwig mijn vader plaats zoals hij was na het symbolisch wegschenken, via zijn huissleutels, van alles wat hij op deze aarde bezat. O, *in schijn* ging hij gewoon door met wat hij had (huis, haard, vrouw, kind, zichzelf), maar wij weten dat die avond, met de muzikale bestijging van de stoel, zijn leven van ontbering begon, van afzondering, onthouding, eenzelvigheid.

Het was mooi geweest als ik hem in al zijn glorie, staande op die contrabas, had kunnen zien vallen. Zijn dans werd in de val voltooid, maar dat gebeurde 's nachts pas, zonder toeschouwers. Mijn moeder en ik vonden hem de volgende ochtend.

'O,' riep ze. 'O, zijn kop had er wel af kunnen zijn!'

Hij was, zo te zien gewoon in zithouding, met stoel en al omgevallen, en lag nu met zijn hoofd in het boekenkastgedeelte van het dressoir. In het voormalige aanrechtkastje waren over een lengte van zo'n twintig centimeter de boekruggen ver naar achteren geschoven. Mijn vaders hoofd lag, tot aan de overhemdsboord onzichtbaar, ingeklemd tussen – laten we zeggen – *Geest Janneke* en *Von Ribbentrop's Millioenen*.

'Zijn kop had er wel af kunnen zijn...' Haar stem klonk dof achter de hand voor haar mond. Ik voelde haar huiveren, want zij stond dicht tegen me aan. Zij bedoelde dat de beide schuifruiten met hun ingeslepen vingergreep, die door mijn vaders val hadden kunnen veranderen in glazen messen met bloedgeul, door een banaal toeval (schoonmaak) uit hun rails waren genomen.

'Zijn kop had...' Zijn kop *was* eraf, en goed ook; definitiever in elk geval dan wanneer brekend glas er een bloedertroep van had gemaakt. Nu was er echt sprake van een onthoofding, en konden we, zonder de paniek die door bloed wordt veroorzaakt, neerkijkend op het lichaam de bijzetting van het afgehakte hoofd tot ons door laten dringen. Zo althans ben ik ons, moeder en zoon, daar in de loop van de jaren neer gaan planten, steeds vaster, steeds roerlozer, steeds sprakelozer.

Later heb ik het nog eens, tevergeefs, geprobeerd in *De gevarendriehoek*, maar al eerder was er een poging, waarvan ik het literaire tijdschrift *De Revisor* het resultaat beloofd had. In die dagen bezat ik geen telefoonaansluiting. De redactie stuurde me telegrammen, telefonische oproepen. 'Waar blijft de novelle?' Zelfs in de vorm van een barok sprookje kreeg ik het niet voor elkaar, want ik kon hoe dan ook, wat voor vader ik ook koos, niet om het gebaar met de huissleutels heen. Ik pikte een zinsnede op uit een publicatie van mijn docent esthetica, professor Aler ('...Saulus ten naaste bij reeds Paulus...') en ik wist hoe mijn jongetje moest heten. Het hielp allemaal niet. De sleutels bleven hun beschamende dans uitvoeren. Toen ik redacteur Kellendonk tegenkwam, kon ik hem niet meer dan de titel geven – een titel waarvan de bijbelse dreun hem, terecht, deed gruwen:

Govertje ten naaste bij reeds 'Vogeltje' *of* Het hoofd zijns vaders bijgezet in de boekenkast

Amsterdam, Pernes-les-Fontaines, Berlijn, Amsterdam juni 1993 – juli 1994

Van het hoofdstuk 'Accijns op zelfmoord' verscheen een kortere versie in de Nederlandse *Esquire* (jan.-feb. '94). 'Twintig honderdjarigen' en 'De overen kant' werden onder deze laatste titel in een afwijkende vorm gepubliceerd in het Zaterdags Bijvoegsel van NRC *Handelsblad* (31 december 1993). Delen uit 'Heijdeniana' en 'De posterijen' stonden in *De Revisor* 1994 nr. 2/3, terwijl 'De glazen guillotine' integraal in *De Revisor* 1994 nr. 1 werd opgenomen. Deze laatste publikaties verschenen in de rubriek 'De tandeloze tijd i.s.n.'; in een inleidende opmerking werd *Asbestemming* omschreven als een 'satellietboek' van de romancyclus 'De tandeloze tijd'.

Het toespraakje bij de crematieplechtigheid, hier niet in z'n geheel weergegeven, wel verwerkt in het hoofdstuk 'De Kersenkoningin', werd als gelegenheidsuitgaafje onder de titel *Kersenkoningin en donderbeestjes*, zonder imprint, gedrukt door Helmuth Eykelenburg: onder dezelfde titel stond het als 'geschreven zelfportret' in het jubileumnummer van de twintigjarige *Revisor* (1993/6).

In 'De overen kant' heb ik Stassinopoulos geciteerd uit de vertaling van Maurits van de Toorn.

Dank aan Robert-Henk Zuidinga voor de titelsuggestie. Dank aan Ad Fransen voor de levering van het tussenmotto ('Futurologisch'). Dank aan Jaco Groot voor het van de muur halen van zijn Baxter. Dank aan Jean-Paul Franssens voor het afstaan van de brief.

Amsterdam, zomer 1994 — A. F. Th. van der Heijden